浄瑠璃作者として同時代に活躍した紀海音と近松門左衛門。
それぞれを互いの合せ鏡として映し出す作業は，二人の位相を定位する作業ともなる。
その先に見えてくるものは，従来より繰り返される近松の優位性の強調では決してなく，
二人の独自性のより鮮明な再認識となる。

eir literary expressions and devices

北海道大学大学院文学研究科

研究叢書

海音と近松

その表現と趣向

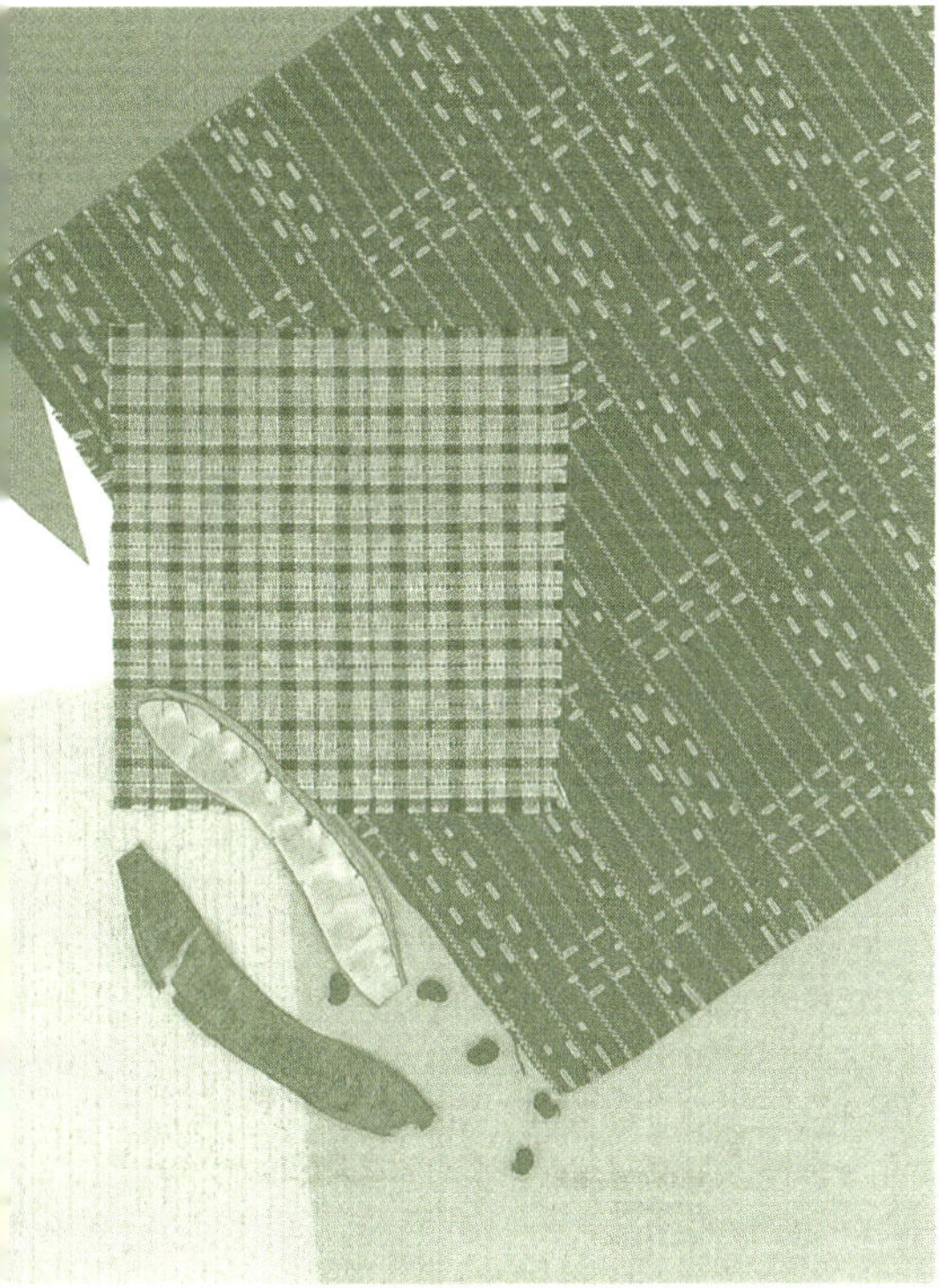

冨田康之

北海道大学図書刊行会

研究叢書刊行にあたって

北海道大学大学院文学研究科は、その組織の中でおこなわれている、極めて多岐にわたる研究の成果を、より広範囲に公表することを義務と判断し、ここに研究叢書を刊行することとした。

平成十四年三月

海音と近松——目　次

序にかえて

従来、紀海音の評価に関しては近松門左衛門のそれと比較して述べられることが多く、その場合、ほとんど全ては近松に劣るものとされてきた。しかしながら、両者を比較する前提としての基準は、果たして妥当なものであったのだろうか。つまり、両者を比較する場合、同時代に活躍し、同じ「義太夫節」の作者であるという共通の前提がある為に、無批判に両者を比較しても可能であるという認識がされてきているように思う。つまり比較基準をどのように設定しても、というよりは近代にも通用する比較基準を用いることにより、両者の優劣を述べてきた傾向があると思われるのである。

海音が「理知的・理論的・義理的表現に傾き、人間感情も整然と割切って処理する一面を持ち、近松が人情の機微を抒情的に描き出したのとは対照的な作風であった[1]」と指摘されているにもかかわらず、両者の作品が比較される時、その基準となるのは人間洞察・心情追及に対する深浅や悲劇性の強弱に関する観点、あるいは趣向、表現等の観点からなされ、一方的に近松に軍配が上げられていくという図式が成立してきたのである。しかし、これは海音にとって些か不利な立場にあることは否定できない。一つは、海音が「人情の機微を抒情的に」描き出そうと意図した結果、図らずも「理知的・理論的・義理的表現に傾」いてしまったと考えるのか。はたまた、元々そのような傾向を志向した結果、その通りとなったと考えるのか。その立場により評価も変わるのではなかろうか。言い方を変えれば、海音が深い人間洞察を志向し、悲劇性の強い作品を創作しようと考えていたのかという問題である。もう一つの不利な立場とは、現段階では近松の研究が圧倒的に海音よりも進展しているという点である。表現の問題を取り上げても、近松には既に『近松語彙』(昭和五年五月刊)が出されて久しい。そこには近松の表現に関する引用の典拠が全作品に渡って明示されている。一方、海音に関してはそのような基礎的調査が殆どなされていないのが現状である。海音の基礎研究を充実させた上での検討が必要と思われるのである。表現と趣向に関しては後の章に譲るとして、前者の問題について考えるところをこれより述べてみたい。

さて、作品傾向を把握するためには、個々の作品分析を積み上げた上で行われることが望まれるが、ここでは道義的用語に関する分析を通して考えてみたい。近松・海音両者の「義理」の用語に関しては、既に白方勝氏(2)によって詳しく調査されている。近松一一三例、海音二一四例の使用が指摘されているのである(3)。この結果は従来指摘されてきた、海音が「義理的表現に傾」いているとの理解に沿うものである。そこで、ここではもう一つの道義に関する特徴的な用語である「忠義」に関して分析することにしたい(4)。その場合、「忠義」に関しては世話物よりも特徴的な傾向を示す時代物を対象として調査することにしたい。それをまとめて次に示してみる。なお、調査は「忠義」の他、「忠」、「忠節」(「不忠」をも含む)等、「忠」の文字を含んだものを全て含めた。

海音作品名	段毎に於ける用語例と使用回数並びに計
『熊坂』	一段目(忠義二・忠心二・忠一)、計五
『鬼鹿毛無佐志鐙』	一段目(忠一・忠節一)、二段目(忠義二)、三段目(忠義一・忠三・忠心一・忠死一)、四段目(忠

	義三・忠三・忠孝二)、五段目(忠一)、計二〇
『鎌倉尼将軍』	一段目(忠義一・不忠一)、二段目(忠義三・不忠一・忠臣二)、三段目(忠一・忠臣一)、計一〇
『三井寺開帳』	上之巻(忠義二・忠二・不忠二)、中之巻(忠義六・忠二・不忠一)、下之巻(忠義二)、計一六
『信田森女占』	一段目(忠義六)、二段目(忠義二・忠三)、四段目(忠義一)、計一二
『小野小町都年玉』	五段目(忠義一)、計一
『曽我姿冨士』	一段目(忠義一・忠節一)、二段目(忠義一)、五段目(忠義一・忠孝一)、計五
『愛護若塒箱』	二段目(忠義二・忠心一・不忠一)、三段目(忠義一)、四段目(忠義一)、計六
『平安城細石』	一段目(忠義二・忠臣二)、二段目(忠義二・忠節一・忠孝一・不忠一)、三段目(忠義六・不忠一)、四段目(忠義四)、計一九
『山桝太夫恋慕湊』	一段目(忠義一)、二段目(忠義二・忠一)、三段目(忠義一)、四段目(忠義一)、五段目(忠義一)、計七
『仏法舎利都』	一段目(忠義一・忠臣一・不忠一)、三段目(忠義九・忠二・忠節一・忠臣一・忠愛一)、四段目(忠心一)、計一八
『甲陽軍鑑今様姿』	一段目(忠臣二・不忠一)、二段目(忠義二・忠三・忠言一・忠孝一・不忠二)、三段目(忠義八・忠臣四)、四段目(忠義四・忠一・忠孝一・忠臣一・不忠一)、五段目(忠義一・忠孝一)、計三四
『新百人一首』	一段目(忠義一)、二段目(忠義一)、三段目(忠義二・不忠二)、四段目(忠義一)、計七
『末廣十二段』	一段目(忠義一・忠臣一)、二段目(忠義二)、四段目(忠義四・忠二・忠臣一・不忠三)、計一四
『花山院都巽』	一段目(忠義一・忠一・忠勤一・忠臣一)、二段目(忠義二・忠二)、三段目(忠義四)、四段目(忠義三・忠節一・忠臣二・忠賞一)、五段目(忠一・忠臣一)、計二〇

『傾城国性爺』	一段目（忠義三・忠節一・忠言二・忠臣二）、二段目（忠義一）、三段目（忠義二・忠一・不忠三）、四段目（忠二）、計一六
『本朝五翠殿』	一段目（忠義二・忠言一・忠臣一）、三段目（不忠一・返り忠一）、四段目（忠義一）、五段目（忠義一）、計八
『新板兵庫の築嶋』	二段目（忠義一）、三段目（忠義二）、四段目（忠義一・不忠一）、五段目（忠義二）、計七
『殺生石』	一段目（忠義一・忠信一）、二段目（不忠一）、四段目（不忠二）、計五
『鎌倉三代記』	一段目（忠義二・忠一・忠勤一・忠臣三・忠貞一・忠言一・不忠一）、二段目（忠義一・忠心一・忠臣一）、三段目（忠義一）、計一四
『山桝太夫葭原雀』	一段目（忠一）、二段目（忠義二・忠言一）、計四
『義経新高舘』	一段目（忠義六・忠臣一・不忠四）、二段目（忠義一・忠孝一）、三段目（忠義四・忠節一・忠勤一）、四段目（忠義一・忠二・忠孝一）、計二三
『神功皇后三韓責』	一段目（忠義二・忠一・忠孝一・忠功一・忠烈一・不忠四）、二段目（忠義三・忠一・忠臣一・不忠一）、三段目（忠義六・忠一・忠節一・忠孝二・忠勤一・忠功一・忠臣一・不忠二）、四段目（忠義四・忠一・忠節一・忠功一・忠臣三・忠心一）、五段目（忠臣一）、計四三
『頼光新跡目論』	一段目（忠義一・忠一・忠勤二・忠切一）、二段目（忠義二）、三段目（忠義一・忠一・返り忠一）、四段目（忠義一・忠二）、五段目（忠臣二・返り忠一）、計一五
『鎮西八郎唐士舩』	一段目（忠義一・忠一・忠臣一・不忠一）、二段目（忠義一・忠二・忠勤一）、三段目（忠義五・忠一・忠功一・忠孝一・忠節一・不忠一・忠勤二）、四段目（忠臣一・不忠一）、計二二
『日本傾城始』	一段目（忠義二）、二段目（忠義二）、三段目（忠義七・忠一・忠節一・忠臣二・不忠二）、五段目（忠勤一）、計一八

『三輪丹前能』	一段目（忠義一・忠一・忠節一・忠孝一）、二段目（忠義三）、三段目（忠義二・忠一）、五段目（返り忠一）、計一一
『八幡太郎東初梅』	一段目（忠義一・忠一・不忠一）、二段目（忠義四・不忠一）、三段目（忠義三・忠二・忠臣一・不忠三・返り忠一）、四段目（忠義一・忠勤一・忠賞一・忠臣一）、計二二
『呉越軍談』	一段目（忠義六・忠一・忠言一・忠臣四）、二段目（忠義三・忠一・忠節二・忠臣六）、三段目（忠義五・忠三・忠節三・忠臣五・忠言一・忠烈一・不忠二）、四段目（忠義四・忠三・忠言一・忠勤一・忠肝一・忠臣二・不忠一）、五段目（忠一・忠臣一・不忠一）、計六〇
『冨仁親王嵯峨錦』	一段目（忠義一・忠臣一）、二段目（忠義四）、五段目（忠一・忠臣一）、計八
『坂上田村麿』	一段目（忠義三・忠一・忠臣一・不忠二）、二段目（忠義二・忠廉一・忠臣二）、三段目（忠義二）、四段目（忠孝一・忠臣一）、五段目（忠信一）、計一七
『大友皇子玉座靴』	一段目（忠義二・忠一・忠言一・不忠四）、二段目（忠臣四）、三段目（忠義七・忠二・忠臣三・忠孝一・不忠二）、四段目（忠義三・忠孝一）、計三一
『東山殿室町合戦』	一段目（忠義一・忠臣一・返り忠一）、二段目（忠義二・忠勤一・忠臣二）、三段目（忠義五・忠一・忠節一・忠臣六・不忠二）、四段目（忠義一・忠節一・忠烈一・忠臣三）、五段目（忠義一・忠一・忠臣一・不忠一）、計三三
『玄宗皇帝蓬来鶴』	一段目（忠義三・忠勤一・忠臣二）、二段目（忠義六・忠節一・忠臣三・不忠二）、三段目（忠義一・忠言一・忠臣二）、四段目（忠義一・忠言二・忠臣二）、五段目（忠臣二）、計二九
『傾城無間鐘』	一段目（忠義一・忠一・忠臣三）、二段目（忠義三・忠勤一）、三段目（忠義一・忠臣一・不忠一）、四段目（忠義一）、五段目（忠義一・忠勤一・不忠一）、計一六
『忠臣青砥刀』	上之巻（忠二・忠節二・忠勤一・忠言一・忠臣一・不忠一）、中之巻（忠義三・忠一・不忠一）、下之巻（忠義一）、計一四

個々の作品に関して言えば、海音作品の場合、「忠義」に関する用語の使用数が六〇例を数える『呉越軍談』を初めとし、四三例の『神功皇后三韓責』、三四例の『甲陽軍鑑今様姿』、三三例の『東山殿室町合戦』、三一例の『大友皇子玉座靴』と続く。以下二〇例以上のものは六作品を数えることができる。また、一〇例以上の場合は一四作品に上り、全三六作品に占める割合は約七〇パーセントとなる。逆に用例数が五例以下のものは、『熊坂』(五例)、『小野小町都年玉』(一例)、『曽我姿冨士』(五例)、『殺生石』(五例)、『山桝太夫葭原雀』(四例)の五作品のみである。但し、『熊坂』の場合は一段物という特殊な事情もあり、少数使用例の中には算入すべきものではない。

一方、近松の場合、白方氏の調査に依れば、(5)「忠義」に関する語彙の使用数が最も多い『国性爺合戦』が二五例、次に多いものが『津国女夫池』の一九例と続き、一〇例以上の使用作品は都合一五作品となっている。これは近松の時代物浄瑠璃を約七〇作として計算すれば、ほぼ二〇パーセントとなる。また、使用例の多い順に一五作品を取り上げた場合、海音の一作品使用例は平均で二七例、近松が一六例であり、海音は近松の一・七倍の多さとなっている。(6)圧倒的に海音の使用例が多いことが窺えるのである。ところで、それぞれの用例がどの段に振り分けられているのかも興味深い問題である。そこで、次に段毎における使用例を表に纏めてみる。

表の「その他」の中には「忠功」、「忠言」等の語が含まれる。但し、使用数が一乃至二例程度の少数のため纏めて記した。そうしたものを含めて、海音の場合は一段目が一四一例、二段目が一二〇例、三段目が一八四例、四段目が一〇二例、五段目が三三例となる。五段目はもともと分量が少ない段であり、その分やはり用例数が少なくなっている。よって、上中下三巻構成の場合を含め、総計で六一〇箇所ということになり、一作品平均約一七例と算定される。近松作品に於ける利用数の上位一五作品の平均値より一例上回る数となる。

この中で『平安城細石』に関して言えば、加賀掾正本の『平安城』(『平安城都遷』)を改作したものであると指

一段目	忠義・五六	忠・一四	忠臣・二六	不忠・二〇	忠節・四	忠孝・二	その他・一九	計一四一
二段目	忠義・六二	忠・一二	忠臣・二一	不忠・一〇	忠節・四	忠孝・三	その他・八	計一二〇
三段目	忠義・八七	忠・二〇	忠臣・二七	不忠・二二	忠節・九	忠孝・四	その他・一五	計一八四
四段目	忠義・四一	忠・一四	忠臣・一七	不忠・九	忠節・三	忠孝・六	その他・一二	計一〇二
五段目	忠義・九	忠・五	忠臣・九	不忠・三		忠孝・二	その他・五	計三三
上之巻	忠義・二	忠・四	忠臣・一	不忠・二	忠節・二		その他・二	計一三
中之巻	忠義・九	忠・三		不忠・二				計一四
下之巻	忠義・三							計三
総計	忠義・二六九	忠・七二	忠臣・一〇一	不忠・六八	忠節・二二	忠孝・一七	その他・六一	計六一〇

摘されているが、[7]詞章に関してもそっくりそのまま取り入れる部分が非常に多い。ところが、『平安城都遷』の場合は「忠義」に関する用語は、二段目と三段目に「忠節」の用語がそれぞれ一例、計二例あるのみである。対して、『平安城細石』の場合は、都合一九例となっている。但し、この一九例中の一例は『平安城都遷』の詞章を取り込んだ部分にあるものである。よって海音が自身で使用したのは一八例と算定されるかもしれない。いずれにせよ、『平安城都遷』から『平安城細石』への改作の段階で、海音が意図的に「忠義」に関する用語を多用したものであることは間違いない。

ところで、「義理」の語の用例調査は既に明らかにされているが、海音作品中に二一四例の「義理」の語の使用例が認められるのに対し、近松は一一三例となっている。何れの場合も道義に関する用語の使用については、海音が近松よりも格段に多い傾向であることを示すものである。また、段毎の使用数の多いものから順に列挙すれば、三段目、一段目、二段目、四段目、五段目の順になる。中でも三段目が突出するのは、道義に絡んで死を描く傾向の強い愁歎の段であることが原因と考えられる。因みに近松の場合は、[8]やはり三段目の用例が最も多くなる傾向が確認できる。但し、一、二段目はほぼ同数であり、三段目との差も際立つ程のものではない。このことは近松が海音の様に、道義を前面に押し立てて「義理詰めに」「死」を描く方法を採らなかったことに依るものと思われる。また、四段目と五段目との差異が海音よりも少ないという傾向も見られる。

では、これらの道義に関する用語が多用されることは、如何なる効果を齎すのかという問題が浮かび上がってくる。元来、浄瑠璃の登場人物の行動原理はこれらの道義に依る所が大きい。つまり、大摑みに解釈すれば、これらの道義に関する用語が多用されれば、結局それだけ観客には登場人物の行動が理解され易くなる大きな要因となっていると考えられるのである。換言すれば、海音作品の特徴の一つは、「分かりやすさ」だと言えるのではないだろうか。

＊　＊　＊

これまでは「忠義」に関する用語の数的傾向を見てきたが、勿論数的多寡によって全てが判断されるものではない。そこでこれより特徴的な表現を取り上げ、具体的にその「分かりやすさ」の様相の一端を見たいと思う。

○御からうの。重忠さまのおく様ぞせいもんくされ女中しやと。うろ〳〵としたいひわけにたね政詞をあらため。何しにうそとはぞんぜぬが御所にせんぎの事有て我々是に罷有忠義の為のぶれいをは。重忠殿がきかれてもふとゞきとは申されまじ。けんざんなふてはとをさじと〈後略〉

『鎌倉尼将軍』二段目

○金の行衛も一所故のおためになるからは。せつしやが忠ぎはむそくせす。我ぬす人のけいばつを妹が身に引うけてこなたにきられしゝたる事是も思へば忠義のため。まつたくもつて恨なし。其うへこなたは誰なるぞ。最前殿の仰にも主同前と有うへは。こなたをころし某がいきてはどふもいられぬ事。

『三井寺開帳』中之巻

○某が身に取てもお主筋。忠義の為に一命をなげ打ッての注進。必定汝とめるかと神子をかしこへかつぱとなげ。いなといはゞ切付んと。きつばをまはすいきをひに皆々うろたへしりごみす。

『信田森女占』一段目

○なむ三ぼうとうは竹は力を出しかゝへおび。しやらどけするをさいわいに母うへをひんまいて。らんかんにしばり付忠義のためのいましめは。おゆるしあれといゝすて舟にむかつてこゑをあげ。〈後略〉

『山桝太夫恋慕湊』二段目・『山桝太夫葭原雀』二段目

○平家に仕へて是程の。高名あそばすこなたとは此義盛は存ぜぬと。こともするどにいゝはなす。城太郎腹をたて。忠義の為とおく病とは汝がちゑに及ばぬ事。実道理かな〳〵。

『末廣十二段』四段目

○母は覚えず走寄。ヲヽけなげな者の心やな。お主の義理にしぬる共。其義理ばつた詞さへいきうつしなる親と子の。取がへもなき独子を親の不興もお主への。義理と思へば是非もなし。忠義のために勘当し忠義の為にしぬるのを。逃はしれ共得とゞめぬ。此身の義理こそ悲しけれ。

『義経新高舘』三段目

○義おもき時は賞おもくうくるも道あり給はるも。道有故の恩賞を某などはいかな事。じたいの人数に候はず君の命には身を忘れ。忠義の為には親を討武士の魂さげたれは。驚事もおはせぬと頭をふつてあいさつす。

『鎮西八郎唐士舩』三段目

○盛を待ぬ花の雨ちりうせ候其しさいは。みだいと我父並右衛門。兼々たくむ悪心既に今宵に相せまり。座禅の床へ忍び込殿様を殺さんと。相談一図に相極る。然上には私迄親同然の悪人と。諸人に指をさゝれんこと口惜候故。殿にかはつて一命を忠義の為に亡し候以上。敷津の前様古家の介〈後略〉

『日本傾城始』三段目

○夫婦の中にひとり子の。うきめを見るが不便さに。身替に立自が。命はさらにおしまねど。跡にのこれる物思ひ。それのみ。いとゞ。かなしけれ。父の心も忠義の為。母がさいごも義理なれば。うたがひふかき竹原も哀とおぼし給ふらん。夫のいひはれ立からは友につかへて殿様の。御台とまではならず共お茶のきうじに召出されて。嬉しと思ふ一念が経念仏より手向ぞと〈後略〉

『東山殿室町合戦』三段目

○やうげんゑん涙を押へ。もつたいなくも十善天子を。戸ぼそよりかへしまいらせ。一人の娘は。てきあしらいにおつ立。忠義の為とは言ながら。かはいや。〳〵。〳〵と。くやめば母も諸共に。こなたは男のむねひろし。女のよは気を鬼になり。娘をこらすくるしさ。　『玄宗皇帝蓬莱鶴』三段目

○非義非道なる貞広についしやういふてうか〳〵と。知行を取が善人かこちの男は誠のぶし。忠義の為には子の事も女房の事もかまやせぬ。それ共むりにつれゆかば我身もお供致さうと。〈後略〉　『忠臣青砥刀』中之巻[9]

『信田森女占』一段目の例は、悪人の後室と執権千石竹右衛門が偽の神託を企む所、もう一人の執権三谷前司速次が対抗する。そこに一人の若者が現れ、神託の計略を暴く場面での描写である。「某が身に取てもお主筋」という若者の言葉に三谷前司が素性を問うと、三谷前司の落胤の源五と名乗る。但し、二段目でこの源五は悪人の一味であったことが判明するという、複雑な筋が仕組まれている。よって、他の例と同列には扱えない面もあるが、一段目のみを見た場合はまさしく忠臣としての働きをしている。そこでこの例も掲示しておいた。

　さて、ここで取り上げた用例は「忠義」の語の用例を無作為に抽出しただけのものではない。ここでは全て「忠義」の後に「の為」という言葉が連なる表現を取り上げたものである。この表現は、海音の登場人物の行動原理の一つが、「忠義」という道義によって起因するものであることが明確に打ち出されているということを意味している。つまり、本来複雑な人間の内面から生起する行動の背景が、非常に看取しやすい道義に取って代わることにより、理解しやすい人物として観客に伝えられることになるのである。

　ところで「忠義の為」という表現は、一見「主の為」、「君の為」等の語に置き換えが可能なようにも思われる。実際、海音作品にもこれらの用例は幾らも指摘できるのである。しかし、「忠義の為」という表現と、「主の為」、「君の為」等の表現とは根本的に異なっているものではなかろうか。つまり、「主の為」、「君の為」等の表現は、本来忠義を尽くすべき「人物」の為に行動しようとする意図を表現するものである。ところが、「忠義の為」という表現は「主の為」、「君の為」等と同様の意図を表現するものと考えられる一方、その発想の根底に「忠義」

を尽くすという、その事自体が目的化されていると考えられるからである。つまり、主君その人の為に行為を起こすことが第一義ではなく、「忠義」という道義を守る事こそが第一義的な問題として認識されていると考えられるのである。海音は「忠義の為」という表現と「主の為」、「君の為」等という両用の表現を混在させているが、「忠義」(あるいは道義全般)に対する認識の根底にそのような捉え方を見て取ることができるのではないだろうか。因みに近松の場合では、調査した作品中[10]で「忠義の為」という表現は使用されていない。よって海音と近松との特徴的な相違の一つと考えられるのである。この事は、実は海音と近松との間で、登場人物の行動原理の把握が根本的に異なっていることを示唆している。近松は飽くまで主君という「人」の為に忠義を尽くす人物を描いたのに対し、海音は「忠義」そのものを目的化するという方法を採ったと考えられるのである。その結果、二人の作風に大きな差異が生じた。つまり、近松の作品では、忠義と義理が対立する場合、葛藤が深刻なものとなり「悲劇」を作り出すのに対し、海音の場合は「忠義」が「義理」の上位に据えられる道義として絶対的に君臨し、葛藤を比較的容易に解消してしまう作風となっている。例えば、海音の『仏法舎利都』三段目では身替りが仕組まれる。二組の夫婦へ身替りとなるべく舅から示唆され、誰が身替りとなるかの論争となる。ここでは「忠義」の為に自らが死を望もうとしての論争であるが、「忠義」を最上の道義として考える為に、死を争うことになるのである。勿論、ここでは夫婦の別れという愁歎の要素を備えている訳だが、それは重大な葛藤に展開するものではなく、あくまでも死を争う論争が中心となっている。この展開から生み出される劇的効果は、愁歎を伴いながらも「忠義」を全うしようとする忠臣のけなげさ、立派さを際立たせるものとなっているのである。その様に考えれば、観客はこの場面で、悲劇性よりも忠臣への賞賛、「忠義」を全うしようとする人々への賛嘆の念が生じてくることになる。

このように捉えれば、人間洞察に於ける深さ、或いは悲劇性といった面から評価なされるとならば、近松が海音を圧倒するという結論が当然のごとくなされることになる。事実、これまでの海音と近松の評価の多くはこの様な点からなされてきたのである。人間洞察・悲劇性というような評価基準を設定するならば、この結果に異論はない。むしろ積極的にその評価を肯定するものである。しかしながら、江戸期に於ける人々の評価はそこにのみ基準を置いていたのかということを改めて問題にしたいと思う。そこで、よく知られた資料ではあるが、海音と近松の両者が同時に取り上げられる評を掲げてみたい。

○門左衛門は、人麻呂の如く、孔明の如し、海音は、赤人の如く、仲達の如し[11]〈後略〉(『反古籠』森島中良著・文化五年頃成立か)

この評から読み取るべきことは二点あると思われる。一つは近松と海音を両者共に称揚している点である。[12]しかしもう一つ重要な事柄は、近松と海音は別物であるという認識である。つまり、両者を称揚しようとするだけならば、近松と海音は「人麻呂」のようである(若しくは、近松と海音は孔明のようである)という評価も可能な訳だが、いずれの場合も〈人麻呂―赤人、孔明―仲達〉と別々の人物に対応させているのである。つまりこの評者は、近松と海音の作風に質的な差異を認識しているものと考えられる。そして、その差異を認識した上で両者を称揚しているということになる。次にもう一つの評を見てみたい。

○或老人の説に、近松氏は、学力厚きにすぎて、其名高けれど其作古風にして、婦女童蒙の耳に入がたき所あり、海音氏の作は、あらたにして能田夫児輩にわかりやすし、と語られたりし[13](『浪速人傑談』安政二年序)

この評は近松よりも海音を評価するものとして夙に知られたものであるが、「安政二年」という段階で近松を「古風」とし、海音を「あらた」と断ずる視点には問題があろう。しかし、近松の作が「学力厚きにすぎて」、「婦女童蒙の耳に入がたき所あり」と捉え、海音の作を「能田夫児輩にわかりやすし」とする評は、その評価基準を「わかりやす」さに求めた場合、ある種説得力を持つものと思われる。つまり、「或老人」は「婦女童蒙」、

「田夫児輩」にも「わかりやす」い作品を評価しているのである。尤も、近松が「其名高」いという評価は、様々な資料から確認できるのであり、近松を「作者の氏神」、「名人」[14]等として称揚するものが非常に多いのは確かである。その評には、「博学碩才」、「其文句、言妙不思議」（以上『竹豊故事』）、「當世の人情を察して世話をよく考へ」（『摂津名所図会』）、「愚痴闇昧の俗中の人情を貫き」（『南水漫遊』）と記される一方、「すべて近松が作は、勧善懲悪をむねとし」（『羇旅漫録』）、「能人情を察し、下情を穿ち、勧善懲悪をむねとして」（『摂津名所図会』）、「勧善懲悪を教るの一助たる事、是近松氏の本心なり」（『荒御霊新田神徳跋』[15]）と「勧善懲悪」の作風としても評価されているのである。こういった多様な評価の中では、その基準が変わることにより、海音が近松よりも称揚される場合も認められるのである。近世の観客には、「学力厚き」者の他に、「婦女童蒙」、「田夫児輩」も連なっていたであろう。そう考えれば、「わかりやす」さを特徴とする海音の作風を十分に称揚する可能性が浮かび上がってくるのである。「わかりやす」さとは、言い換えれば「大衆性」という事とも連動しよう。

以上のことから考えれば、海音の評価は近松とは別の基準を設定すべきではないかと思う。如何に「わかりやす」いものであるか、或いは如何に「大衆的」であるのかという基準から評価すべきだと思うのである。近松に於いて、時代物浄瑠璃の山場とされる三段目に「悲劇」性を評価基準として持ち込むことに異論はない。近松作品に関してはその評価基準にも堪え得る質を備えていると思われる。しかし、近世に於いて三段目の眼目は「愁歎」[16]として位置付けられていたのであって、決して「悲劇」として規定されていたものではない。海音を近松と同様に「悲劇」という基準で見ていくことは必ずしも公平な評価ではないと思うのである。

海音は、確かに三段目に愁歎を仕組むという時代物の方法に則りながらも、その一方では別の試みをしていたのではないかと思われる。結論を先取りすれば、海音は生死に関わる問題を仕組み、そこに忠義（或いは義理、孝）という道義を絡ませ、それを命懸けで守り通す人々を描いていった。これは愁歎的な場面ではあるものの、観客には一種の英雄とも言うべき賞賛すべき人々として印象を与えたのではないかと思う。近松の様に葛藤を深めれば悲劇を志向するものとなり、逆に海音のように葛藤を抑え、忠義を推し進めれば、それが理想的な武士の生き方として観客に印象付けたのではないかと思う。一方では悲しくあるものの、それを凌駕した忠臣に対する賞賛から来る感動を生み出すことができたのではなかろうか。少なくともそういう楽しみ方をする観客が海音を支えていたのではないかと思う。

また、このような作風には、もう一つ極めて重要な要素も関係していると考えられる。それは海音が浄瑠璃作者として豊竹若太夫の芸風に合致した作品を提供したと考えるならば、「明るく華やかな東風特有の」(17)語り口に合うべく、作品創りを志向した点も見逃すべきではなかろう。

(1)『日本古典文学大辞典』(岩波書店)中、「紀海音」の項目より引用。執筆担当者、横山正。

(2)「〔付載〕近松・海音の義理の用例」(『近松浄瑠璃の研究』〈風間書房・平成五年九月〉所収)参照。

(3)この数値は時代物、世話物を全て対象として調査したもの。

(4)「忠」に関しては、注(2)に挙げた『近松浄瑠璃の研究』所収「時代浄瑠璃の道義性」の中で、白方氏も調査しているが、そこでは「忠」に関するもので、使用例の多い一六作品のみを取り扱い、且つ、作品に現われる用例数の総数のみを示している。つまり、段毎の調査、用語例を一々取り上げて指摘してはいない。そこで、ここでは更に詳細に報告してみることにする。

(5)注(4)参照。

(6)海音の浄瑠璃制作の時期に合わせて近松の作品と対照した場合(具体的な対照作品は『曽我扇八景』、『曽我虎が磨』、『百合若大臣野守鏡』、『大職冠』、『けいせい懸物揃』、『嫗山姥』、『雑静胎内捃』、『天神記』、『持統天皇歌軍法』、『相模入道千疋犬』、『釈迦如来誕生会』、『娥歌かるた』、『嵯峨天皇甘露雨』、『弘徽殿鵜羽産家』、『賀古教信七墓廻』、『栬狩剣本地』、『国性爺合戦』、『国性爺後日合戦』、『聖徳太子絵伝記』、『日本振袖始』、『曽我会稽山』、『傾城酒呑童子』、『本朝三国志』、『平家女護島』、『傾城島原蛙合戦』、『井筒業平河内通』、『双生隅田川』、『日本武尊吾妻鑑』、『津国女夫池』、『信州川中島合戦』、『唐船噺

今国性爺』、『浦島年代記』の三二作品）、「忠」に関する使用例は、海音は近松の二倍を超える割合となる。
（7）「平安城細石」（『浄瑠璃作品要説〈2〉紀海音篇』〈国立劇場芸能調査室・昭和五七年三月〉）の解説参照。
（8）調査は注（6）で示した範囲で行ったものである。
（9）引用は『紀海音全集』（清文堂）に依る。
（10）調査は注（6）で示した範囲で行ったものである。
（11）引用は『反古籠』（『続燕石十種』〈中央公論社・昭和五五年七月〉第二巻所収）に依る。
（12）横山正氏は『近世演劇論叢』（清文堂出版・昭和五一年七月）所収「第二章　海音浄瑠璃の趣向と構成」の中で、この『反古籠』の記述から「両者すぐれた技倆を持つものの、両方を比較すれば、海音は近松の器に一歩及ばなかった相違を指摘したものであろうか。」と推測している。そのように解釈することも可能であろうが、ここでは両者の差異を問題にしたいと思う。
（13）引用は『浪速人傑談』（『続燕石十種』〈中央公論社・昭和五五年七月〉第二巻所収）に依る。
（14）『今昔操年代記　下』、『南水漫遊拾遺二之巻』等参照。
（15）以上、引用は『近松』（『増補国語国文学研究史大成　10』〈三省堂・昭和五二年九月〉）に依る。
（16）『貞享四年義太夫段物集』には「浄瑠璃大概」として、「三段目の事付り愁歎」と挙げられている。
（17）引用は「義太夫節における東風の完成」（横山正著『近世演劇攷』〈和泉書院・昭和六二年六月〉所収）に依る。なお、そこでは東風の「確立は享保の初めころに至って完成されたと考えたく」と述べている。但し、その傾向は「ウ・ハル等の多用の形で『丸腰連理松』に早く見られた」との指摘もあり、海音は初期作品から若太夫の志向するものを追及していったのではないかと考える。

追記　本書に於いて紀海音と近松門左衛門の作品に関する引用は、それぞれ『紀海音全集』（清文堂）、『近松全集』（岩波書店）に依る事とする。

第一章　海音の時代物

第一節　海音の趣向の整理

海音の時代物浄瑠璃に於ける趣向[1]の傾向を把握する為に、これより複数回の利用が確認される特徴的な趣向を取り上げ概観していきたい。海音の繰り返しよく利用する趣向を分類すれば、犠牲の趣向(あるいは生死の趣向)として【身替り】、【自害(「切腹」も含む)】、【子殺し】が挙げられる。また、縁切りの趣向としては【勘当】、【離縁・去り状】、そして、弁論の趣向として【意見】、【諫言】が指摘できる。更に、怨霊物あるいは夢幻的要素の強い趣向として【幽霊・魂・変化等】、【夢】、【絵】、その他の趣向では【敵討ち】、【恋】等が挙げられる。

また、別の視点から見れば【忠義】、【義理】、【孝】が道義の趣向として非常に多く仕組まれている。【忠義】、【義理】、【孝】の三点については、それ以外の趣向と結びつきながら展開するものも多く、他の趣向と同列には扱えない面がある。そこで、道義の趣向は最後に纏める事とし、それ以外の趣向に関するものから検討してみたい。なお、それぞれの趣向がどの段のどの部分に当たるかも明示してみたい(三巻構成等の作品については別項目に纏める)。

〈犠牲の趣向（あるいは生死の趣向）〉

劇的緊張感を特に高めるものとして、生死に関わる犠牲の趣向がある。この趣向は時代物浄瑠璃一般に仕組まれており、海音に特有というものではない。しかしながら基本の趣向でもあり、海音の場合も明らかにしておくべき課題と考える。以下、【身替り】、【自害】、【子殺し】の趣向について整理してみたい。


【身替り】

〈二段目〉●『花山院都巽』（切）●『日本傾城始』（切）●『呉越軍談』（口）、計三箇所。

〈三段目〉●『平安城細石』（切）●『仏法舎利都』（三）●『本朝五翠殿』（切）●『日本傾城始』（切）●『日本傾城始』（切）●『八幡太郎東初梅』（切）●『呉越軍談』（切）●『冨仁親王嵯峨錦』（切）●『大友皇子玉座靴』（切）●『東山殿室町合戦』（切）、計一〇箇所。

〈四段目〉●『本朝五翠殿』（切）●『新板兵庫の築嶋』（切）、計二箇所。

〈五段目〉●『新板兵庫の築嶋』（五）、計一箇所。[2]

この趣向は通常、時代物浄瑠璃の山場とされる三段目に仕組まれることが多い。三段目の眼目は愁歎であるが[3]、その傾向は海音でも同様に現われ、三段目に仕組まれるものは九作品一〇箇所となっている。これは他の段の利用と比較して極めて多い。いずれも生死を賭けた身替りの趣向となっており、しかも全て切場に位置している（『仏法舎利都』は三段目が一場の構成のため除外するが、位置としては切場に相当すると考えられる）。

さて、身替りによる死の趣向は必然的に愁歎を伴うのが普通であるが、例えば『平安城細石』三段目切、『仏法舎利都』三段目、『八幡太郎東初梅』三段目切、『大友皇子玉座靴』三段目切に関しては、夫婦、兄弟、姉妹等が我こそはと身替りを積極的に求め、争うという趣向になっている。身替りを申し出る論理は、義理、忠義といった道義によるもので、その問答の争いが見所となるのである。愁歎的な場面ではあるが、むしろ道義を互いに主張し、その身替りを申し出る潔さが印象的な場面となっている。これは三段目切に於ける海音の犠牲の趣向の特徴と考えられる。

一方、三段目切以外でも五作品六箇所の使用が認められる。『花山院都巽』二段目切の場合は、鸚鵡の首を藤壺の代わりとして差し出すというもので、ここでは愁歎の趣向としてではなく、言わば頓知の趣向となっている。また、『呉越軍談』二段目口の場合は、西施の代わりに歌朗君が呉の国へ行くというもので、替え玉の趣向とも言ってよい。これは、生死に関わる趣向とはなっていない。全般的な傾向としては、三段目切以外に仕組まれる身替りについては、生死の問題と密接に関わらないものもある。

また、『日本傾城始』二段目切の場合は、座禅の身替りをするところ殺害されてしまうというもので、狂言の『花子』を下敷きとしていると考えられる。しかし、海音は狂言の『花子』という笑いの構想から、全く逆転した趣向を創作したと言える。一見、単なる殺人事件と思われる展開を二段目切で構想し、実はこの身替りが三段目では「手紙の発見」という事態から忠義の問題として展開されているのである。この様に三段目の愁歎を二段目から作り上げるという複雑な仕組みを持つものもある。なお、『日本傾城始』三段目切では、もう一つ別の【身替り】の趣向も仕組まれ、更に複雑化されている。

【自害（「切腹」も含む）】（【身替り】の自害は除く）

〈一段目〉●『鬼鹿毛無佐志鐙』（口）●『小野小町都年玉』（口）●『新百人一首』（口）●『傾城国性爺』（切）●『義

経新高舘』(切)●『頼光新跡目論』(中)●『頼光新跡目論』(切)●『三輪丹前能』(切)、計八箇所。

〈二段目〉●『山桝太夫恋慕湊』(切)●『仏法舎利都』(切)●『甲陽軍鑑今様姿』(中)●『末廣十二段』(切)●『花山院都巽』(切)●『新板兵庫の築嶋』(口)●『新板兵庫の築嶋』(切)●『鎌倉三代記』(中)●『鎌倉三代記』(切)●『山桝太夫葭原雀』(切)●『三輪丹前能』(口)●『呉越軍談』(口)●『大友皇子玉座靴』(切)●『東山殿室町合戦』(口)、計一四箇所。

〈三段目〉●『鎌倉尼将軍』(切)●『小野小町都年玉』(口)●『曽我姿冨士』(中)●『平安城細石』(切)●『甲陽軍鑑今様姿』(口)●『甲陽軍鑑今様姿』(切)●『新百人一首』(口)●『花山院都巽』(切)●『傾城国性爺』(三)●『傾城国性爺』(三)●『本朝五翠殿』(切)●『新板兵庫の築嶋』(切)●『山桝太夫葭原雀』(中)●『義経新高舘』(切)●『義経新高舘』(切)●『神功皇后三韓責』(口)●『頼光新跡目論』(切)●『頼光新跡目論』(切)●『鎮西八郎唐士船』(切)●『日本傾城始』(口)●『日本傾城始』(切)●『三輪丹前能』(切)●『八幡太郎東初梅』(切)●『呉越軍談』(口)●『大友皇子玉座靴』(切)●『玄宗皇帝蓬来靏』(切)●『傾城無間鐘』(切)、計二七箇所。

〈四段目〉●『信田森女占』(切)●『曽我姿冨士』(中)●『愛護若塒箱』(切)●『山桝太夫恋慕湊』(口)●『山桝太夫恋慕湊』(切)●『甲陽軍鑑今様姿』(口)●『甲陽軍鑑今様姿』(跡)●『末廣十二段』(四)●『殺生石』(四)●『鎌倉三代記』(中)●『頼光新跡目論』(口)●『呉越軍談』(切)、計一二箇所。

〈五段目〉●『曽我姿冨士』(五)●『山桝太夫恋慕湊』(五)●『義経新高舘』(口)●『義経新高舘』(切)、計四箇所。

〈その他の段〉●『熊坂』(切)[4]●『三井寺開帳』(中口)●『三井寺開帳』(中切)●『忠臣青砥刀』(上切)●『忠臣青砥刀』(下切)、計五箇所。

ここで取り上げた【自害】の趣向は、実際に「自害」してしまうという展開ばかりではなく、自害を「決意する」ものの、止められてしまうというものも含めて取り上げた。自害が行われるか、止められるかという問題はその後の展開に影響するものではあるが、自害の決意の時点では、両者とも劇的緊張感が高まる場面といってよい。共通の効果を導き出す趣向として両者を纏めた。また、注記したように「身替り」としての「自害」は除いた。これは「身替り」の項目に含めてある。

さて、自害の趣向は非常に多く、時代物三六作品中三三作品に取り扱われ、七〇箇所に仕組まれている。その中でも、三段目切に仕組まれているものを見ると、一五作品に及んでいる。三段目が一場に構成されているものを含めれば一六作品となる。愁歎の要素が強い趣向であるため、三段目に仕組まれるのは当然であるにしても、五段目を除いたその他の段でもしばしば仕組まれている。五段目は時代物浄瑠璃の構想上、言わば悪方が善方に滅ぼされるだけの段であり、自害の趣向は少なくなっていると考えられる。しかしながら、一段目、二段目、四段目にもそれぞれ仕組まれており、単に愁歎の要素を押し出すためだけの仕組みではないと考えられる。海音の場合は、先にも述べたように(5)、責任を全うし、恥辱を雪ぎ、人あるいは武士として忠義・義理・孝等を示す潔さを示す行為として仕組む場合が多い。命懸けの姿勢は、愁歎的効果を目指す場合であっても、言わば英雄的態度として賞賛されるべきものとして観客には受け取られたものと思われる。そういう要素が強く現れるところに海音の特徴を見出すことも可能であろう。逆に言えば、観客の要求する志向の一つに対応した仕組みと考えられるのではなかろうか。近松が悲劇的要素を強く打ち出す方法とは対照的である。

また、特に切腹の場面もその効果が大きいと思われる。命懸けの行為がしばしば仕組まれる事は安易な方法のようではあるが、演劇的に見ればそれなりに緊張感を導き出す趣向として仕組みやすいものと考えられる。観客の要求に応えられるものであったが為に繰り返し利用されたと考えるのが妥当であろう。

切腹に関して言えば、三段目ないし四段目に仕組まれる場合、本心や事情を告白した後に切腹するものや、逆に切腹をした後で何らかの告白をするものもあり、切腹という行為により、その告白された内容の真実性が保証されるという関係になっていると考えられる。直接の告白に拠らない場合、例えば『頼光新跡目論』三段目切では、遺書を残して切腹するというものまである。その他『鎌倉三代記』二段目切では、悪人に切腹を強要されるという緊迫した場面などにも利用されている。

【子殺し】
〈三段目〉●『鬼鹿毛無佐志鐙』(三)●『日本傾城始』(口)●『呉越軍談』(切)●『東山殿室町合戦』(切)、計四箇所。
〈その他の段〉●『三井寺開帳』(上切)●『忠臣青砥刀』(中中)、計二箇所。

六作品六箇所に仕組まれている。『東山殿室町合戦』三段目切では、自分の娘を殺すというもので、他と比較した場合、殺される側の年齢が高くなっている。他は幼少の子を殺すというものであり、より愁歎的効果が期待されるものである。これまで取り上げてきた【身替り】、【自害】と比較した場合、数はあまり多いとは言えないが、三段目の趣向として重要なものと考えられる。

以上、犠牲の趣向(あるいは生死の趣向)について見てきた。生死に関わる問題が特に三段目に展開されるのは、三段目に愁歎を仕組む当時の浄瑠璃の基本的構想であり、海音もそれに十分に則って創作したことが窺える。しかしながら、三段目以外にもそれらの趣向は数多く仕組まれていた。同様の趣向が繰り返し用いられれば、観客に飽きられてしまう危険性がある。そこで、作者としてはそれらの趣向に様々な展開を施さねばならず、その一つの方法として「道義」との組み合わせを仕組んだと思われる。それは、劇を展開させていく推進力としても機能するものと考えられるのである。

〈縁切りの趣向〉

【勘当】

〈一段目〉●『八幡太郎東初梅』(切)●『東山殿室町合戦』(口)●『玄宗皇帝蓬来靍』(口)、計三箇所。

〈二段目〉●『鬼鹿毛無佐志鐙』(切)●『愛護若塒箱』(中)●『殺生石』(口)●『神功皇后三韓責』(口)、計四箇所。

〈三段目〉●『曽我姿冨士』(口)●『曽我姿冨士』(中)●『甲陽軍鑑今様姿』(切)●『新百人一首』(切)●『花山院都巽』(切)●『義経新高舘』(切)●『頼光新跡目論』(切)●『呉越軍談』(口)●『呉越軍談』(切)●『玄宗皇帝蓬来靍』(切)、計一〇箇所。

〈四段目〉●『末廣十二段』(四)●『殺生石』(四)、計二箇所。

〈五段目〉●『甲陽軍鑑今様姿』(五)、計一箇所。

〈その他の段〉●『忠臣青砥刀』(上切)●『忠臣青砥刀』(中口)、計二箇所。

【勘当】の趣向は、海音の時代物三六作品中一六作品に取り扱われ、二二箇所に仕組まれている。勘当される、または勘当が許されるという仕組みは、観客に緊張感を与えたり、安堵の感情を導き出しやすいものと考えられ、その利用回数もかなりの数に上っている。但し、これらは「勘当」という要素のみで仕組まれている訳ではない。例えば、意地と義理の為に勘当される『殺生石』二段目口や、義理の為に勘当を許さないという『甲陽軍鑑今様姿』三段目切の場面等も挙げられる。また、『神功皇后三韓責』二段目口のように「義」を励ます為の勘当という趣向もある。これは、【勘当】の趣向として仕組まれているものではないが、『鬼鹿毛無佐志鐙』四段目で、大岸宮内が子息力之介の為に遊女揚巻を身請けし、その後、力之介に「忠」を励ますために揚巻を殺害するという趣向と類似している。

その他にも、親の逆心を探るまで勘当されるという『東山殿室町合戦』一段目口や、東方朔からの賜物である笛を折ってしまった為、湘浦の竹で笛を作るまで高力士が勘当を受ける『玄宗皇帝蓬来鶴』一段目口の様に、何かを成就するまでの期限付きの勘当の趣向もある。これは、その条件を成就するための原動力として機能していくことになる。

また、『花山院都巽』三段目切や『忠臣青砥刀』中之巻口のように、勘当を盾に説得や脅迫を迫るものなど、色々な展開を作り上げていることが指摘できる。以上の様に、「勘当」とその他の要素が結び付く事に依り、より複雑化した趣向を作り出しているのである。時代物浄瑠璃の山場とされる三段目切にも『甲陽軍鑑今様姿』、『新百人一首』、『花山院都巽』、『義経新高舘』、『頼光新跡目論』、『呉越軍談』、『玄宗皇帝蓬来鶴』に仕組まれており、重要な趣向の一つと考えられる。

【離縁・去り状】

〈一段目〉●『山桝太夫恋慕湊』(口)、計一箇所。

〈二段目〉●『愛護若塒箱』(切)●『新板兵庫の築嶋』(口)●『新板兵庫の築嶋』(切)●『殺生石』(口)、計四箇所。

〈三段目〉●『鎌倉尼将軍』(切)●『山桝太夫恋慕湊』(口)●『傾城国性爺』(三)●『鎮西八郎唐士舩』(三)●『八幡太郎東初梅』(切)、計五箇所。

〈四段目〉●『末廣十二段』(四)、計一箇所。

〈その他の段〉●『三井寺開帳』（上中）●『三井寺開帳』（上切）●『忠臣青砥刀』（中口）、計三箇所。

【離縁・去り状】の趣向に関して言えば、一一作品に取り入れられ、一四箇所で展開されている。これも「離縁される」または「離縁を許される」という両様があるが、圧倒的に「離縁される」展開が多く仕組まれている。「離縁される」方が劇的な衝撃を観客に与えることができるものと考えられ、多く仕組まれるのも当然と思われる。ここでも【勘当】の趣向同様、その他の要素と結びつくものも多い。例えば、『新板兵庫の築嶋』二段目口の場合では、家包と言い交わしていた名月姫と家包とが、敵討ちの兄妹であると偽って逃亡している。二人が匿われた家の女房藤波が家包と乳兄弟であったと分かるが、名月姫の名を聞いて驚く。名月姫は夫貞右衛門が捜し求める人物だったからである。夫貞右衛門が帰宅すると、藤波は義理を重んじ夫に離縁を頼む。貞右衛門は寝言によそえて藤波に家包と名月姫を落とさせるという仕組みである。この様に、義理と結びついた「離縁」の趣向は『山枡太夫恋慕湊』三段目口でも扱われている。

また、「離縁」されるというものではなく、逆転した発想で「離縁」を望むという趣向は、『八幡太郎東初梅』三段目切の場合や、『末廣十二段』四段目でも利用されている。

その他、『忠臣青砥刀』中之巻口の場面では、目の見えないしののめは、兄の計略に騙され、夫大道寺と連れ立つ御台の居所を教えてしまう。大道寺は居所を知られたのは妻しののめの所為と察し、しののめに去り状を渡し、二人の子供をも殺すように中間弥藤次に言い付けるというものである。『三井寺開帳』上之巻切でも、「離縁」と「子殺し」とが結び付いて仕組まれている。多くの趣向が、それぞれ道義の問題と絡み合い、潔さが強く現れる場面として仕組まれているのが特徴である。

〈弁論の趣向〉

【意見】

〈一段目〉●『鎮西八郎唐士舩』（中）●『三輪丹前能』（口）●『大友皇子玉座靴』（切）、計三箇所。

〈二段目〉●『鎌倉尼将軍』（切）●『愛護若塒箱』（切）●『平安城細石』（口）●『甲陽軍鑑今様姿』（中）●『鎌倉三代記』（口）●『三輪丹前能』（口）、計六箇所。

〈三段目〉●『山桝太夫恋慕湊』（切）●『花山院都巽』（切）●『花山院都巽』（切）●『傾城国性爺』（切）●『本朝五翠殿』（切）●『呉越軍談』（口）●『呉越軍談』（切）、計七箇所。

【諫言】

〈一段目〉●『平安城細石』（切）●『山桝太夫恋慕湊』（切）●『花山院都巽』（口）●『傾城国性爺』（切）●『本朝五翠殿』（中）●『呉越軍談』（口）●『呉越軍談』（切）●『傾城無間鐘』（切）、計八箇所。

〈二段目〉●『甲陽軍鑑今様姿』（口）●『鎌倉三代記』（切）●『神功皇后三韓責』（切）●『日本傾城始』（切）●『三輪丹前能』（切）●『坂上田村麿』（口）、計六箇所。

〈三段目〉●『新百人一首』（切）●『新板兵庫の築嶋』（口）●『日本傾城始』（切）●『呉越軍談』（口）●『玄宗皇帝蓬来靏』（切）、計五箇所。

〈四段目〉●『甲陽軍鑑今様姿』（跡）●『鎌倉三代記』（切）、計二箇所。

〈その他の段〉●『三井寺開帳』（上中）、計一箇所。

ここでは、「意見」を身分的上位者から下位者に対して行う説諭とし、「諫言」を下位者から上位者に対して行うそれと規定して分類した。但し、この二者を厳密に分類することは問題もある。例えば『鎌倉尼将軍』二段目切の場合は、頼朝の衣装を着た畠山重忠が、頼朝に成り代わり尼将軍政子に意見をするというものである。これと同様の趣向に『本朝五翠殿』三段目切の例が挙げられる。自害を決意した照る日の前に、爪木が照る日の前の母親の声色を使い、母親に成り代わって意見するというものである。両者は何れも「諫言」に分類可能であるが、一応「意見」の方に分類した。また、夫婦間での、妻から夫への説諭も便宜的に「意見」の方に分類した。

意見と諫言は、多くは正しい判断を導くための説諭という展開を持つ。と言うことは、一方が道に外れた状態にあるということを前提として成り立っている場合が多い。その様な状況にあっては、説諭に際し軋轢が生じることになる。これが劇的緊張感を生み出し、見せ場として成立することになる。特に「諫言」では上位者が道に外れた状況にあることであり、説諭をそのまま受け入れない仕組みが多い。そうなると「諫言」する側では命懸けの行為となる場合もあり、緊張感も一層強いものとなる。特に「諫言」の場合では素直に聞き入れられるという展開は少なく、逆に強い反動を招くものが多いのが特徴である。例えば、子が親に「諫言」するという展開は『甲陽軍鑑今様姿』二段目口、『新百人一首』三段目切、『呉越軍談』三段目口などが指摘できるが、『新百人一首』、『呉越軍談』の場合はそれぞれ勘当されてしまう展開となっている。(6)

また、【意見】の趣向は一三作品一六箇所で仕組まれ、それも一段目から三段目までに扱われている。四段目及び五段目には仕組まれないというのが特徴である。【諫言】の場合は一七作品二二箇所に仕組まれている。四段目に二箇所の用例が見られるものの、その他は「意見」の場合と同様に一段目から三段目までに利用されている事が指摘できる。時代物浄瑠璃の構想では、四段目から善側の挽回が始まることが多いため、対立を発生させる趣向は本来的に仕組まれないことが原因と考えられる。

〈怨霊物あるいは夢幻的要素の強い趣向〉

【幽霊・魂・変化等】


〈一段目〉●『殺生石』(跡)●『冨仁親王嵯峨錦』(切)、計二箇所。

〈二段目〉●『神功皇后三韓責』(切)、計一箇所。

〈三段目〉●『愛護若塒箱』(切)●『花山院都巽』(切)●『本朝五翠殿』(口)●『呉越軍談』(口)●『坂上田村麿』(切)、計五箇所。

〈四段目〉●『仏法舎利都』(切)●『甲陽軍鑑今様姿』(口)●『甲陽軍鑑今様姿』(跡)●『傾城国性爺』(切)●『鎌倉三代記』(切)●『日本傾城始』(中)●『日本傾城始』(切)●『冨仁親王嵯峨錦』(切)●『東山殿室町合戦』(切)●『傾城無間鐘』(口)●『傾城無間鐘』(切)、計一一箇所。

〈五段目〉●『小野小町都年玉』(五)●『甲陽軍鑑今様姿』(五)●『殺生石』(口)、計三箇所。

〈その他の段〉●『忠臣青砥刀』(上口)●『忠臣青砥刀』(上切)●『忠臣青砥刀』(下切)、計三箇所。


これらの趣向は、近石泰秋氏が『操浄瑠璃の研究』(風間書房・昭和三六年三月)、第一編・第一部・第六章で、「四段目の趣向」として取り上げた「幽霊」、「霊験・怪異」、「鬼畜」、「怨霊」、「妖怪変化」の各項目を総合したものに対応している。海音の場合でも、近石氏の指摘の様に四段目に仕組まれるものが圧倒的に多いことが分かる。一七作品二五箇所に仕組まれており、それぞれ幽霊などが実際に登場して活躍するものが殆どである。但し、『冨仁親王嵯峨錦』一段目切には、悪人が霊魂に見入られた「振りをする」というものもある。数多く仕組まれる趣向であるため、変化を志向してのものであろう。また『神功皇后三韓責』二段目切では、悪心の王子が雲鷲を籠輿に閉じ込め、甘美内と謀反の意志を雲鷲に語り聞かす。すると雲鷲の一念が奴姿と現れ、悪人を退治してしまう。その後雲鷲は心付き、捕まえた王子らを籠輿に入れて都へ帰るという展開を見せる。この様な不思議な力を発揮する趣向が作られる一方、形勢不利と見るや死んで魂となり戦う決意をする『坂上田村麿』三段目切のような趣向まで仕組まれることもある。死ぬことにより、生きていた時よりも活躍できる力が備わるという考え方である。尤も、近松作『傾城島原蛙合戦』三段目でも、死んで一念となって四郎を討ち取ろうと決意するというものが仕組まれている。

その他にも、『甲陽軍鑑今様姿』四段目跡では、自害した弥五郎は死ぬ間際に父親から魂となって主である信玄を守れと命じられていたが、その命を守り信玄の呼び出しに応じて姿を現すという趣向もある。死後にも忠義を立てるべきという構想は、『呉越軍談』三段目口のように、自害して魂となり奉公を決意するという趣向ともなる。不思議な力を発揮するこれら様々の幽霊等は、善方の味方となって活躍する場合が多い。四段目に多く仕組まれるということは、四段目が悪方の衰退を描き始める方向性を有しているため、その段の傾向に影響されていることが大きな原因の一つと考えられる。

【夢】

〈一段目〉●『愛護若塒箱』（口）、計一箇所。

〈二段目〉●『山桝太夫恋慕湊』（切）●『山桝太夫葭原雀』（切）、計二箇所。

〈三段目〉●『愛護若塒箱』（切）●『本朝五翠殿』（口）●『本朝五翠殿』（切）、計三箇所。

〈四段目〉●『曽我姿冨士』（切）●『新百人一首』（切）●『傾城国性爺』（切）●『鎮西八郎唐士舩』（切）●『日本傾城始』（中）●『日本傾城始』（切）●『八幡太郎東初梅』（切）●『冨仁親王嵯峨錦』（切）、計八箇所。

〈五段目〉●『末廣十二段』(口)、計一箇所。

〈その他の段〉●『忠臣青砥刀』(上中)、計一箇所。


【夢】の趣向は、一三作品一六箇所に仕組まれている。この趣向も『操浄瑠璃の研究』の中でも指摘されているように、四段目に仕組まれることが多い。四段目の趣向と、他の段に仕組まれる趣向とは、質的差異はないと考えられる。例えば、『日本傾城始』四段目中では、夢の中で、嫉妬の一念同士が戦うという趣向であるが、それと共通した仕組みが『愛護若塒箱』三段目切にも見られる。『傾城国性爺』四段目切、『鎮西八郎唐士舩』四段目切、『八幡太郎東初梅』四段目切については、夢の中での、謂わば「予告」的趣向という共通する仕組みが見られるが、『忠臣青砥刀』上之巻中でも同様に仕組まれており、四段目とそれ以外の段とで仕組まれる「夢」の趣向については、根本的な相違は見られない。その他、『日本傾城始』四段目切では、二人同時に同じ夢を見たという趣向が仕組まれているが、世話物に目を向ければ『おそめ久松袂の白しぼり』下之巻にも、お染と久松が同時に同じ夢を見るという仕組みと共通している。また、『本朝五翠殿』三段目口・切のように、照日の前が投げた宝剣が桐壺の御簾に突き刺さる夢を見て目を覚ます(口)と、それが現実に起こっていた事だと分かる(切)という奇抜な趣向もある。尚、『曽我姿富士』四段目切では、夢の中で敵討ちを行うという仕組みであるが、これは近松の『曽我五人兄弟』五段目で敵祐経を討ち取る場面があり、海音はそれを基に作り上げたものである(7)。


【絵】

〈一段目〉●『末廣十二段』(切)●『富仁親王嵯峨錦』(口)●『富仁親王嵯峨錦』(切)、計三箇所。

〈二段目〉●『仏法舎利都』(口)●『仏法舎利都』(切)●『三輪丹前能』(切)●『富仁親王嵯峨錦』(切)、計四箇所。

〈三段目〉●『八幡太郎東初梅』(口)●『傾城無間鐘』(切)、計二箇所。

〈四段目〉●『鎌倉三代記』(切)●『冨仁親王嵯峨錦』(切)●『大友皇子玉座靴』(切)●『傾城無間鐘』(口)、計四箇所。

〈五段目〉●『冨仁親王嵯峨錦』(五)、計一箇所。


【絵】の趣向は八作品一四箇所に仕組まれている。但し、『冨仁親王嵯峨錦』は絵に纏わる筋が中心となって展開するものであり、三段目を除き全てに仕組まれている。さて、絵における趣向の特徴はどのようなものであろうか。『鎌倉三代記』四段目切では、頼家が行方知れずの若狭の局を慕い嘆くところ、若狭の幽霊が現れ諫言し、その後その姿が掛け軸の絵となる趣向がある。一方、『三輪丹前能』二段目切で、左京之進が若草姫との祝言の折、亡くなった若草姫の姉君を描いた絵が飾られていた。後室らは左京之進に毒酒を飲ませようとするが、何度注いでも消えてしまう。ところが、絵の中の姉君の口から血が流れ出すという趣向が展開されている。両者は絵の中の人物が現実世界の人々に影響を及ぼすというものである。これ以外の趣向でも、『冨仁親王嵯峨錦』四段目切の場合、夢の中で小町を見て小町の絵を描き上げるというものや、『傾城無間鐘』四段目口で、絵に描いた無間の鐘を撞くと鳴るという仕組みがある。絵にはその様な夢幻的な趣向に活用される場合が半数の作品に見られるのが特徴的と言える。

〈その他の趣向〉

【敵討ち】

〈一段目〉●『曽我姿冨士』(切)●『新百人一首』(切)●『八幡太郎東初梅』(切)●『坂上田村麿』(中)、計四箇所。

〈二段目〉●『鬼鹿毛無佐志鐙』（切）●『信田森女占』（二）●『曽我姿冨士』（二）●『甲陽軍鑑今様姿』（切）●『末廣十二段』（切）●『本朝五翠殿』（切）●『新板兵庫の築嶋』（口）●『日本傾城始』（切）、計八箇所。

〈三段目〉●『鬼鹿毛無佐志鐙』（三）●『新百人一首』（口）●『坂上田村麿』（切）、計三箇所。

〈四段目〉●『信田森女占』（中）●『曽我姿冨士』（口）●『曽我姿冨士』（切）●『新百人一首』（切）●『殺生石』（四）●『鎌倉三代記』（中）●『傾城無間鐘』（切）、計七箇所。

〈五段目〉●『鬼鹿毛無佐志鐙』（五）●『鎌倉三代記』（五）●『三輪丹前能』（五）、計三箇所。

〈その他の段〉●『三井寺開帳』（上切）●『忠臣青砥刀』（中中）、計二箇所。


【敵討ち】の趣向では、時代物のほぼ半数程度一七作品二七箇所に仕組まれていることが確認できる。敵討ちの場合、『鬼鹿毛無佐志鐙』や『曽我姿冨士』の様に、「敵討ち」そのものが作品の主題となるものがある他に、『本朝五翠殿』や『新板兵庫の築嶋』の様に、実際に敵討ちを決行するという趣向ではなく、敵討ちと偽ってその振りをするというようなものまである。また、『三井寺開帳』上之巻切や『忠臣青砥刀』中之巻中では、親や兄が敵討ちの対象として設定されるなどしている。但し、この両作品とも敵討ちの対象は悪方の一味となっており、葛藤が強調されて描かれることはない。

以上の様に敵討ちの趣向には色々な展開が工夫されている。当然ながら、敵討ちを決意し、また、実際に本懐を遂げるものまであるが、敵討ちが成就される場合には、『信田森女占』四段目中、『新百人一首』四段目切、『鎌倉三代記』五段目、『三輪丹前能』五段目のように劇の後半に設定される場合の他、『三井寺開帳』上之巻切、『八幡太郎東初梅』一段目切の様に劇の前半部で設定される場合もある。ところが、敵討ち成就の場は、三段目切に設定されることは全くない。基本的に敵討ち成就という趣向は、成就が喜ぶべき出来事であり、三段目の愁歎場には相応しいものではないからと考えられる。三段目に敵討ちが仕組まれるものとして、『鬼鹿毛無佐志鐙』以外にも『新百人一首』、『坂上田村麿』が挙げられるが、『新百人一首』三段目口では、左京の内室が悪人伴蔵を討とうとするが、菊作りの種介実は新八の親の敵であることから討つことを止めるというものであり、中心的な趣向としては成立していない。また、『坂上田村麿』三段目切の場面でも、きてうがしのぶを敵として狙い討とうとする所を、さぶが間に入り誤解も解けて和睦するというものである。ここでも敵討ちが成就される仕組みではない。

なお、敵討ちが主題の『鬼鹿毛無佐志鐙』でも、敵討ちが成就されるのは五段目であり、『曽我姿冨士』の場合は四段目切に仕組まれている。但し、敵討ちの趣向はその場の緊張感を盛り上げるには適した趣向であり、近松にもこの敵討ちの趣向は、曽我物を初めとして勿論仕組まれている。

【恋】

〈一段目〉●『鎌倉尼将軍』(口)●『小野小町都年玉』(口)●『愛護若塒箱』(切)●『甲陽軍鑑今様姿』(中)●『新百人一首』(口)●『末廣十二段』(切)●『花山院都巽』(切)●『傾城国性爺』(切)●『神功皇后三韓責』(中)●『鎮西八郎唐士舩』(中)●『八幡太郎東初梅』(切)●『傾城無間鐘』(切)、計一二箇所。

〈二段目〉●『愛護若塒箱』(中)●『鎌倉三代記』(中)●『富仁親王嵯峨錦』(口)●『坂上田村麿』(口)●『大友皇子玉座靴』(口)、計五箇所。

〈三段目〉●『小野小町都年玉』(口)●『末廣十二段』(三)●『傾城国性爺』(三)●『呉越軍談』(中)●『東山殿室町合戦』(口)、計五箇所。

〈四段目〉●『鬼鹿毛無佐志鐙』(四)、計一箇所。

〈その他の段〉●『忠臣青砥刀』(上口)、計一箇所。

【恋】の趣向は二〇作品二四箇所に仕組まれている。また、一二作品一二箇所が一段目に仕組まれており、全体のほぼ半数に上っていることが指摘できる。これは、一段目に恋を仕組む浄瑠璃の性質上から当然と言えよう。(8)「恋」の趣向とは言っても、さまざまな仕組みが展開されている。その中で、人の妻に対して横恋慕するという趣向は複数に仕組まれている。例えば、『冨仁親王嵯峨錦』二段目口では、冨仁親王は心労にやつれ老臣らが嘆く所、悪人の蟠海僧都が参内する。親王の病は笹目千王丸の妻、女絵師の狩野雪姫への恋慕の故と聞いた蟠海は、古今の例を取り上げ、不義をも承知で勅諚により召せと迫る。関白兼定は蟠海の挙げた悪例を非難するが、冨仁親王は蟠海の計略に乗って勅諚を出してしまうというものである。

同様に人の妻を恋慕するという趣向は、この他にも『神功皇后三韓責』一段目中、『大友皇子玉座靴』二段目口、『忠臣青砥刀』上之巻口が挙げられる。人の妻に対しての横恋慕という趣向は「不義」に当たる。いずれも作品中の早い段階(一段目、二段目もしくは上之巻)に仕組まれているという事は、「不義」が軋轢を生じさせ、後の波乱の展開を導き出すには好都合であったと考えられる。また、横恋慕する人物は冨仁親王(『冨仁親王嵯峨錦』)、忍熊の王子(『神功皇后三韓責』)、大友皇子(『大友皇子玉座靴』)、今川了俊弟貞広(『忠臣青砥刀』)という高貴な人物や権力者となっており、「不義」が押し通されるために善側の人々が窮地に陥れられる仕組みに展開しやすいものとなっている。

また、その他の恋の趣向として、恋の願掛け・恋の病・物狂い等様々に展開されている。一般的に言って、恋の趣向は観客の興味を引くものであり、創作上においても変化を付けやすい好材料となっていると思われる。

〈道義の趣向〉

これまで海音の繰り返される趣向を取り上げてきたが、これらの趣向は【忠義】や【義理】、或いは【孝】という道義と複雑に絡み合せられて仕組まれる場合が多い。そこで、最初にそれらの全体像を示したい。

【忠義】

〈一段目〉●『八幡太郎東初梅』（切）●『坂上田村麿』（切）●『大友皇子玉座靴』（中）、計三箇所。

〈二段目〉●『鬼鹿毛無佐志鐙』（切）●『信田森女占』（二）●『花山院都巽』（切）●『義経新高舘』（口）●『神功皇后三韓責』（口）●『鎮西八郎唐士舩』（口）●『東山殿室町合戦』（口）、計七箇所。

〈三段目〉●『鬼鹿毛無佐志鐙』（三）●『仏法舎利都』（三）●『新百人一首』（切）●『傾城国性爺』（三）●『義経新高舘』（切）●『神功皇后三韓責』（切）●『頼光新跡目論』（切）●『日本傾城始』（切）●『八幡太郎東初梅』（切）●『大友皇子玉座靴』（口）●『大友皇子玉座靴』（切）●『玄宗皇帝蓬莱鶴』（切）、計一二箇所。

〈四段目〉●『鬼鹿毛無佐志鐙』（四）●『山桝太夫恋慕湊』（切）●『甲陽軍鑑今様姿』（跡）●『末廣十二段』（四）●『鎌倉三代記』（中）●『義経新高舘』（切）●『坂上田村麿』（切）、計七箇所。

〈五段目〉●『甲陽軍鑑今様姿』（五）、計一箇所。

〈その他の段〉●『熊坂』（切）●『三井寺開帳』（上切）●『三井寺開帳』（中切）、計三箇所。

【義理】

〈一段目〉●『三輪丹前能』（切）●『八幡太郎東初梅』（切）、計二箇所。

〈二段目〉●『新板兵庫の築嶋』（口）●『新板兵庫の築嶋』（切）●『殺生石』（口）●『頼光新跡目論』（切）、計四箇所。

〈三段目〉●『山桝太夫恋慕湊』（口）●『甲陽軍鑑今様姿』（切）●『傾城国性爺』（三）●『本朝五翠殿』（切）●『義経新高舘』（切）●『神功皇后三韓責』（切）●『大友皇子玉座靴』（口）、計七箇所。

〈四段目〉●『山桝太夫恋慕湊』（切）●『末廣十二段』（四）●『山桝太夫葭原雀』（口）●『呉越軍談』（口）●『呉越軍談』（切）●『坂上田村麿』（切）、計六箇所。


【孝】

〈一段目〉●『神功皇后三韓責』（口）●『三輪丹前能』（切）、計二箇所。

〈二段目〉●『義経新高舘』（口）●『鎮西八郎唐士舩』（口）、計二箇所。

〈三段目〉●『鬼鹿毛無佐志鐙』（三）●『傾城国性爺』（三）●『本朝五翠殿』（切）●『神功皇后三韓責』（口）●『神功皇后三韓責』（切）●『鎮西八郎唐士舩』（口）●『日本傾城始』（切）●『三輪丹前能』（切）●『八幡太郎東初梅』（切）●『冨仁親王嵯峨錦』（口）●『冨仁親王嵯峨錦』（切）●『大友皇子玉座靴』（口）、計一二箇所。

〈四段目〉●『新板兵庫の築嶋』（切）●『義経新高舘』（切）●『坂上田村麿』（切）、計三箇所。

〈五段目〉●『山桝太夫恋慕湊』（五）●『冨仁親王嵯峨錦』（五）、計二箇所。

〈その他の段〉●『三井寺開帳』（上切）、計一箇所。


【忠義】、【義理】、【孝】の利用状況は、【忠義】が二二作品三三箇所、【義理】は一六作品一九箇所、【孝】の場合は一五作品二二箇所が指摘できる。しかし、これらの道義は複数が組み合わされて仕組まれる場合も多数あるのである。例えば【勘当】の趣向では、【義理】と結びついたものに『甲陽軍鑑今様姿』三段目切（義理のために勘当を許さない)が指摘できる。また、【勘当】と【忠義】と結びついたものに『神功皇后三韓責』二段目口(忠義を励ます勘当)が挙げられる。【離縁】と【義理】の趣向では『新板兵庫の築嶋』二段目口(義理のために離縁する)等がある。また、【敵討ち】と【忠義】とが組み合わされたものに『鬼鹿毛無佐志鐙』三段目(敵討ちが忠義のためと知り路銀を渡す)が見られ、【諫言】と【忠義】は『甲陽軍鑑今様姿』四段目跡(忠義による諫言)が指摘できる。更には【勘当】、【幽霊】、【忠義】の三者が組み合わされた『甲陽軍鑑今様姿』五段目(幽霊が現われ危機を救い、忠義に免じて勘当が許される)が指摘できる。また、【忠義】、【義理】、【孝】の三者が【意見】の趣向として絡み合わされながら仕組まれる『傾城国性爺』三段目(義理と忠義と孝の意見)のような、甚だ複雑な組み合わせも指摘できる。

また、【身替り】、【自害】、【子殺し】にもやはりこれらの道義が関わっているものも多い。こうして見ると、【忠義】、【義理】、【孝】という道義が、それぞれの趣向を展開させる原動力にもなっていると考えられる。

ところで、三段目に注目してみると、【孝】に関しては特徴的な傾向が見られる。『鬼鹿毛無佐志鐙』(宝永七年推定)[9]に【孝】の趣向が一度仕組まれるものの、以後暫くの間、三段目には【孝】が仕組まれることが無い。それが、享保二年春(推定)上演の『傾城国性爺』以後、享保八年七月『傾城無間鐘』に至るまでの一七作品中半数以上の作品に集中して利用される事になる。三段目切に限定すれば六作品に仕組まれていることになる。この様に見れば、海音作品について、【孝】を三段目切に設定するかどうかで作風を前期と後期とに二分することが可能な様に思われる。そして、その時期は宝永末頃から享保始めあたりと考えてよいのではなかろうか。

以上、海音が繰り返し利用する趣向を概観し、海音の趣向の組み合わせの様相も見てきた。ところで、近石泰秋氏が『操浄瑠璃の研究』で述べた様に、特定の段に特定の趣向が設定される傾向も確認できるのではあるが、その傾向から外れる場合もかなりの数に上ることも確かである。「段」と「趣向」の関係性とは別の力学が働いている可能性はないのであろうか。この問題は極めて重要なものと考える。そこで、次節にこの問題を取り上げてみたい。

（１）ここでは便宜的に「作者の仕組んだ類型的な素材・構想」という広い範囲を含めた意味で「趣向」と呼ぶ事にしたい。また、一つの事件の展開中に複数の素材が組み合わされる場合(例えば「義理」の為に「離縁」する等)、本来はその組み合わせ全てを含めて「趣向」と定義すべきと考えられるが、ここでは整理の都合上、それぞれを個別の「趣向」と捉え、分類することにしたい。なお、以下に説明する項目中には、分量的に少ない場合も含めて検討した。
（２）作品名の下に付した(口)、(切)〈以下では、(中)、(跡)を含む〉はそれぞれ「場」を表わすものであるが、一段が一場で構成されているものについては括弧内にその段数を入れて表記した。
（３）『貞享四年義太夫段物集』には「浄瑠璃大概」として「三段目の事付り愁歎」とあり、三段目の眼目に「愁歎」を挙げている。
（４）『熊坂』は一段物であるため、〈その他の段〉に含めた。
（５）「序にかえて」参照。
（６）『新百人一首』、『呉越軍談』の場合は、【勘当】の分類中にも重複して掲出してある。
（７）第一章第五節「『曽我姿冨士』考」参照。
（８）注(３)で示した『貞享四年義太夫段物集』には「浄瑠璃大概」として「初段之事付り恋」とある。
（９）以後、上演年次は『義太夫年表　近世篇』に依る。

第二節　海音の「場」と趣向

はじめに

時代物浄瑠璃の趣向に関して言えば、一つの方法として「段」との関係から考察されることがある。時代物五段の全段に亙って考察した業績の一つに近石泰秋著『操浄瑠璃の研究』(風間書房・昭和三六年三月)が挙げられよう。その中では、各段の性質・劇構造、及び繰り返し仕組まれる趣向等に関する考察がある。例えば三段目の趣向の例を挙げれば、「中心的趣向」として「死、身代り、切腹、殺し」を指摘し、「従属的小趣向」として「使者、子役、継母、やつし、対面、別れ、縁切り、身売り、改心、発心、詮議、手負ひ、物語、ほどき」を挙げる。また「中心的趣向」、「従属的小趣向」の両者いずれにも用いられる趣向として「心底、板ばさみ」についての考察に及ぶ。多数の浄瑠璃作品に目を配りつつ、当時の芸論にも配慮したそれら論考は十分に評価されるものである。しかしながらこの趣向についての考察は、総論としての傾向を指摘したものであり、劇構造上の「段」の性質以外の条件については、更に検討する余地が残されているように思われる。本稿では、これまであまり関連させて究明されることがなかった「場」[1]と「趣向」[2]という関係から考察しようと思う。

さて、趣向がその内容により「場」に影響されることは、ある意味に於いては当然とも言える。例えば歴史的事実や伝承により「場」が決定される場合である。海音作『曽我姿富士』(正徳五年秋以前)四段目切[3]では、虎と少将が二人同時に夢を見る。その夢は曽我兄弟が工藤祐経を「富士の巻狩」で討つというものである。この様に「場」と趣向が対になって仕組まれる場合もあるが、ここではもう少し別の関係を問題にしたいと思う。但しその場合、「趣向」が先に決定され、その上で「場」が選択されると考えるのか、また、その逆に「場」の決定が先行し、それによって「趣向」が仕組まれるのかという問題とも絡み合う。[4]通常、「趣向」が先に決定され、それによって「場」が決定されると考えるのが妥当とは思われる。しかし、「場」と「趣向」が本来緊密な関係を持たない場合でも、特定の「場」ではそれに対応する特定の「趣向」が仕組まれることも指摘できるのである。ここでは便宜的にどちらが先行するのかという問題には立ち入らない。以下、「場」と「趣向」との関係に問題を絞り、具体例を出来るだけ指摘するという方法によって考察を進めてみたい。

一　海音の「場」

最初に、海音の時代物浄瑠璃の「場」がどのように設定されているのか、その種類の概略を見ておきたい。[5]

「屋外」の場には、●街道・道中[6](街道筋、山科の里、有馬、山科、夜道、宿はずれ等)●森(信田)●山・山麓(山中、山畑、不忘山、生駒山、鞍馬山、鎌倉山、逢坂山、羽束師山、小塩山、別雷山麓、比叡山麓)●里(宇治の里、味間野の里、十符の里)●海上(沖合)●船中(松浦川船中)●浜(由比が浜、浜辺)●川・河原・池(宇治川、生田川、武庫川、広沢池)●橋(一条戻り橋、瀬田の長橋、扇の橋、佐野舟橋)●関(伊勢路新関、丹波口関所)●

刑場●陣（武蔵野頼義の陣、逆柴陣所、悪路王陣地、硯が岡）●その他の屋外（小松引き、紅葉狩り、松原、松林、竹林、並木、あだし野、粟津が原、武蔵野、江ノ島、青野が原、醒ケ井、こま沢堤、杉井村田園、芭蕉が原、芭蕉ケ辻、福原、椋の木のある所等）となる。

「屋内」では、●屋敷（御殿、浪人宅、隠れ家、山家、化粧殿、記録所、山荘、庭、玄関先、仮屋、廃屋、茶室、将軍館、寝所、本陣宿等）●城（稲村が城、信虎居城、洲沢城、多多良潟城、和泉が城、貞任城、了俊城、丹後田辺城、貞広城、室町城、城内等）●御所・内裏・宮殿（鎌倉御所、御所門前、鎌倉御所雪見の亭、東三条仮御所、山科御所常夏住居、御所能舞台、紫宸殿、仮御所）●神社・寺院（鶴岡社、丹後国分寺、鶴ケ岡八幡宮、三十三間堂、二尊院、住吉社、貴船社、三輪の社、陸奥社、藤沢寺、花山寺、飛鳥社、七の社、吉野神宮、河津廟所）●庵室（高円山王子草庵、新善光寺庵室、小倉山草庵、室積山里の庵、義尋庵室、三輪の山里庵室等）●廓（伏見、木辻吉田屋、三島宿、室、さがみ屋、手越里うつせみ屋）●小屋（非人小屋、浜小屋、牢小屋）●堂（辻堂、薬師堂）●店・茶店●湯屋等が挙げられる。また、参考までに国外の「場」を示せば、新羅国、琉球国宮廷尊閣、呉王宮殿、姑蘇台宮殿、玄宗宮殿、蜀の離宮、唐土近くの島、西湖畔の姑蘇台、越の国境湖畔、呉の東門、会稽山呉王の陣、安禄山の城、呉の城、長安の神社等という「場」が設定されている。

ところで、大序及び三段目切の「場」については前掲書『操浄瑠璃の研究』に「大序の特質の第二は、その舞台がほとんど内裏・鎌倉御所・堀川御所・室町御所などの、将軍家武将の館あるひは神社仏閣の御前になつてゐることである。つまり多くの場合その時代における最も尊い厳かな場所が選ばれるのである。他の段の端場や三段目切の愁歎場によく選ばれる普通の民家や武家屋敷などの卑近な場所が大序の舞台となることはほとんどない。例外としてはむしろ山の中・川のほとりなどの屋外が選ばれることの方が多いであらう。屋外の方がかへつて大序の気分を傷けないからである。」と指摘されている。

海音の場合も、大序では「鎌倉御所の段」(『鎌倉尼将軍』)、「内裏の段」(『愛護若塒箱』)、「将軍館の段」(『傾城無間鐘』)等が設定されており、城、御所、内裏、神社、寺院等の「場」は非常に多い。また三段目切では、「浅井主水浪宅の段」(『鎌倉尼将軍』)、「伊吹山木斎住家の段」(『花山院都巽』)、「半蔵浪宅の段」(『頼光新跡目論』)等が設定されており、例外は存するものの、海音の場合でも言わば常套的な「場」が設定されていると考えられる。

さて、それ以外でも実に多様な「場」が設定されていることが分かる。勿論、それら全ての「場」に趣向との関係が認められるというものではない。しかし、その中の「廓」、「庵室」、「街道」等の「場」に関しては特定の種類の趣向が共通して利用されるという傾向を指摘できるのである。そこでこれより「場」と趣向の関係を具体的に指摘することにより、海音の特徴の一つを明らかにしようと思う。最初に「廓」の場を見てみたい。

二　「廓」の場と趣向

「廓」の場は、『鬼鹿毛無佐志鐙』四段目、『三井寺開帳』中之巻中・切、『曽我姿富士』四段目中、『甲陽軍鑑今様姿』一段目切、『傾城国性爺』二段目口、『日本傾城始』四段目中、『三輪丹前能』三段目切、『坂上田村麿』三段目切の都合八作品、九箇所で設定されている。一段目から四段目までにそれぞれ仕組まれており(三巻構成の『三井寺開帳』中之巻の例を除く)、「廓」の場が特定の段と結びつくものではないことが分かる。但し、五段目には仕組まれておらず、一曲を終結させる「場」には相応しいものではなさそうである。また、時代物浄瑠璃の山場と考えられる三段目切にも利用されていることから見れば、浄瑠璃の「場」の中でも「軽い」ものとばかりは言えない。

さて、『鬼鹿毛無佐志鐙』(宝永七年・推定)四段目では、伏見撞木町に放蕩三昧の日々を送る大岸宮内が、子息力之介と力之介に恋する一文字屋遊女揚巻との取り持ちを引き受ける。その夜、二人きりとなった所で揚巻は力之介に力之介の母から預かった「文(手紙)」を渡す。母の手紙は力之介からの便りがない事を切なく嘆き訴えたものであった。手紙を読んだ力之介は、揚巻に母への伝言を頼みつつ母の過分の想いに涙を流し、覚えず知らず揚巻を抱きしめて二人は結ばれることとなる。その間の一部始終を父宮内は「立ち聞き」していたのであった。その後、宮内は揚巻を力之介に添わせたいと亭主に申し出て「身請け」する。宮内、力之介、揚巻が廓から出ての三人連れとなった所、宮内は突然揚巻を刺す。揚巻の恨み言に宮内は力之介に忠を励ます為と諭すと、揚巻は納得して死ぬのであった。

この四段目での「廓」の場には、「文」、「立ち聞き」、「身請け」、そして「殺害」[7]という生死に関わる趣向が指摘できる。「廓」の場となれば、身請けの趣向は相応しいものであろうが、他の場合はどうであろうか。なるほど、「手紙」も相応しい趣向と考えられなくもない。しかし、ここでは「恋文」とは全く異なる「母」から「子」へのものである。そう考えれば、「立ち聞き」や「殺害」と同様に、たまたまここに取り入れられた趣向と理解できるかもしれない。ところが、これらの趣向は『鬼鹿毛無佐志鐙』に限らず、その他の作品の「廓」の場にもしばしば利用されていることが指摘できる。そこで、次の例を見てみたい。

『三井寺開帳』(正徳二年四月二十二日以前)中之巻は、中が木辻吉田屋門口、切が同吉田屋内の段となる。ここでは両段を合わせて「廓」の場と捉えたい。さて、吉田屋門口では、悪人の企みにより城を落ちた国の主頼母介が、紙衣姿で吉田屋の門口をうろついている。馴染みの茂介と出会い話しをする所、格子の隙間からみ舟に呼ばれ、頼母介の愛人薄雲からの「文(手紙)」を受け取る。み舟は「先程よりかうしのすきぢよつとおすがたみ覚へてうすぐもさまの文なげました」と頼母介に言う。舞台での人形の動きは不明であるが、「先程より」とあるからには、頼母介と茂介との会話を「立ち聞き」する演出があったものと想定させる。そう考えれば、ここでも「立ち聞き」と「文」の趣向が指摘できるのであるが、ここでみ舟は薄雲の「身請け」に関する情報を頼母介に伝える。
切でこの「文」は、「うすぐもふみの段」として景事で語られる。文の内容は頼母介に薄雲自らを思い切れというものであった。ところが頼母介は薄雲の本心を知り、なかなか思い切れないでいる。そこに薄雲の父ぢぶ太夫が身請け金三百両を持参する。続いて執権はたの小文治も登場し、妹初菊が居合わせていない事を不審がる。ぢぶ太夫は、三百両が初菊を殺して奪った金と告白し腹を切ろうとする。小文治は忠義故の殺人であるとし、ぢぶ太夫の「自害」を止める。ここでは、ぢぶ太夫は自害を止められた為に死に至ってはいないが、やはり生死の問題に関わっていると判断される。

もう一つ『三輪丹前能』(享保六年正月二十日)三段目切の例を挙げてみたい。摂津国武庫郡の受領職富古の娘若草姫と家老曽根松大学の娘雲井は傾城に身を売られ、藻倉、高橋と名を変えて廓勤めをしている。そこに雲井の兄大木之介が訪ねる。大木之介は二人が廓を抜ける思案を尋ねると、雲井も話しがあると言い、一旦兄を橘屋に同道し、小座敷へ隠すことにして揚屋へ入る。雲井は大尽客の許で身の上話しをして泣き出すと、大木之介は次の間で様子を「立ち聞き」し、かどわかした悪人を憎む。大尽客は雲井の話を聞いた後、亭主に雲井の「身請け」を依頼し、皆々退出する。残った雲井は若草姫に打ち掛けを着せる所、大尽客が現れ着物の紋に不審を抱いて雲井を問い詰める。要領を得ない返答に大尽客が怒り、雲井を打ち叩く。そこに堪らず大木之介が現れ、大尽客と争いに及びそうになる。しかし二人は実気に戻り仲直りとなり、互いの正体を明らかにする。大尽客は河内国鐘馗滝五郎であり、所縁の者であった。滝五郎は若草姫と雲井の「身請け」を済ませた証文(「文(書き物)」)を披露し、皆で喜ぶ。そこに姫、雲井をかどわかした四六兵衛とだら介が現れ、姫と雲井を誘拐しようとする。大木之介らは取って伏せ、頼んだ者の名を問い糺し、黒幕が家老曽根松大学と知る。四六兵衛らを斬った大木之介らは二階に向かい大学を呼び立てると、突然大学は「自害」し本心を語り出す。大学はこれまでの悪事を詫び、後の事を頼んで果てるというものであった。

この切では、大木之介が次の間で雲井の身の上話しを「立ち聞き」する趣向が仕組まれており、更には大尽客による雲井の「身請け」へと展開する。(8) また、四六兵衛とだら介を「殺害」する事件もあるが、ここでの二人の殺害は非常に軽く扱われている。ところが、次の大学の「自害」が大きな趣向として展開しており、重要な見せ場となっているのである。

さて、以上指摘した趣向は、必ず全てが「廓」の場に仕組まれるというものではない。それらが適宜選択され利用されているのである。「文」の趣向は、他の作品では『曽我姿富士』四段目中や、『甲陽軍鑑今様姿』一段目切にも利用される。「身請け」は『甲陽軍鑑今様姿』一段目切を除き、全ての作品に利用されている。これは元々「廓」における基本的な趣向とされていたと考えられる。「廓」の場で最も劇的に利用しやすい趣向であったのだろう。しかし、「廓」とはあまり相応しくないと思われるような生死に関わる「殺害・自害」などのような趣向も常に利用されている。これは「廓」の場全てに共通して仕組まれているのである。

ところで、近松門左衛門は海音に先行して既に時代物に「廓」の場を設定していた。それは『三世相』三段目口・中、『大磯虎稚物語』三段目中、『吉野忠信』一段目中、『曽我七伊呂波』二段目切・三段目切、『日本西王母』四段目口、『曽我五人兄弟』三段目中・五段目切、『団扇曽我』一段目切、『けいせい反魂香』中之巻口・中、『傾城吉岡染』中之巻口、『曽我扇八景』中之巻口、『曽我虎が磨』上之巻切、『賀古教信七墓廻』三段目口、『本朝三国志』四段目切、『傾城島原蛙合戦』二段目切の一四作品、一八箇所に仕組まれている。(9) ところが、これらの作品には海音の場合で指摘した「文」、「立ち聞き」、「身請け」、「殺害・自害」という趣向が複数で仕組まれるものがない。と言うことは「廓」の場のこれらの趣向は、海音の特徴的な仕組みということができるかも知れない。但し、世話物を視野に入れれば、近松にもそれらの趣向が幾つも揃う作品が指摘できる。一例として『心中天の網島』(享保五年十二月六日)上之巻切を挙げるのが最も適切であろう。河庄にて、侍客実は治兵衛兄粉屋孫右衛門と小春との会話を治兵衛が「立ち聞き」し、小春の不実を恨み抜き身の刀を小春目掛けて格子の狭間から突き掛かる。ここでは「殺害」が未遂に終わるものの、行為そのものは「殺害」の趣向と変わりがない。更には起請の交換時の、治兵衛妻おさんからの「文(手紙)」の発覚という展開となる。また、起請そのものが「書き物」の一つとも判断できる。海音が時代物で利用した趣向を、近松は世話物の中で展開したことは、両者の「廓」の場に対する姿勢の相違を闡明にするものである。

以上、海音の「廓」の場で共通する趣向が繰り返し仕組まれている事を明らかにした。表にして示せば次の様になろう。

作品名	段	趣向			
『鬼鹿毛無佐志鐙』	四	文	立ち聞き	身請け	殺害
『三井寺開帳』	中(中・切)	文	立ち聞き	身請け	切腹未遂
『曽我姿冨士』	四	文		身請け	自害覚悟
『甲陽軍鑑今様姿』	一切	文			手討未遂
『傾城国性爺』	二口			身請け	
『日本傾城始』	四中			身請け	他殺願望
『三輪丹前能』	三切	文	立ち聞き	身請け	自害
『坂上田村麿』	三切			身請け	刺違未遂

この様に見ると、「段」と趣向の関係以外にも、「場」と趣向の関係が明らかになってくると思われる。では、「廓」以外ではどのようであろうか。そこで次に「庵室」の場を取り上げ、そこに仕組まれる趣向を検討してみたい。

三　「庵室」の場と趣向

「庵室」の場は『小野小町都年玉』一段目中、『甲陽軍鑑今様姿』四段目跡、『新百人一首』四段目口・切、『殺生石』一段目跡、『義経新高舘』二段目口、『日本傾城始』四段目切、『三輪丹前能』四段目中、『八幡太郎東初梅』四段目中、『東山殿室町合戦』一段目切の九作品、一〇箇所に設定されている。一段目が三箇所、二段目が一箇所、四段目が六箇所となる。

『甲陽軍鑑今様姿』(正徳五年秋以前)四段目跡では、武田大膳大夫晴信が信玄居士と法名して庵室に住む所、山本勘介を筆頭に家臣たちが集まり信玄に帰城するよう様々に「説得」する。家臣たちは説得が叶わない場合に備えての死装束の出で立ちであった。即ち、ここでは命懸けで「説得」するという趣向となっている。この趣向は『三輪丹前能』四段目中にも同様に用いられている。『三輪丹前能』の場合、河内領主弓削判官重章の次男左京之進重行は、摂津国武庫郡受領職千町田左衛門富古の娘かほる姫との養子縁組の契約を結んでいたが、左京之進は元来出家願望の強い人物として設定されていた。ところが、一段目切でかほる姫は自害、二段目切で左京之進は出家し、後に玄賓僧都と名乗る。四段目中となり、かほるの義妹若草姫は大木之介、雲井の兄妹を供に左京之進の行方を尋ねわび、ふと庵室を訪れた所、偶然にも左京之進と邂逅する。大木之介は左京之進に千町田の家に戻り家督相続するように「説得」するも聞き入れられない。この時、大木之介は「うゑじにする迚も。御供申帰らずは八幡外へにじらじ」と言い放ち、妹雲井も「おなし身のかくご」をしているものである。ここでも『甲陽軍鑑今様姿』の場合と同様に命懸けで「説得」するという仕組みであり、その説得の内容も「帰国」の勧めと同様である。

また、『東山殿室町合戦』(享保七年十一月一日)一段目切では、先の二例の趣向をもう少し捻った展開となっている。将軍足利義政公の御舎弟義尋上人が庵室に居るところ、将軍の使者として竹原八郎範勝が訪れ、義政公が義尋上人に家督相続をするようにとの旨を伝える。これに対し上人は断ると、竹原は是非にと執拗に「説得」を続ける。上人は「今生の対面是迄」と言葉を放ち奥に行こうとすると、竹原は上人の真意を確かめる為の謀であったと打ち明けるというものである。一段目口で、義尋上人に下心有りと悪人方に讒言されたことを受けての仕組みである。ここでは家督相続の意志がないことを確認するという展開が付加されてはいるものの、竹原が真意を明かす迄は全く同様の趣向であると言える。

もう一例、『日本傾城始』(享保五年七月二十一日)四段目切の場合を取り上げてみたい。播州斑鳩の領主橘左衛門尉光国の娘敷津前には顕基の中納言が聟君に定まり、国譲りも決定した。その後諸事件を経て、四段目切では顕基と敷津前は出家し、室積の山里の庵室に着き、庵の主の老女から悟りを示されることになる。老女は桧垣の嫗の幽霊であり、顕基の迷いを晴らそうと現れたものであった。老女は、善悪二つなきときは仏も凡夫もなく、また家を出るも国に帰るも同じ事と諭す。これにより顕基と敷津前は仏縁の告げと感じ入り、「帰国」することになる。次の五段目では悪人を処罰し、家督を無事に相続する展開となっている。この四段目切では、悟りを示すことにより出家から還俗するという道筋が設けられている。これも「説得」の一方法と見なしてもよかろう。以上の四例について纏めれば、高貴な人物が遁世し「庵室」に居る所、本来あるべき立場に回帰するように「説得」するという趣向と言える。

「説得」という点に注目すれば、『義経新高舘』(享保四年正月二十日)二段目口の場合も指摘できる。和泉の三郎忠平は庵を結んで親秀平の三年の喪に服していた。そこに妻花まきが狼狽の態で駆け入り、鎌倉殿より近日中に大軍の討手が来ると知らせる。軍評定の場に三郎がいないのは臆病風を引きこんだとの当て言を聞き、悔しさのあまりに駆け付けたのであった。花まきは臆病者と言われては亡き親にも済まないと、喪を破り来てくれるように「説得」する。しかし三郎は相手にしない。ところが、庵近くで落人らの騒動を目の当たりにし、花まきの知らせを事実と悟った三郎は急ぎ高舘へ向かうというものである。遁世から還俗へという趣向ではないが、「庵室」での「説得」という方法は踏まえられている。

ところで、『日本傾城始』では老女が桧垣の嫗の幽霊として現れた。これと同様に『三輪丹前能』四段目中では、女は三輪明神として登場する。また、『八幡太郎東初梅』(享保元年正月・推定)四段目中では翁嫗は鶴となり、『殺生石』(享保十六年九月三十日以前・推定)一段目跡でも「瓜二つ」の中宮(一方は妖怪変化)が現れることになる。この「瓜二つ」の女が現れるというのは『新百人一首』(正徳五年秋頃・推定)四段目口・切にも見られるが、ここでは夢の出来事として仕組まれている。しかし、これは四段目という「段の性質」から展開されたものとも考えられる。(10) 参考までに指摘しておくことにしたい。

また、『小野小町都年玉』(正徳四年五月七日以前・推定)一段目中では「宿を借りる」という趣向が展開され、『八幡太郎東初梅』四段目中でも同様に「宿を借りる」という設定がされている。ただ、用例が二例であるため、これも「場」と趣向の関連の可能性を指摘するに止めたい。

では、近松の場合ではどうであろうか。近松が時代物で「庵室」を「場」に設定したものは、『世継曽我』四段目跡、『三世相』二段目切、『主馬判官盛久』三段目切、『津戸三郎』四段目切、『大覚大僧正御伝記』三段目切・四段目口、『せみ丸』四段目切、『大磯虎稚物語』二段目切・三段目口・四段目口、『本朝用文章』四段目口、

『本領曽我』五段目切、『けいせい反魂香』上之巻切・下之巻、『酒呑童子枕言葉』二段目切、『兼好法師物見車』中之巻切、『大職冠』三段目口、『殩静胎内捃』二段目切、『天神記』四段目切、『娥歌かるた』四段目中、『国性爺後日合戦』二段目口、『聖徳太子絵伝記』五段目口、『傾城島原蛙合戦』三段目切、『津国女夫池』四段目口、『信州川中島合戦』二段目口の都合二一作品、二五箇所(11)ある。この中で一段目に設定されているものはない。二段目は六箇所、三段目は五箇所、四段目は九箇所、五段目は二箇所、上之巻一箇所、中之巻一箇所、下之巻一箇所となっている。近松作品の場合は、「庵室」の場を一段目に設定することがない点で海音と異なる。逆に、海音が設定しなかった三段目に近松は仕組んでいる。更に言えば、三段目切にも三箇所に設定しているのである。但し、四段目の設定数が最も多い点については両者とも共通していると言えよう。

さて、この中で近松は海音の特徴として挙げた「説得」の趣向を二作品二箇所で利用している。一つは『津国女夫池』四段目口の場合である。源義輝公の弟義昭は出家して慶覚と名乗り庵室に暮らしていた。そこに海上太郎兼盛の案内で浅川左京太夫藤孝、御台所、若君らを連れて訪れる。海上太郎は慶覚に還俗し三好太郎を討つように「説得」する。慶覚は還俗を拒否すると、海上太郎は「御返答をしやうじのさかひと一心をすへたる男。実正詞にちがひはないか。」と詰め寄る。後、慶覚は還俗の決意に至る。ここでは海音と同様に将に命懸けの「説得」の趣向となっている。もう一つは『信州川中島合戦』二段目口で仕組まれている。山本勘介が信濃山中に隠棲する所、武田信玄が勘介を軍師に頼もうと庵室を訪ねて来る。勘介の母がそれに応対する。信玄は礼儀を尽くし軍師となって貰うように「説得」するも母に拒否される。それにも怯むことなく信玄は「主従していのけいやくいたさぬ其内は。信玄がかばねを此山にうづむ計ぞ」と更に「説得」を続ける。この後、勘介が留守であることが明かされるが、勘介が軍師となることを母が約束するという展開となる。ここでは勘介が出家から還俗するという設定とはなっていない。しかし庵室に隠棲する人物をそこから浮世に回帰させるという筋は同様のものと見なされよう。結局、必死の決意を以って「説得」するという趣向はこの両作品に共通したものであり、海音の趣向と同様と考えられるのである。因みに『津国女夫池』、『信州川中島合戦』は享保六年二月と同年八月、竹本座の初演である。海音の「説得」の趣向を持つ作品は『東山殿室町合戦』(享保七年十一月一日)を除けば、全て近松の二作品に先行している。この事から考えれば、近松の「庵室」の趣向は海音から何らかの影響を受けた可能性もあると推測される。しかしながら、近松の「説得」の趣向は数から見れば僅かであり、全体として見れば海音の姿勢とは異なっていることも確かである。つまり、海音の側から見れば、「説得」の趣向は海音の特徴的方法と考えて良いであろう。さて、海音の「庵室」の場を表に纏めてみたい。

作品名	段	趣向
『小野小町都年玉』	一中	宿を借りる
『甲陽軍鑑今様姿』	四跡	説得
『新百人一首』	四口・切	瓜二つの女
『殺生石』	一跡	瓜二つの女
『義経新高舘』	二口	説得
『日本傾城始』	四口・切	説得　桧垣嫗幽霊
『三輪丹前能』	四中	説得　三輪明神
『八幡太郎東初梅』	四中	宿を借りる　鶴
『東山殿室町合戦』	一切	説得

以上見てきた様に、「庵室」の場では何らかの「説得」が展開されるという趣向が多く仕組まれていた。しかし展開の仕方については、単なる繰り返しとなっているものではなく、それなりに変化を求めようとする海音の姿勢も見てとれるであろう。

四　「街道」の場と趣向

次に「街道」の場について考察したい。(12)「場」が「街道」に設定されたものを挙げると、『熊坂』一段目口(『熊坂』は一段物)、『末廣十二段』二段目切、『山桝太夫恋慕湊』一段目口、『甲陽軍鑑今様姿』二段目中、『大友皇子玉座靴』一段目切、『坂上田村麿』二段目切の六作品、六箇所となる。「街道」が「場」として設定される場合、ほぼ一段目乃至二段目に集中していることが分かる。

さて『山桝太夫恋慕湊』(正徳元年十月前後・推定)一段目口では、奥州五十四郡の太守岩木判官政氏が家臣菊田民部らを供に、京へ参勤に向かう。行列を進める所、梅津の宰相の一行と出会う。梅津の宰相は勅使の役目の途中であり、政氏は下馬を求められる。政氏は民部に下馬を勧められるが、梅津の宰相に意趣遺恨があるため「乗り打ち」にしようとする。この時、梅津の宰相は乗り打ちに対し皮肉を込めて「非礼を咎める」。民部は穏便に済ませたく、様々に取り繕うが全く無駄であった。後の事件の発端となる場面である。

この「乗り打ち」の趣向は、展開が全く異なるものの『甲陽軍鑑今様姿』二段目中にも仕組まれている。山本勘介は武田家に仕えるため初登城の途次、勘介一行の前を小長刀を振り回し裸背馬に乗る女が通り過ぎようとする。勘介の供軍八は「非礼を咎め」下馬するように言い付けるが、女は馬に鞭を入れ駆け去る。軍八が呆気に取られる所、続いてまた長刀を携えた女が馬に乗り駆け来る。軍八は「乗り打ち」の「非礼を咎め」馬を止めようとするが、女は急ぎの用があると言い、一鞭打って駆け去る。更にもう一人の女が現れると、軍八はもう構わぬと女を通す。立て続けに三人の女の「乗り打ち」を目の当たりにした勘介は、御家中の異変を察することになる。

このように『山桝太夫恋慕湊』とは趣きを異にし、後の展開への影響も異なるのであるが、「街道」という「場」で「乗り打ち」とその「非礼を咎める」趣向が仕組まれているのである。この「非礼を咎める」趣向に注目してみると、『大友皇子玉座靴』（享保七年正月二日）一段目切の「街道」の場で仕組まれていることが指摘できる。『大友皇子玉座靴』では、天智天皇崩御して三年、いまだ皇位が定まらない。大友皇子と弟天渟王君との間に皇位を廻る対立が表面化する所、天渟王君は多病を理由に仏道に入ると申し出る。その事件を背景に一段目切では、大悪不道の大友皇子が天智天皇の形見の靴を葬りに山科へ行く所、折熊が天渟王君の馬の口を取り行き過ぎる。大友皇子は礼儀も無く通り過ぎた事を咎め、立ち帰って這いつくばえと命じる。更に折熊の引く馬を引き渡せと責められ、遂に争いとなる。ここでは「乗り打ち」という仕組みではないが、「街道」で二者が邂逅し、一方の非礼の仕打ちを咎め立てするという点が共通している。また、「馬」を登場させる点も共通していると言えようか。

また、「街道」の場では「名乗り」の趣向も指摘できる。『熊坂』(宝永七年四月四日以前)一段目口では、牛若丸が秀衡に呼ばれ奥州へ赴く途中、近江路鏡の宿の夜道で瀕死の女性と出会う。月明かりが射すとそれが母と乳母の小萩であったことを知る。呆れ果てている所、刀に血糊を滴らせた男が現れる。牛若丸はその男こそ母の敵と思い込み斬り付けるが、誤解であったことが判明する。その折、男の言葉の端から源氏の所縁と推察した牛若丸は素性を問う。男は容易く名乗らないため、牛若丸が先に「名乗る」。すると男は相伝の主に廻り会ったと喜び、今度は牛若丸に自ら「名乗る」というものである。

同じく牛若丸の登場する『末廣十二段』(正徳五年顔見世・推定)二段目切の場合も同様に、「名乗り」の場面が見られる。牛若丸が金売吉次に誘われ奥州へ向かう途中、宿はずれで供養が行なわれている所に通り掛る。里人に訳を尋ねると女性が殺されたものと知る。しかし牛若丸がその女性の小袖を見せられた時、母のものと解る。牛若丸は母が殺されたものと思い込み、嘆き悲しみ自らの素性を「名乗」り、塚を掘り返し対面させてくれと叫ぶ。法師は盗賊が出るから急いで去るように忠告するが、牛若丸は聞き入れず敵を討とうと塚の後ろに隠れる。夜が更けると長範ら盗賊が現れ戦いとなる。牛若丸が長範を組み止めた時、長範が常盤を呼び出し牛若丸と母子対面となる。牛若丸は長範に素性を明かすように求めると、長範は自分が源氏所縁の家臣と「名乗」り、塚に埋められた身替りは娘千里と打ち明ける。ここでは、牛若丸の「名乗り」と長範の「名乗り」との間には応答性はない。時差が生じているのである。この点からみれば『熊坂』の場合と異なり、単に『熊坂』の趣向を踏襲したものではない。しかしながら、両者とも主従の関係を発見する趣向として「名乗」って素性を明かすという展開を仕組んでいるのである。

ところで、『坂上田村麿』(享保七年顔見世、又は享保六年顔見世・推定)二段目切では、主従の関係に於けるものとは異なる「名乗り」の趣向が指摘できる。将軍坂上田村丸は凶賊悪路王を退治するため、大同元年小春月吉祥日を卜定し出陣する。山科に着くと日も高い時刻にもかかわらず突然闇夜と変わる。そこに白髪の老翁が現れ、東国の城跡戦場を写した一巻を田村丸に与え、更に軍配の奥義を語る。語り終わると田村丸は老翁に素性を明かすように求める。老翁が「名乗」り終るとたちまち姿を消す。同時に空も明るさを取り戻す。田村丸は老翁を観音の化身と思い至るというものである。以上、『熊坂』『末廣十二段』『坂上田村麿』の場合は、「名乗」って素性を明かすという展開が共通しているのである。

では、近松の場合はどうであろうか。「街道」の場が設定されているのは『今川了俊』三段目口・切、『大磯虎稚物語』三段目切、『吉野忠信』三段目切、『本朝用文章』五段目口、『日本西王母』二段目切、『曽我虎が磨』上之巻中、『曽我会稽山』二段目切の都合七作品、八箇所となっている。三段目切が三箇所に設定されている点、海音の場合とは特に違いが際立っていると言える。

さて、海音の仕組んだ「乗り打ち」の趣向は近松の『曽我虎が磨』(正徳元年正月以前)上之巻中の一箇所に扱われている[13]。曽我五郎が北条時政を烏帽子親に頼む。元服し、時政に借りた行列を仕立てて母の許に向かう。途中女乗物と行き合う所、血気の徒士若党がその乗物に狼藉する。乗物から落ちた老女は五郎の母であった。この時母は、「乗うちせられ恥辱うけしといはれてはしゝたる人迄かばねの恥」として相手の名を聞き届けよと鬼王団三郎に命じる。鬼王兄弟は五郎に頼まれその場を取り成すが、勘当の許しは望めなくなるというものである。ここでは海音の場合では扱われなかった親子間で起こる「乗り打ち」の趣向となっている。但し、先に記した様に近松はこの趣向を「街道」の場では一度しか仕組んでいない。近松の「場」と趣向との関係は、海音のそれと比較して特に強いとは言えないようである。逆に海音の関係が特徴的・個性的なものと考えることが出来よう。「街道」の場の趣向も表にして纏めておく。

作品名	段	趣向
『熊坂』	一口	名乗り
『山桝太夫恋慕湊』	一口	非礼の咎め　乗り打ち
『甲陽軍鑑今様姿』	二中	非礼の咎め　乗り打ち
『末廣十二段』	二切	名乗り
『大友皇子玉座靴』	一切	非礼の咎め
『坂上田村麿』	二切	名乗り

おわりに

これまで「廓」、「庵室」、「街道」の三つの「場」と趣向との関係について考察してきた。この他にも、例えば「小屋」の場で展開される「自ら身を売る」趣向なども指摘できる。『三輪丹前能』三段目口では、旅路に踏み迷った若草姫と供の雲井が行き倒れ、情に小屋へ連れられる。後に悪人の四六兵衛とだら介が傾城屋らくやの与次を連れて登場し、若草姫らを百両で売る相談を纏める。若草姫は凄まれると自らの素性を名乗る。すると四六兵衛、だら介は、女郎に売らぬ代わりに高虎の許に連れ出すと告げる。悪人高虎の高札に若草姫を尋ね出せば百両の褒美が受け取れるとあったからである。雲井は思案の上、傾城に「自ら身を売る」ことを申し出て、助命を依頼するというものである。また、『坂上田村麿』三段目口では、足の不自由な夫さぶと妻きぬたは、百両という大金を貯めるために精を出して働いていた。ところがさぶは金の工面ができたと妻に言い、妻が喜ぶ所に侍が訪ねて来る。そして百両を渡しさぶを連れ立とうとする。不審に思った妻が訳を尋ねると、さぶは「自ら身を売」り、今宵斬られる命と告白する。後にこの金が旧主宇都宮の神主氏春の娘みさほを、廓から請け出して助けるためのものだったことが明かされる。この場合は「身替り」の趣向の変形とも言えよう。しかしながらその「身替り」を「身を売る」ことによって成立させているのである。両者の展開は甚だ異なるが、「自ら身を売る」趣向にみすぼらしい「小屋」を設定している点で共通しているのである。但し、用例数が二例であり、両者とも「三段目口」という同一の位置に配されている事は注意する必要がある。これは、『三輪丹前能』(享保六年正月二十日)と『坂上田村麿』(享保七年顔見世、又は享保六年顔見世・推定)の上演年次の近接という点を考慮すれば、前作の踏襲という可能性も否定できないからである。しかしながら、踏襲とは言え、必ずしも「場」を同一にする必要はなかった筈である。それにも拘わらず同一の「場」を選択した事は、やはり趣向との関係も考慮すべき余地はあろう。

以上、全ての「場」が趣向と緊密に結び付くというものではないが、幾つかの特定の「場」に関しては、その「場」に対応する趣向が仕組まれる事を明らかにした。「段」と「趣向」との関係についての考察は、浄瑠璃の総体的な把握には有効な方法であったが、一方で各作者の個性の問題を捉える視点も必要と思われる。本稿で考察した「場」と「趣向」の問題は、各作者の個々の創作方法を、更に言えば作者の個性・独自性を導き出す一つの可能性を持つものと考える。

（1）一般的に「場」と言う時、「ヲクリ」のような曲節で太夫交替が行われる一纏りの単位を指す場合がある。また、「三重」の曲節で舞台転換される単位を小段と呼ぶ事もある。しかし、ここでは便宜的にその小段が展開される「場所」の意で「場」と呼ぶ事にしたい。

（2）ここでは便宜的に「作者の仕組んだ類型的な素材・構想」という広い範囲を含めた意味で「趣向」と呼ぶ事にしたい。

（3）以後、初演年次は『義太夫年表 近世篇』に依る。

（4）もう一つの場合として、言わば複合作用（例えば、一つの「趣向」が決定され、それにより「場」が選択され、その「場」によって別の「趣向」が仕組まれる等の場合）に依る成立も考えられよう。

（5）「場」の種類を纏めるに当って『浄瑠璃作品要説〈2〉紀海音篇』（国立劇場芸能調査室・昭和五七年三月）を参考にした。

（6）「道行」は、他の劇的展開を担う場面とは性質を異にしている為、ここでは除外した。

（7）「殺害」は実際には廓ではなく、廓から出て行った所であり、厳密には「場」を異にするとも考えられる。しかし「三重」での舞台転換はなく、「ヲクリ」が使用されており、実際には同一の「場」で行なわれたものであると考えられる。依って「廓」の場の趣向として扱うことにする。

（8）ここでは「身請け」の証文（「文」）も示されるが、証文自体が他作品のように重要な要件として取り沙汰される事はない。

（9）『団扇曽我』と『百日曽我』は該当箇所が同文の為、併せて一箇所と数えた。

（10）前掲書『操浄瑠璃の研究』で、四段目の趣向として「幽霊、夢、霊験・怪異、鬼畜、怨霊、妖怪変化」等を挙げている。

数えた。

(11)『主馬判官盛久』と『盛久』、『酒呑童子枕言葉』と『傾城酒呑童子』とは該当箇所が同文の為、併せてそれぞれ一箇所と数えた。

(12)「街道」に類似する「道中」の場はここでは取扱わないことにする。「道中」の場では「乗り打ち」・「非礼の咎め」の趣向は仕組まれておらず、「街道」のみに設定されているからである。海音は「道中」と「街道」の区別を意識していたものと考えられる。因みに「道中」の場を列挙すれば『三井寺開帳』上之巻口、『本朝五翠殿』二段目口、『玄宗皇帝蓬来鶴』一段目跡、『傾城無間鐘』四段目切の四箇所を指摘することができる。

(13)『曽我虎が磨』の上演年次が『山桝太夫恋慕湊』(正徳元年十月前後・推定)に近接すると考えれば、海音が近松の趣向を利用した可能性もあると思われる。

第三節　海音と『伊勢物語』の和歌

はじめに

元来、音曲としての浄瑠璃は、五字・七字の字割りのリズムに和歌を取り入れることが好都合であった。海音の浄瑠璃作品にも、他の浄瑠璃作者と同様に古典和歌を利用した詞章が多く見られる。或る場合は、引用として和歌そのままの表現が用いられ、或る場合は、和歌の一部を地の文の中に融合する熟れた表現をとる。

ところで、「『伊勢物語』の和歌」と言った場合、幾つかの問題が生じることは否定できない。一つには、和歌を利用したと認定する基準である。例えば五文字(乃至七文字)程度の語句が対応している場合、本来作者が和歌を利用していたにせよ、典拠として認定するかどうかは判断が微妙である。よって此処では、認定の基準として二句以上の語句的関連が確認できるものとする。もう一つの問題は、典拠の絞り込みについてである。複数の典拠を持つ和歌の場合、海音が直接『伊勢物語』(以下「伊勢」)から引用したものであるのか、または別の典拠からのものであるのか判定出来ない場合が存することである。また、和歌があまりに有名である場合、「伊勢」の世界から和歌が遊離してしまうことも起きよう。例えば「伊勢」十三段の「武蔵鐙さすがにかけて頼むにはとはぬもつらしとふもうるさし(1)」の和歌は、『曽我姿富士』四段目に「中に立たる介のぶはむさしあぶみの心地して。いはぬもつらしいへばまたはゝのなげきをしのぶ草。」と利用され、『仏法舎利都』四段目では、「物にくるふはたれゆへと。とはぬもつらし。とふもうしいつ迄かくはながらへて。」と表現される。この場合、これらを直接「伊勢」から引用したものと認めるかどうか、判断が分かれる所である。何れにせよ、「伊勢」との関わりから利用したものか、和歌表現のみを利用したものであるかはそれぞれに即して判断すべきであろうが、本稿では、便宜上それらを含めて「『伊勢物語』の和歌」として扱うことにしたい。

さて、海音の時代物浄瑠璃は三六作品に及び、その約半数の一七作品に「伊勢」の和歌利用が認められる。「伊勢」を世界として設定した作品がないのにも関わらず、その利用は非常に多いと言える。そこで問題としたいのは、何故海音は「伊勢」の和歌をそれ程までに頻繁に利用したのか、どのような場面でどの様に利用したのかという点である。また、その利用方法に関する海音の特徴について考察していきたい。

なお、「伊勢」の和歌を利用した具体的部分については、本節の後に付した。適宜ご参照頂きたい。

一　『伊勢物語』和歌の利用状況

最初に「伊勢」の和歌が海音浄瑠璃の中でどのような傾向を持って利用されているのかを概観してみたい(2)。

作品名	歌数	伊勢章段	浄瑠璃の段
『鬼鹿毛無佐志鐙』	1	二	一

『鎌倉尼将軍』	3	五・九・一〇四	二・四(道行)・四
『小野小町都年玉』	2	二三・六	一・三(小野少将道行)
『曽我姿冨士』	3	六五・一一四・一三	一・三・四
『仏法舎利都』	3	一〇・一三・五	一・四(狂女の段)・四(同)
『新百人一首』	1	一〇六	五(歌之巻)
『花山院都巽』	2	一・三	二・三(れんぼの辻占)
『本朝五翠殿』	3	一四・一〇三・六八	三・三・四
『新板兵庫の築嶋』	1	一九	三
『鎌倉三代記』	1	六五	四(まよひの姿絵)
『義経新高舘』	1	八二	四
『日本傾城始』	2	一一九・六三	三・四
『三輪丹前能』	1	一二	四(神楽の段)
『八幡太郎東初梅』	1	一三	四
『冨仁親王嵯峨錦』	1	六〇	四
『坂上田村麿』	1	五〇	三
『忠臣青砥刀』	1	六	上

海音の時代物浄瑠璃三六作品中、一七作品に「伊勢」の和歌利用が認められる。割合から見ればかなり高いと言えよう。中でも『鎌倉尼将軍』、『曽我姿富士』、『仏法舎利都』、『本朝五翠殿』の四作品はそれぞれ三箇所の利

用が指摘できる。また、利用した作品については成立時期による偏りは認められない。初期作品である『鬼鹿毛無佐志鐙』(宝永七年初演か)から、『坂上田村麿』(享保六年又は七年初演)までに利用されており、実に様々な範囲で利用されていると言える。但し、初期作品から『本朝五翠殿』(正徳五年前後初演)までの作品には、複数の「伊勢」の和歌が利用されている場合が多いと言えようか。

海音浄瑠璃のどの段に利用されているのかを見ると、一段目は五箇所(『忠臣青砥刀』上之巻を含む)、二段目は二箇所、三段目は八箇所、四段目は一二箇所、五段目は一箇所である。一見したところ一段目、三段目、四段目に利用箇所が多いようであるが、『鬼鹿毛無佐志鐙』で一段目に取り入れられているのを除けば、他の作品中で一段目に利用されたものは、全て複数回の和歌利用がなされており、何れも三段目ないし四段目の利用が確認できる。また、二段目に利用された場合も同様に、三段目・四段目の利用がなされている。傾向としては「伊勢」の和歌利用は三段目、四段目が中心となっているように見受けられるが、特に四段目の利用は突出していると言える。

元々、和歌表現は浄瑠璃の詞章に利用しやすいものである。和歌形式が五字・七字の字割りを好む浄瑠璃にとって都合が良かったからであるが、特に音楽的要素の強い道行等節事の場合、リズムに乗り易い和歌は有効であった。そう考えれば、特に四段目に道行等を仕組む当時の浄瑠璃創作の方法からすれば[3]、「伊勢」の和歌が海音作品の四段目に多く利用される理由とも考えられる[4]。

さて、先に二つの問題に触れた。一つは、何故海音が「伊勢」の和歌を頻繁に利用したのか、もう一つは、海音が和歌を利用する場合、浄瑠璃の詞章にどのように取り入れたのかという問題である。それはまた、海音独自のものであるか否かの問題も含まれよう。以下、具体的に考察していきたいと思うが、その問題に及ぶ前に、海音の「業平像」と「伊勢」の理解とを検討しておきたい。

二　海音の業平像と『伊勢物語』和歌

海音が認識する「業平像」、「伊勢」とはどのようなものであったのだろうか。「業平」と『伊勢物語』に関する語は、海音の浄瑠璃作品中に「業平」が一五例、『伊勢物語』については三例指摘できる。以下、それぞれについて見てみたい。

まず、「業平」という人名は、『三井寺開帳』(一例)、『曽我姿冨士』(一例)、『山桝太夫恋慕湊』(一例)、『新百人一首』(二例)、『末廣十二段』(一例)『新板兵庫の築嶋』(二例)、『殺生石』(二例)、『頼光新跡目論』(二例)、『日本傾城始』(一例)、『冨仁親王嵯峨錦』(一例)、『傾城無間鐘』(一例)の、都合一五例指摘できる。その中から類似する用例を取り纏めつつ検討してみたい。

○旅の哀れさおもしろさだう共いわれぬけしきかな。昔なりひらさねかたの歌枕見にとぼ〳〵と。詠すてたるきうせき迄思ひやられてなつかしや(『殺生石』三段目)

○初秋につこと打ゑみて。嬉しや願ひが叶ふたか。古へなり平さねかたは歌枕見に東の旅。我はうき身の気ばらしと思ひ立たる旅衣(『頼光新跡目論』四段目)

この場合、「なりひら」と「さねかた」の両者が対になって用いられている。自己の旅の境遇を「なりひら」、「さねかた」と重ね合わせて表現していることに注目したい。「さねかた」とは勿論、藤原実方のことである。業平と実方とを対にして表現する例は多く、両者が混同される場合もあることは既に指摘されている通りであるが、(5)ここでは「なりひら」「さねかた」が共に流浪する人物として捉えられていると考えられる。『殺生石』の場合は「重虎道行」のすぐ後に使われており、『頼光新跡目論』の場合は、「道行」の直前の部分に現われているのである。次の例に移りたい。

○此程こゝに六介とてなりひらよりは十三代。けいつたゞしきいろおとこ後家じやうぶつの其ために。此あたりに御とうりうけちゑんむすび給はぬか(『殺生石』三段目)

○色香も栄ふ御よはひ。まだ廿年のわか草に。こもるてふ其業平にたぐへる玉の御かたち。風雅の名さへいちじるき(『冨仁親王嵯峨錦』一段目)

○女共見へぐはんらいは男成けりなりひらに。きりやうはすこしおちたれど無病そく才まめおとこ。灸の跡なきむきづ者(『傾城無間鐘』一段目)

以上の例は、「けいつたゞしきいろおとこ」、「業平にたぐへる玉の御かたち」、「なりひらに。きりやうはすこしおちたれど無病そく才まめおとこ」とあるように、業平は「いろおとこ」で「玉の御かたち」をした「きりやう」のよい人物として捉えられている。『傾城無間鐘』にある「まめおとこ」とは、「伊勢」二段の「それをかのまめ男、うち物語らひて」という業平の性格を意図した表現であろう。

では、業平の和歌についての評価はどうであろうか。『新百人一首』五段目には次のようにある。

いのる初瀬の法のゑん。在原の業平はさせる才智はなけれども。和歌の達人千早ふる。神代もきかぬ立田川。からくれないに水くゞる。おもかげ空にむかふとは〈後略〉

業平が「和歌の達人」と評価されるのであるが、その前に「させる才智はなけれども」と表現されている。これは、海音の和歌の師である契沖の『勢語臆断』に、

三代實録云。業平體‐貌閑‐麗放‐縦不拘。略無才學善作和歌云〃。一部のうち此四句を以て見るへし。史傳に善作和歌といへる事、只業平一人なり。尤高名也。[6]

とあり、この契沖の理解に沿ったものと言えよう。和歌の達人であるという捉え方は至極当然である。

次に『伊勢物語』の書名を記した例を見てみたい。

○みだいはるかに見やらせ給ひいかに四郎。申所はことはりにてさにあらず。高きいやしきへだてない恋とおもふは一がいぞや。神代のことも思ひ出の伊勢や源氏の物語に。わりなきことをのせたれ共それはいにしへ〈後略〉(『鎌倉尼将軍』一段目)

○すきや道具の数々に。からのやまとの物の本。古今まんよう伊勢源氏。清少納言がいにしへの千々の言の葉。ぬれしりの。心くらぶる筆の海(『新板兵庫の築嶋』一段目「祝言道具揃」)

○且又和泉式部が義歌道に心を深くそめ。古今の大事源氏の秘事。伊勢物語の奥儀迄極めつくせし達人ゆへ。戦場に身をよせて流矢抔のけがあらは。古今伝受のたへん事叡慮おだやかならざれは〈後略〉(『頼光新跡目論』二段目)

『伊勢物語』の名称は単独では用いられることはなく、「伊勢や源氏の物語」、「からのやまとの物の本。古今まんよう伊勢源氏。清少納言がいにしへの千々の言の葉」、「和泉式部が義歌道に心を深くそめ。古今の大事源氏の秘事。伊勢物語の奥儀迄」というように、著名な古典の一つとして列挙されている。特に『伊勢物語』と『源氏物語』は必ず対にして扱われ、それぞれ「高きいやしきへだてない恋」、また「ぬれしりの。心くらぶる」物語として捉えられている点に注目される。「恋」に関して言えば、「業平」を使用した用例の中にも、

○たとひよるが夜半でも大磯へゆく時は中をとぶやうに思ふがけふくる道は百里程に覚へた。誠に祐成共あらふ武士が。是程迄取みだすといふは何事ぞ。かのなり平の中将は。恋せじとみたらし川にせし御祓。神はうけずもと詠給ふ。やんごとなき雲の上人さへ。まゝならぬは此道じや物(『曽我姿富士』一段目)

○恋のおもにとしんじつは。船車にもつまれまいゐような時のきりやうずき。ひもじゐおりの塩物ざい。それでもうきよは渡らるゝ有明けしてねる時はなり平殿もをなじ事。せめて一よはふしやうにも。なびかせ給へと

いゝけれは(『山桝太夫恋慕湊』四段目)

というように記され、やはり業平は「恋の人」として捉えられている様に理解できる。

以上見てきたことから、海音の業平像を集約すれば、和歌の才能が素晴らしく、器量の良い色男であり、流浪する恋の人ということになろうか。ところで、この様な捉え方は当時一般の認識と大差ないものと思われる。海音が意図的にその様に設定したかどうかは別として、観客の認識に同調しているものと考えて良かろう。

ところで、海音は何故これ程までに「伊勢」の和歌を利用したのであろうか。作品世界(背景)を「伊勢」に依拠しないにも拘わらず、約半数の作品に利用されているのである。勿論、観客周知の著名な作品等の一部詞章を浄瑠璃に取り込むのは一般的方法であり、それが原因の一つであることは間違いない。しかし、利用される割合の多さについては別の理由も考えてみる必要があろう。

既によく知られた資料であるが、『貞享四年義太夫段物集』には「浄瑠璃大概」として、「初段之事付り恋」、「二段目の事付りしゅ羅」、「三段目の事付り愁歎」、「四段目の事付り道行」、「五段目の事付り問答」と挙げられている。この浄瑠璃の五段組織については能との関係をも含めて既に優れた考察がされているが[7]、浄瑠璃の場合は各段がそれぞれの要素のみで成り立つものではない。各要素の枠組みは必ずしも厳格に固定化されている訳ではないのである。例えば、「道行」は三段目に位置する事もあれば、一段目に「恋」が展開しない場合もある。それぞれの要素が段の枠組みを超えて交差していると言える。しかし、「恋」、「しゅ羅」、「愁歎」、「道行」、「問答」の要素は、時代物に扱われる典型的な素材であることには間違いない。そう考えれば、海音の「伊勢」の業平に対する認識と合致する部分が浮かび上がってくる。それは「恋」に悩み「流浪」するイメージである。道行文では詞章に「移動感」を示すのが常套であるが、「道行」と「流浪」は直接的な関係ばかりではない。業平の「流浪」のイメージはより広範囲に時代物のもつ典型的構想と対応するものと思われる。善方が悪方から迫害を受け、一旦は中央から地方へ「流浪」し、最後にはまた中央へ戻り悪方を討つという構想である。[8]

以上から見れば、海音の「伊勢」に対する認識、即ち「恋」（「色男」を含む）、「流浪」という諸要素は、元来浄瑠璃の持つ構想と合致する部分が多かったと考えられる。また、和歌表現そのものが浄瑠璃の詞章に取り入れ易いものであった。よって、観客周知の有名な「伊勢」は格好の材料と成り得たのではなかろうか。

一見したところ、海音が彼の作品世界と何の脈絡もなく「伊勢」の和歌を利用しているように見られる場合が多いのであるが、海音が「伊勢」の和歌を利用する際、こういった次元での連想によって引用に至ったと考えられる場合が多いのである。

三　和歌利用の実態

海音が「伊勢」の和歌を利用する場合、その方法は大別して三種類が考えられる。一つは、「伊勢」の構想を観客に想定させせつつ利用するというものである。海音作品をより複雑化するのに有効な方法となっている。二つ目は「伊勢」の和歌をほぼそのまま引用し、「伊勢」の和歌とは別の内容に読み替えて利用するものである。三つ目は、和歌の表現のみを利用するものである。この場合、観客は「伊勢」の内容を想定する必要はなく、その表現の巧みさを中心に楽しむ事になる。以下、具体的にそれぞれの方法を検討してみたい。

〈構想の利用〉

『仏法舎利都』一段目〈切（守屋館の段）〉[9]の冒頭は、次のように始められる。

みよし野のたのものかりもひたふるに。君がかたにぞよるとなくよめりのばんはいつかたも。

この表現は「伊勢」十段に記される、「みよし野のたのむの雁もひたぶるに君が方にぞよると鳴くなる」の和歌を利用していると考えられる。一段目、中(守屋館の段)の終末は「ヲクリ」によって人物が退場し、場面が転換される。気分が改められ、切で語られる最初の詞章であることから考えれば、この冒頭の表現は前場面との関わりよりも、むしろ以下に展開するであろう内容を観客に連想させる。即ち、観客は「伊勢」に関わる内容を今後の展開に予期することになる。「伊勢」十段では、「をとこ」がある女の元に通っていた。ところが、「父はこと人にあはせむといひけるを、母なんあてなる人に心つけたりける。」というものであった。この場合、父母の対立という構想が認められる。『仏法舎利都』の場合、その後の展開に注目されるのは、ときはゐ(柏手姫の継母)と守屋(ときはゐの弟)との関係である。ときはゐは、柏手姫の嫁入りを許可しようとしないばかりか、柏手姫に対して怒り罵る。その場に守屋が登場するが、その場面は、「守屋かしこにたち出てかゝるめで度おりから に。そう〴〵しきは何事ぞ」と表現される。前場面〈一段目口(大内の段)〉の最後で、帝の縁組の勅に守屋は「いかれる貌もやはらぎてはつとおうけを下ひもの」とあり、守屋が縁組に賛同する姿勢が示されている。とすれば、守屋が「かゝるめで度おり」と言う時、ときはゐと守屋との間に縁組に関して対立関係が生じていると考えられるのである。ときはゐもその守屋の言葉に対して、「あまつさへ只今も。めでたきなどゝの給へはもはやうき世も是迄と」と「うらみつないつくど」くのである。この設定は「伊勢」の内容とは直接関わるものではないが、観客が予期した縁組に対する父母の対立は、『仏法舎利都』での継母と叔父との対立に対応して作られていると考えられる。

しかしながら、海音は観客の予期をなぞる形では展開させていない。この後、守屋はときはゐに柏手姫殺害の悪計を告白するのである。ときはゐは勿論ここで守屋に賛同し、対立関係は解消してしまう。一旦は観客の予期した通りに展開され、それを全く逆転させることにより、一捻りしたこの場の面白さを作り上げていると考えられる。「伊勢」の構想を有効に利用した仕組みと言えよう。

次に『鎌倉尼将軍』二段目〈切（尼将軍御所内の段）〉の場合を見てみたい。

親はらからのかたい気に世になき事とうとまれて。よい〳〵事の関守の目をぬすんだもつらかりし。

これは「伊勢」五段の和歌、「人知れぬわが通ひ路の關守はよひ〳〵ごとにうちも寝ななん」の表現を利用したものであろう。「伊勢」では、男が築地のくづれより女の元に通うことが度重なったので、「あるじ」が聞き付けて、その通い路に夜毎「兄人たち」に見張をさせ逢わせないようにした。そこで男が歌を詠んだというものである。ここで引用した部分は、尼将軍政子の言葉である。「あだなうきな」の立った政子に対し、諫めの為に畠山重忠が頼朝の青狩衣立烏帽子姿で現われるが、重忠の誤解であったことが判明した後の場面である。政子は重忠の姿に頼朝の俤を見て、有りし日を回想して言った言葉である。注意して見れば、ここは和歌表現だけではなく、『鎌倉尼将軍』の「親はらからの」という部分が、「伊勢」での、「あるじ」と「兄人たち」に対応していると言える。『古今和歌集』では「兄人たち」の表記が無いことから見れば、やはり「伊勢」から引用したものと認められるであろう。この場面に「伊勢」との関係が認められるならば、実はもう一つの関連が読み取れる事になる。それは二段目口（尼将軍御所門前の段）の構想との関わりである。口の部分では、政子の「いたづら者」という世評の真偽を確かめるため、朝比奈三郎と千葉胤正が各々の父の名代として御所門前へ夜回りにやって来る。そこへ八十に近い老人が政子を尋ねて来る。朝比奈がとがめると先将軍の菩提の師法花堂せんかうであった。胤正は詫びて館に入れる。続いてまた一つ乗物が来る。乗物には秩父重安が乗っていたが、重安は重忠の妻であると偽り通る。胤正は偽りを知りつつも政子訪問を許可したのであった。

先の和歌との関係から見れば、朝比奈と千葉は「通ひ路の關守」の役回りであり、この趣向は勿論「伊勢」の構想を利用したものであろう。付け加えれば、切での和歌利用の時点で、「伊勢」利用の種明しにもなっているのである。海音は「伊勢」そのままの構想をここで直接利用している訳ではない。「よい〳〵事の関守の目をぬすんだ」との言葉は政子の回想の部分であり、口の部分での朝比奈と千葉の一件を指すものではない。しかし、以上見てきたように「伊勢」の構想を背景として、一捻りして利用することで、海音作品の世界をより豊かにすることに成功していると言えよう。

〈和歌の読み替え利用〉

次に、「伊勢」の和歌の内容を別の意味に読み替えて、その場の登場人物の考えを表現しようとする方法を指摘してみたい。この方法は、前述の「伊勢」の構想と関係するというよりも、むしろ和歌自体の利用ということができる。『新板兵庫の築嶋』三段目には、

古歌の心に似たるぞや雨雲の。余所にも人の成行か。さすがにめには見ゆる物から。かやうに読しは業平を恋つゝ人の仇のすさみ。是は葛城や高間の山の嶺の雲の。余所にうかれ給はんより見ぐるしく侍へ共。一夜は泊り給へや

とある。「古歌」とは「伊勢」十九段の、「天雲のよそにも人のなりゆくかさすがに目には見ゆる物から」の和歌を指している。「伊勢」中のこの和歌は、「をとこ」が女房と情を通じていたのだが、後に別れ、女性から恨めしく思われて寄越されたものである。その女性には他の男がいるということであった。それに対して『新板兵庫の築嶋』の場合、名月姫が留守を守る家包の屋敷に四国遍路の僧が宿を求める。主人が留守であることを理由に一旦は断るが、腰元たちの取り成しで宿を貸すことになる場面である。「伊勢」の和歌の内容は、この場合『新板兵庫の築嶋』とは一致しない。海音はこの和歌を別の意味に読み替えて利用していると言える。

次の例として『義経新高舘』四段目の部分を見てみたい。

愚の詞侍らふや。されば古歌にもちればこそ。いとゝ桜はめでたけれ。浮世に何か久しかるへきときく物を。
これは「伊勢」八十二段の「散ればこそいとゞ櫻はめでたけれうき世になにか久しかるべき」の和歌を利用しているものである。この歌は、桜は散るからこそ良いものであると理解されており、桜を中心にして詠まれたものであるが、『義経新高舘』の場合は、桜が散ることを命を散らすことと読み替えて利用しているのである。
以上の二例では、それぞれ「古歌の心に似たるぞや」、「されば古歌にも」と断った上で和歌を引合いに出していることが特徴的である。一旦、「伊勢」の世界を観客に想定させ、次に海音の読み替えを示すものである。その読み替えの面白さ、即ち、「伊勢」を一捻りした面白さを観客に楽しませていると言える。

〈和歌表現の利用〉

次は「伊勢」の和歌を利用する際、「伊勢」の世界、又は和歌本来の内容とは関係なく、表現のみを利用する方法を指摘してみたい。
『花山院都異』三段目「れんぼの辻占」では次の様に表現される。

玉しける。家もよしなしやゑむぐらしげれる宿に妹とねて。ひしき物には袖をして。ともしらがまでそふてこそ。世にすむかひはありなまし。うら山しの賤の男や。浅ましの我身やと

これは「伊勢」三段の和歌「思ひあらば葎の宿に寝もしなんひじきものには袖をしつゝも」を踏まえている。恋をした女性の元にひじきものを送るときに読んだ歌となっているが、「れんぼの辻占」では、賤の男に対してもともしらがまで妻と暮らすのをうらやましく思う帝の気持ちを表わすものとして描き、内容は全く別ものである。ここでの特徴は、引用する和歌をそのままの形ではなく、表現を改変しながら利用している点である。表現方法としては若干高度なものと思われるが用例はあまり多くはない。

もう一例見てみたい。『鎌倉尼将軍』四段目では、

其うへきけば其人も。いかなることか世を海の尼衣きて国々を。まはり給ふとさたすれは

とある。これは「伊勢」百四段の「世をうみのあまとし人を見るからにめくはせよとも頼まるゝ哉」の和歌を利用していると思われる。これもやはり「伊勢」との内容的関連はなく、また、歌の全体ではなく、一部分のみの利用となっている。以上の例は、和歌全体をほぼそのまま引用する場合とは違って、観客にとって「伊勢」の世界を想定しづらいものとなっている。和歌の利用であると理解できる観客には、より表現の妙を感じさせることも出来よう。

次は和歌をもじりつつ利用する方法について見てみたい。『鎌倉尼将軍』「尼将軍道行」四段目には、次のようにある。

かずよみていつゝわたせるはしいたの。はる〲きぬるたびはういもの。おもしろいもの。

これは、「伊勢」九段の「から衣きつゝなれにしつましあればはる〲きぬる旅をしぞ思ふ」の和歌を利用したものである。

もう一例指摘すれば、『忠臣青砥刀』上には次のようにある。

コリヤ女共こちらむけ。ハテ何ンぞいの。何ぞと人のといし時かゝとこたへてだいてねよ。げに夏の日のならいとてべん〱だらりとながい日は。

これは「伊勢」六段の「白玉かなにぞと人の問ひし時露と答へて消えなましものを」の和歌に依っていると思われるが、何れの例も機知に富んだ表現である。しかし両者の場合、「伊勢」中の和歌を利用したといっても、特に有名なものであり、観客は敢えて「伊勢」の内容を想定する必要はない。むしろ観客周知の和歌がどのようにもじられたのかを楽しむ事になるであろう。

四　近松との比較

近松の時代物において「伊勢」の和歌を利用した箇所を『近松語彙』を基に表にしてみたい。(10)

作品名	和歌数	伊勢章段	浄瑠璃の段
『出世景清』	1	七三	三
『三世相』	1	九	四(はるひめ道行)
『天智天皇』	1	二三・六三	一
『せみ丸』	1	六三	四
『大磯虎稚物語』	2	九・四七	二(しづか道行)・三
『吉野忠信』	1	一三	四(女郎名よせ)
『最明寺殿百人上臈』	1	八	下(最明寺殿道行)
『曽我五人兄弟』	1	一二	三(つはものぞろへ)
『加増曽我』	2	九・六	二(よみうりのこゑ)・三
『雪女五枚羽子板』	1	一二	中(もんさくけいづ)
『源義経将棊経』	1	九	一
『曽我扇八景』	1	九	下(曽我兄弟道行)
『大職冠』	1	一	四(藤てるひめ道行)

『嫗山姥』	1	二三	三(とうろうの段)
『殩静胎内捃』	1	五〇	二
『相撲入道千疋犬』	1	一二三	三
『弘徽殿鵜羽産家』	2	四・四五	四(花山院みち行)・四(同)
『栬狩剣本地』	1	五八	四
『本朝三国志』	2	九・二二	四(大将住吉まふで)・四
『平家女護島』	1	七九	二
『傾城島原蛙合戦』	1	六	五(松竹梅嫁入雛形)
『双生隅田川』	1	九	四
『津国女夫池』	1	一〇二	四
『信州川中島合戦』	1	八	二(ゑもん姫道行)
『唐船噺今国性爺』	1	一〇六	下
『関八州繋馬』	1	六	二(詠歌の前道行)

ところで、近松には業平自身を中心的登場人物として設定した作品に『井筒業平河内通』[11]がある。当然の事ではあろうが、「伊勢」の和歌利用は全段に渡って多用されている。海音の場合と比較するため表には掲げなかったが、『近松語彙』には一〇例の利用が指摘されている。因みに『井筒業平河内通』一段目には「伊勢」の六段の一箇所、以下同様に二段には五十段・五十段(前者とは別歌)・六三段・八四段の四箇所、三段には一段の一箇所、四段には九段・二十三段・二十三段・五十段の四箇所である。表より近松の利用状況を纏めれば、都合三〇

(四〇)例〈括弧内は『井筒業平河内通』の用例を加えた数。以下、同様〉の利用が見られ、一段目の利用は二(三)箇所、二段目は六(一〇)箇所、三段目は六(七)箇所、四段目は一一(一五)箇所、五段目は一箇所の利用がある。また、上中下三巻構成の場合では、上之巻は無く、中之巻が一箇所、下之巻が三箇所に利用されている。特に四段目の利用が目立ち、海音の場合と一致する。また、ほぼ半数の一六箇所は道行等節事の中で利用されているのが特徴である。これもまた海音の特徴と同様である。こういった傾向は、作者の特徴と言うよりも浄瑠璃創作の一般的方法と考えて良かろう。

次に、具体的に近松の利用方法を検討し、その特徴を把握すると共に、海音の表現方法との相違について考察してみたい。尚、海音で取り上げた「構想の利用」、「和歌の読み替え利用」については、近松にも同様な利用が認められる。そこで、以下では「和歌表現の利用」に絞って検討してみたい。

『信州川中島合戦』二段目「ゑもん姫道行」には、次の様にある。

　あり原の。中将成けるまめ男。恋ゆへたびをしなのぢや。あさまがだけとつらねける。山のけふりも我思ひには。たけも及はじ。ふじの山。

この表現は「伊勢」八段の「信濃なる浅間の嶽にたつ煙をちこち人の見やはとがめぬ」の歌を利用したものであるが、近松は和歌表現をそのまま単純に利用するものではない。「恋ゆへたびをし(為)」から「しなのぢ(信濃路)や」と言い掛けて、「あさまがだけ」に続ける。和歌の「信濃なる浅間の嶽に」を一部言い替えて用いているが、そのまま「たつ煙」とは続けない。近松は「つらねける。山のけふりも」と表現する。これは元の和歌を利用しつつ、近松独自の表現にまで高められたものと言えよう。概して近松の和歌利用の方法は、和歌そのものの表現を単純に取り入れるのではなく、自分の表現にまで消化して使用する傾向が見られる。

また、「伊勢」四段には、「月やあらぬ春や昔の春ならぬわが身ひとつはもとの身にして」の歌が載せられているが、近松はこの歌を利用し、『弘徽殿鵜羽産家』四段目に於いて、「A〈我身〉はB〈もとの。身〉なれ共。ちぎりし人のなきゆへに。C〈月やあらぬ〉とかこちしは。げにことはりと」と表現する。和歌の語順からすれば、本来C、A、Bの配置になる筈であるが、和歌を一度解体し、新たに近松なりの表現に組み替えて用いているのである。このような例は他にもいくらでも指摘することができる。一方、海音の場合は、このような方法による和歌利用の表現はほとんど見られない。

また、次に挙げる例は海音では全く見られないものであり、近松の場合でも極少数の例であるが、『天智天皇』一段目には、「いろくろくせいたかくたれかあぐべきつくもがみ。花のあたりのみやま木と」という詞章がある。この表現に対し、『近松語彙』では、「伊勢」の二十三段、「くらべこし振分髪も肩すぎぬ君ならずして誰かあぐべき」と六十三段の「百年に一年たらぬつくも髪我を戀ふらし面影に見ゆ」の二首の利用を認める。「たれかあぐべき」「つくもがみ」の表現が「伊勢」の和歌二首の内、それぞれ一句づつを利用していると考えている。一句づつの関連しか認められない事から考えれば、果して「伊勢」の和歌を利用したものか、または偶然の結果として表現されたものかの判断は非常に難しいと言える。しかし、二十三段と六十三段のこれら二首は、別の作品にも複数回利用されており、強ち偶然とは言い切れないと思われる。何れにせよ、この捉え方を是認すれば、近松の表現は和歌の表現を自在に組み替え、接合させる柔軟な利用を可能にしていると言える。

では、海音に見られたもじりの方法は近松ではどうであろうか。例えば、前出「伊勢」九段の「から衣〈後略〉」の和歌は、『本朝三国志』四段目で、「からり。ころり〈から衣〉。我もむかしはもめん物。〈きつゝなれにし〉ゆかり〈あれば〉。けふのにしきの。〈たびおしぞ思ふ〉」という表現に変えられる。他にも、前出「伊勢」六段の「白玉か〈後略〉」の歌を、『井筒業平河内通』一段目では、「后は夢共〈しら玉が。何ぞと〉とがむ犬の声〈露とこたへてきへ〉ぬべく。姿しほれて出給ふ」という表現に変えられる。ここに挙げた二例は、海音のもじりで取り上げた例と同一の和歌を利用したものである。一見偶然のようにも見受けられるが、そうではなかろう。もじりの場合、「伊勢」の内容との関わりよりも、表現をどのように改変したのかが観客の興味となるのである。よって、元の和歌が特に観客に知られている必要がある。その条件が前提となって、近松と海音が同一の和歌を利用したと考えられる。もじりの方法は、両者共に和歌の表現のみを利用する点では共通している。しかし、以上の例に関して言えば、近松は海音の様に逐語的に言葉をもじるのではなく、むしろ和歌にとらわれることなく自由に表現を駆使しており、近松の力量を発揮していると言える。

さて、和歌を利用する場合、一首の内のどれほどの部分を利用しているのであろうか。その点について海音と近松とを比較してみたい。その場合、例えば「伊勢」六十八段の「鴈なきて菊の花さく秋はあれど春の海邊にすみよしの濱」の和歌を利用したものに、海音作『本朝五翠殿』四段目に、「程なく敵に勝時の。声帆に上て。帰る鴈春の海辺に住吉の。浦にしあらば世の中の。」の詞章が見られる。その際、和歌の「鴈なきて」、「春の海邊に」、「すみよしの濱」の部分はそれぞれ〈鴈〉、〈春の海辺に〉、〈住吉の〉の語句に対応すると見なし、都合三句を利用したと算定する。〈鴈〉は「鴈なきて」の一部分にのみ共通する訳だが、こういった場合も含めて、便宜上一句に対応しているとして算定するものである。その結果、次頁の表のようになった(12)。

この表から見れば、海音と近松の利用方法の相違が見えてくる。海音の場合、二～五句利用はほぼ同率である。近松の場合、四、五句利用の率が二、三句利用の率と較べてかなり低い。このことは何を意味するのであろうか。結論から言えば、近松は和歌表現を消化した上で自己の表現の一部として利用する態度が強いのに対し、海音は近松と比較して和歌をそのまま引用する姿勢が強いということである。両者共に自己の表現を豊かにする方法として和歌利用をすることは同様であるが、利用方法にはそれぞれの特徴が表われていると言えよう。この相違は先に考察してきた内容を裏付けるものである。

《海音》		《近松》	
一句	(調査対象外)	一句	(調査対象外)
二句	7箇所　25％	二句	12箇所　43％
三句	7箇所　25％	三句	10箇所　36％
四句	8箇所　29％	四句	4箇所　14％
五句	6箇所　21％	五句	2箇所　7％

ここで、近松の表現が海音のそれと比較して上等であるという評価も可能であるかもしれない。しかし、それらの表現が観客にどのように受けとられたかは別の問題である。例えば、一首の和歌が語順を崩さずに表現された場合、観客はその表現が和歌を利用したものと明確に理解し、容易にその背景を思い浮かべることができるようになる。和歌の背景を利用する場合等に関して言えば、分かりやすさの点で海音を評価することも可能であろう。

おわりに

これまで海音の「伊勢」の和歌利用について述べてきた。浄瑠璃では、一般的に観客周知の著名な作品・伝承等を基に創作する訳だが、浄瑠璃作品の背景となる「世界」とは異なる典拠から引用するという方法は作者にとって重要である。浄瑠璃作品が観客の知る通りにのみ展開されるならば、あまり興味を抱かせないのは当然であろう。観客の知識を理解した上で、それをどのように改変して新鮮味を出していくのかは重要な問題となるのである。その一つに、異なる「世界」の利用、若しくは引用という方法が浮かび上がる。つまりそれは、作品世界の複雑化をもたらし、観客に対してより豊かな鑑賞を導き出すことになるからである。

海音の「伊勢」の利用の方法としては、和歌に止まらず構想までをも取り入れる場合や、和歌の内容的読み替え、また表現の利用等と多岐に渡っている。作者に対する、表現としての技術的評価は近松に軍配が上がるにしても、観客に対する効果は各々に認められよう。海音には海音の自由な発想による利用方法を獲得していたのである。その場合、「伊勢」は浄瑠璃に利用しやすい条件を満たしていた(海音のみならず、近松の利用も数多い事はその推測を裏付けていると思われる)。海音は観客の「伊勢」に対する知識に同調し、更にそこから一捻りすることによって新鮮味を出し、興味を起させるという方法を用いたのである。

(1)　以後『伊勢物語』に関する引用は日本古典文学大系『竹取物語伊勢物語大和物語』に依る。
(2)　「浄瑠璃の段」の項目には、段数と共に丸本に記される節事の名称が記されているものについてのみ表記した。尚、上演年次不明の『忠臣青砥刀』は便宜的に最後に記した。存疑作は調査対象から外した。
(3)　近石泰秋著『操浄瑠璃の研究』(風間書房・昭和三六年三月)、第一篇第一部第六章「四段目」参照。尚、後に記す様に、『貞享四年義太夫段物集』には「浄瑠璃大概」として、「四段目の事付り道行」と挙げている。
(4)　因みに海音の時代物浄瑠璃では、道行等の節事は、一段目六箇所、二段目一一箇所、三段目一二箇所、四段目三二箇所、五段目五箇所、上之巻は無し、中之巻一箇所、下之巻四箇所ある。
(5)　例えば、後藤康文著「「室の八島」の背景――『狭衣物語』試論――」(『国語と国文学』平成九年八月)参照。
(6)　引用は『契沖全集』に依る。
(7)　森修著『近松と浄瑠璃』(塙書房・平成二年二月)「第三章　三　近松の芸論の時代的背景」参照。
(8)　注(3)で記した『操浄瑠璃の研究』第一篇第一部第四章「二段目」の中で、「立役方は完全に打ち負かされるのであるけれども、〈中略〉天下を一時敵役方に譲つて姿をくらまし、〈中略〉抵抗の生活に入る」と記している。この構想が「流浪」と関係してくると思われる。また、吉本隆明は「近松論」(『近松門左衛門の世界』〈勉誠社・昭和五一年三月〉所収)で「そういう貴

（卑）種流離譚のパターンが、近松の浄瑠璃の時代物のなかにやはりおおきく生きていて劇の要素になっています。〈中略〉近松の時代物浄瑠璃を成り立たせている貴（卑）種流離譚は、いわば近世的な変形をうけていることがきわめて本質的なことなんです。」と指摘しているが、近松のみならず、海音の時代物でも同様の基本構想を持っていると言える。

（９）以下、段の名称は『浄瑠璃作品要説〈２〉紀海音篇』（国立劇場芸能調査室・昭和五七年三月）に依る。

（10）『近松語彙』に示されている例の内、『近松全集』（岩波書店）の参考篇に所収されている近松存疑作『融大臣』については省略した。また、和歌の用例以外についても省略した。

（11）『井筒業平河内通』を存疑作とする考えもあるが、内題下に署名があることから、ここでは近松作とする立場を取りたい。

（12）表には『井筒業平河内通』の用例は計算に含めなかった。

附　『伊勢物語』和歌利用一覧

表記については、最初に『伊勢物語』の段数を示し、続いて和歌を記す。◆印以下は『紀海音全集』を基に、海音作品の和歌利用部分を指摘し、続いて括弧内に作品名・段数・収録巻・頁数の順に表わす。

一　かすが野の若紫のすり衣しのぶのみだれ限り知られず
◆あすか川。かはる淵瀬のきのふけふ。過つる宇治のかへるさより。藤壷の御方は若紫のすり衣。忍ぶ思ひの乱れてはかりこめられし籠の内。（『花山院都巽』第二・第三巻二四二頁）

二　起きもせず寝もせで夜をあかしては春の物とてながめ暮らしつ
◆姫君聞召きやいのわるいこともなふ。只うか〳〵とおきもせずねもせでよるをあかしては。はるの物とや恋ならん。只世の中があぢきのふ思はぬ涙がこぼるゝ也。（『鬼鹿毛無佐志鐙』第一・第一巻一一四頁）

三　思ひあらば葎の宿に寝もしなんひじきものには袖をしつゝも
◆家もよしなしやゐむぐらしげれる宿に妹とねて。ひしき物には袖をして。ともしらがまでそふてこそ。世にすむかひはありなまし。（『花山院都巽』第三・第三巻二五七頁）

五　人知れぬわが通ひ路の關守はよひ〳〵ごとにうちも寝ななん
◆たゞなに事も片思ひあまが見。すてゝせでくらすな。其かよひぢの。せきもりは。よい〳〵ごとにうちもねるいもせの中のなか〳〵に。二せをへだつるこひのせき。（『仏法舎利都』第四・第二巻三五三頁）
◆親はらからのかたい気に世になき事とうとまれて。よい〳〵事の関守の目をぬすんだもつらかりし。（『鎌倉尼将軍』第二・第一巻二〇九頁）

六　白玉かなにぞと人の問ひし時露と答へて消えなましものを

◆いたわしや少将は。小町御前をおひ参らせいづくとさして白玉か。何ぞと人のとはんには。露ときへなんきへなばきへよ。ふたりが中。（『小野小町都年玉』第三・第二巻三四頁）

◆コリヤ女共こちらむけ。ハテ何ンぞいの。何ぞと人のといし時かゝとこたへてだいてねよ。げに夏の日のならいとてべん〳〵だらりとながい日は。（『忠臣青砥刀』上・第七巻二〇二頁）

九　から衣きつゝなれにしつましあればはる〴〵きぬる旅をしぞ思ふ

◆かずよみていつゝわたせるはしいたの。はる〴〵きぬるたびはういもの。おもしろいもの。（『鎌倉尼将軍』第四・第一巻二二三頁）

一〇　みよし野のたのむの雁もひたぶるに君が方にぞよると鳴くなる

◆みよし野のたのものかりもひたふるに。君がかたにぞよるとなくよめりのばんはいつかたも。（『仏法舎利都』第一・第二巻三一八頁）

一二　武蔵野はけふはな焼きそ若草のつまもこもれり我もこもれり

◆はつもとゆひもわか草の。妻やこもりていつしかに。いたづらにふく。あすか風。（『三輪丹前能』第四・第五巻三三頁）

一三　武蔵鐙さすがにかけて頼むにはとはぬもつらしとふもうるさし

◆中に立たる介のぶはむさしあぶみの心地して。いはぬもつらしいへばまたはゝのなげきをしのぶ草。（『曽我姿冨士』第四・第二巻一〇五頁）

◆人間にあらされば。名乗もつらしなのらぬもむさしあぶみやむさし野に。幾年ふりし老づるの（『八幡太郎東初梅』第四・第六巻六一頁）

◆物にくるふはたれゆへと。とはぬもつらし。とふもうしいつ迄かくはながらへて。（『仏法舎利都』第四・第二巻三五〇頁）

一四　夜も明けばきつにはめなでくたかけのまだきに鳴きてせなをやりつる

◆エゝつれなの鳥や情なや。きつにはめなてくだかけの。それさへ心有物を月日へたてゝ只一夜。（『本朝五翠殿』第三・第四巻三三頁）

一九　天雲のよそにも人のなりゆくかさすがに目には見ゆる物から

◆古歌の心に似たるぞや雨雲の。余所にも人の成行か。さすがにめには見ゆる物から。かやうに読しは業平を恋つゝ人の仇のすさみ。（『新板兵庫の築嶋』第三・第四巻九八頁）

二三　風吹けば沖つ白浪たつた山夜半にや君がひとりこゆらん
◆爰にすてをく置みやげ跡はしら浪たつた山。よはにぞ君がお供して都を。さしてぞ帰りけり。
（『小野小町都年玉』第一・第二巻一四頁）
五〇　鳥の子を十づゝ十は重ぬとも思はぬ人をおもふものかは
◆あはびの貝のかた思ひ。十づゝ十をかさねたる。鳥の子地はおあしも百。
（『坂上田村麿』第三・第六巻二三〇頁）
六〇　五月まつ花たちばなの香をかげばむかしの人の袖の香ぞする
◆道の辺の。樗の本に立やすらひ。さつき待。花橘の香をかげは。昔の人と。詠しに我は。梢の秋待て。命をつなぐ。外なしと。
（『冨仁親王嵯峨錦』第四・第六巻一八九頁）
六三　百年に一年たらぬつくも髪我を戀ふらし面影に見ゆ
◆顕基驚立のきて。百とせに一とゝせたらぬつくもがみ。我を恋とはいまはしや詠ぜし詞は。其昔。藤原の興範が水やは有とこひしとき。たはふれかけし口ずさみ。
（『日本傾城始』第四・第五巻二七二頁）
六五　戀せじと御手洗河にせしみそぎ神はうけずもなりにけるかな
◆かのなり平の中将は。恋せじとみたらし川にせし御祓。神はうけずもと詠給ふ。やんごとなき雲の上人さへ。まゝならぬは此道じや物。
（『曽我姿富士』第一・第二巻六五頁）
六五　海人の刈る藻にすむ蟲の我からと音をこそなかめ世をばうらみじ
◆何とめいどへ帰るとは扨は此世をさりしよなもにすむむしのわれからと。やいばのうへにきへし身の此世に心はとゞめねど。
（『鎌倉三代記』第四・第四巻二二七頁）
六八　鴈なきて菊の花さく秋はあれど春の海邊にすみよしの濱
◆程なく敵に勝時の。声帆に上て。帰る鴈春の海辺に住吉の。浦にしあらば世の中の。
（『本朝五翠殿』第四・第四巻五六頁）
八二　散ればこそいとゞ櫻はめでたけれうき世になにか久しかるべき
◆愚の詞侍らふや。されば古歌にもちればこそ。いとゝ桜はめでたけれ。浮世に何か久しかるへきときく物を。
（『義経新高舘』第四・第四巻三二八頁）
一〇三　寝ぬる夜の夢をはかなみまどろめばいやはかなにもなりまさる哉
◆見さしたる其夢かへせ夢かへせ。夢をはかなみまどろめはいやはかなにもなりまさる。扨情なのうきねやとわつとさけぶぞ。

道理成。（『本朝五翠殿』第三・第四巻三四頁）

一〇四　世をうみのあまとし人を見るからにめくはせよとも頼まるゝ哉

◆其うへきけば其人も。いかなることか世を海の尼衣きて国々を。まはり給ふとさたすれは（『鎌倉尼将軍』第四・第一巻二二九頁）

一〇六　ちはやぶる神世もきかず龍田河からくれなゐに水くゝるとは

◆在原の業平はさせる才智はなけれども。和歌の達人千早ふる。神代もきかぬ立田川。からくれないに水くゞる。おもかげ空にむかふとは。（『新百人一首』第五・第三巻一二四頁）

一一四　翁さび人なとがめそ狩衣けふばかりとぞ鶴も鳴くなる

◆あしもとも。よろり〳〵とおきなさび人なとかめそ我君の。仰はつるの一こゑをうけ給はりて老の浪（『曽我姿冨士』第三・第二巻一〇三頁）

一一九　形見こそ今はあだなれこれなくは忘るゝ時もあらましものを

◆今宵我。手にふれるのも主従の。形見こそ今は仇なれ是なくは。忘るゝ隙も有なんと。読しも理りや猶思ひこそはふかけれ。（『日本傾城始』第三・第五巻二五二頁）

第四節　海音と謡曲

はじめに

近松門左衛門が浄瑠璃作品中に利用した謡曲の表現については、既に『近松語彙』附録に全体像が示されている。一方、海音に関しては未だその全貌が明らかにされている訳ではない。近松の場合、謡曲の表現が多用されており、詞章の作成上は言うまでもなく、構想及び趣向・素材等においても重要な要素となっている。尤も、謡曲の影響はそれだけに止まる訳ではない。宇治加賀掾が「浄るりに師匠なし・只謡を親と心得べし」(『竹子集』延宝六年跋)とし、竹本義太夫も立場を少し異にはするものの「われらか一流ハ。むかしの名人の浄るりを父母として。謡舞等ハやしなひ親と定め侍る」(『貞享四年義太夫段物集』)とする。浄瑠璃に於いては音曲上、謡が重要な影響を与えていた。論ずる迄もないが、嘉太夫節は勿論、義太夫節にあっても「謡」等の節章が存し、『浄瑠璃節章揖』(安永六年成)には、「謡」として「次第　一セイ　上歌　サシ　クセ　道行」が挙げられている。それぞれの節章は音曲としての浄瑠璃をより豊かにする重要なものとなっているのである。更に、著名な先行伝説を再構築するという時代物浄瑠璃の創作傾向から見れば、観客周知の謡は利用するに格好の対象となっていたのである。しかし、謡曲の利用は決して近松一人の問題ではない。同時代の作者である海音にとっても解明されねばならぬ課題と考える。そこで本稿では時代物浄瑠璃を取り上げ、謡曲利用の全体像を報告し(1)、近松にも言及しつつその概観を示してみたい。続いて利用の具体的方法と特徴とを考察しようと思う。なお、「謡曲利用一覧」を本節末尾に付した。適宜ご参照頂きたい。

一　利用された謡曲の種類と範囲

最初に、海音が時代物浄瑠璃中でほぼ確実に表現を利用したと考えられる謡曲名と利用回数を示す。その場合、利用した表現の長短はここでは問題としない。また、異なる謡曲中で同一の表現がされる箇所を利用した場合は算入せず、別に触れることとする。尚、近松との比較の意味で、近松の時代物浄瑠璃にも利用されている場合には●印を付す(2)。

脇能では(3)『鱗形』(二)、『江島』(一)、『老松』(一)、『白髭』(一)、●『高砂』(三)、●『竹生島』(一)、●『難波』(二)、●『白楽天』(三)、●『養老』(二)、二番目物で●『兼平』(二)、●『実盛』(二)、●『田村』(五)、『知章』(三)、『通盛』(一)、●『八島』(四)、●『頼政』(三)、三番目物で●『采女』(三)、●『江口』(七)、『鸚鵡小町』(一)、『大原御幸』(二)、●『杜若』(一)、●『草子洗小町』(三)、『誓願寺』(二)、●『関寺小町』(二)、●『卒塔婆小町』(一二)、●『定家』(一)、●『東北』(一)、●『羽衣』(三)、●『芭蕉』(一)、●『桧垣』(四)、●『松風』(五)、『遊行柳』(三)、●『熊野』(一)、●『楊貴妃』(八)、四番目物で●『葵上』(八)●『蘆刈』(三)、●『安宅』(三)、『歌占』(四)、●『善知鳥』(三)、●『梅枝』(一)、●『柏崎』(五)、●『通小町』(六)、●『花月』(三)、『元

服曽我』(一)、『恋重荷』(一)、●『小袖曽我』(五)、●『桜川』(二)、●『自然居士』(一)、●『隅田川』(一)、●『蝉丸』(三)、『玉葛』(五)、『土車』(一)、●『天鼓』(四)、●『道成寺』(一)、『橋弁慶』(四)、●『鉢木』(三)、『花筐』(二)、●『班女』(四)、●『百萬』(五)、●『富士太鼓』(二)、●『藤戸』(一)、●『放下僧』(一)、●『三井寺』(一)、●『三輪』(一〇)、●『盛久』(一)、『夜討曽我』(二)、●『女郎花』(二)、曲籍の限定がされにくいもので三・四番目物として数えられる『小塩』(二)、『住吉詣』(一)、『雲林院』(一)、五番目物で●『一角仙人』(一)、●『鵜飼』(二)、●『熊坂』(一〇)、●『鞍馬天狗』(一)、●『猩々』(三)、『殺生石』(三)、●『善界』(一)、『張良』(二)、●『松山鏡』(一)、●『紅葉狩』(七)、●『山姥』(二)、●『雷電』(四)である。以上、脇能が九曲、二番目物が七曲、三番目物が一八曲、四番目物が三三曲、五番目物が一二曲、その他三・四番目物三曲があり、都合八二曲になる。その内、近松と利用が共通する作品数は五九曲となり、全体の七割に及ぶ。

因みに近松が利用し、海音は利用しなかった作品を挙げれば、二番目物で『敦盛』、『清経』、三番目物で『源氏供養』、『千手』、『二人静』、四番目物で『阿漕』、『景清』、『鉄輪』、『邯鄲』、『俊寛』、『忠度』、『弱法師』、五番目物で『海士』、『大江山』、『石橋』、『鐘旭』、『土蜘蛛』、『融』、『野守』、『船弁慶』、『羅生門』、四・五番目物で『藍染川』、『咸陽宮』、『正尊』、『竹雪』、『壇風』の二六曲となる。よって近松の利用した謡曲作品は脇能が五曲、二番目物が七曲、三番目物が一七曲、四番目物が三二曲、五番目物が一九曲、その他四・五番目物が五曲で、総数は八五曲となり、海音の場合とほぼ同じである。勿論、海音と近松の時代物の総作品数が異なることを前提としなければならないが、利用された謡曲作品数の幅はかなり似通っていると言える。更に、その中で共通利用される謡曲作品が七割程度にのぼることは、割合としてかなり高いものと思われる。以上を表にすると次のようになる。

謡曲	一番目物	二番目物	三番目物	四番目物	五番目物	他	計
海音	九	七	一八	三三	一二	三	八二
近松	五	七	一七	三二	一九	五	八五

右の表から見ると、海音と近松の共通して利用した作品が七割程度あることから推測すれば似通った数値が予測できるが、この結果は驚く程似ていると言える。この事は海音と近松の両者共、当時著名であった作品を網羅的に利用したことを意味しよう。例えば小町物に関して言えば、近世に於いては特に受け入れられた題材ではあるものの、ほぼ全てにわたって共通している。また、利用する謡曲は四番目物の多いことが指摘できるが、その他については特定の種類に偏るものではなく、脇能から五番目物まで幅広く利用されており、利用の仕方に両者共柔軟性が窺える。四番目物が多数を占める事は、「雑の能」という性質からくるものと考えられる。では、利用された表現にはどのような傾向があるのだろうか。次にその問題について考察してみたい。

二　利用された謡曲表現の傾向

先にも触れたが、海音は異なる謡曲中で同一の表現がされる箇所を利用した場合がある。例えば、『小野小町都年玉』五段目には、「去ながら。土も木も大君の此国に何国か鬼の宿ござめれ」とあり、『末廣十二段』一段目には、「土も木も。我大君の国なれど。鬼かへんげの所為なるかこはそもなんだ弁慶が。黒ゐ面」と表現される。これらは『太平記』巻十六「日本朝敵事」にある「草モ木モ我大君ノ国ナレバイヅクカ鬼ノ棲ナルベキ」(4)と類似するものであるが、謡曲『羅生門』及び『土車』に「土も木もわが大君の国なればいづくか鬼の宿と定めん」(5)の表現が指摘できる。海音の「土も木も」の表現は、『太平記』よりも『羅生門』、『土車』に近い。しかもこの表現は、『土蜘蛛』に「土も木もわが大君の国なればいづくか鬼のやどりなる」とあり、『大江山』にも「土も木もわが大君の国なればいづくか鬼のやどりなるらん」と表現されている。これ程に謡曲中で繰り返された表現は、観客にとって非常に耳慣れたものであったと考えられる。四番目物の『土車』を除けば、『羅生門』、『土蜘蛛』、『大江山』は何れも五番目物である。海音は『小野小町都年玉』五段目で、「鬼女」を登場させる際、「鬼」の連想から『羅生門』等で馴染となっているこの表現を取り込んだのであろう。また、『末廣十二段』一段目については、弁慶の様子を「鬼かへんげの所為」と見立てた事による表現となっている。もっとも、その直前の場面では牛若君に守護する天狗の話題が取り上げられ、その関連で摂取されたとも考えられる。何れにしろ、「鬼」またはそれに類する関連からその場に相応しい表現として利用されたのであろう。この様な複数の謡曲中に同一、または類似する表現を利用する例は、この他にも五例程指摘することが出来る。ここでは当然ではあるが、観客が特によく知る部分を利用するという事を指摘するに止め、次の問題に移る。

　謡曲が和歌等を利用した表現を、海音は二次的に利用することが多い。例えば、『八幡太郎東初梅』四段目には、「《謡》第一第二の絃はさく〳〵として。松をはらつてそいんおつ。これ楽天がみつの友」と表現される。この部分は謡曲『蟬丸』に「第一第二の絃は索々として秋の風。松を払つて疎韻落つ」とあり同文である。更に謡曲『経政』にも全く同表現がなされている。『謡曲大観』の頭注には、この部分が『和漢朗詠集』白楽天の詩句を引用したことを指摘しているが、その詩句は「第一第二絃索〃　秋風払松疎韻落　第三第四絃冷〃　夜鶴憶子籠中鳴　第五絃声尤掩抑　隴水凍咽流不得[6]」とある。しかしここでは「謡」の節章で語られており、海音は謡曲から利用したものと判断される。海音が『蟬丸』か『経政』のどちらの作品から利用したのかは確定し難い[7]が、何れにしろ『和漢朗詠集』等から謡曲が利用し、更にそれを海音が二次利用したものであることは確かである。もう一例、和歌の場合を見てみたい。

『末廣十二段』五段目には、「にしき色とる夕しぐれぬれてや鹿の独りなく。さが野ゝ原のおみなへし」と表現される。これは謡曲『紅葉狩』にある「四方の梢も色々に。錦を色どる夕時雨。濡れてや鹿のひとり鳴く聲をしるべの狩場の末」の表現を利用したものと考えられる。但し、謡曲のこの表現は『新古今和歌集』巻第五「秋歌下」の藤原家隆朝臣「したもみぢかつ散る山の夕しぐれぬれてやひとり鹿のなくらむ(8)」を利用したものであろう。しかし、海音の表現は「にしき色とる夕しぐれ」とあり、和歌よりも謡曲の表現に近い。ここでは「謡」等の節章は付されていないが、『紅葉狩』からの二次利用と見てよいだろう。先の例と同様に、謡曲という「節」を通してより精選した表現を利用しているということになる。この場合もやはり、その表現は観客の最も良く知る所のものであろう。この例は「謡」等の節章は付されていないが、和歌よりも謡曲の表現に近いことから利用が確認されるものである。しかし、「謡」等の節章を付していない場合でも謡曲の表現が利用されるということは、典拠の問題として複雑な場合が生じてくる。つまり、作者が和歌等を直接典拠として利用したのか、またはそれが一旦別の作品等に利用され、そこから二次的に取り入れたのかという問題である。本稿では海音作品と類似、又は同一の表現が謡曲中に見られる場合、該当箇所が和歌表現のみに限定される場合は取り扱わなかった。しかしその数は非常に多く、一部には謡曲を典拠として利用した可能性も否定できないと思われる。

さて、次に海音と近松が共に利用した謡曲に関して検討してみたい。両者の利用した詞章には、謡曲中の同一部分である場合がしばしば存するのである。例えば、近松は『賀古教信七墓廻』五段目で「紅花のはるのあした。紅きんしうの山よそほひをなすと見へしも。夕べのかぜにさそはれ紅葉の秋のゆふべ。黄かうけつのはやし。色をふくむといへ共あしたのしもにをとろふ。松風羅月に。詞をかはす賓客も。さつて来ることなし翠帳紅閨に。枕をならべしいもせも。いつの間にかはへだつらん」と謡曲『江口』の一節をそのまま利用している。この部分を海音は『鎌倉尼将軍』四段目で「こうくわのはるのあした。こうきんしうの山よそほひをなすと見へしも。夕の風にさそわれこうようの秋もいつしかに」と利用し、更に『山桝太夫葭原雀』二段目で「松風羅月に詞をかはすひんかくも。さつて来ることなしすいちやうこうけいに。枕をならべしいもせもいつの間にかはへだつらん」[9]と利用する。海音と近松のそれぞれの作品は構想の類似等は認められず、両者が各自の作品中で独自の趣向を仕組み、その中で適宜謡曲の表現を利用したものと言える。

また、先に取り上げた『小野小町都年玉』の「土も木も〈後略〉」の詞章は、近松の『関八州繋馬』五段目にも「土も木も。我カ大君の国なれば。いづくか鬼の。やどりなる」とあり、同一部分の利用と認められる。以上の他、多数の箇所で同様の現象が見られる。この現象は両者の個別の発想から生まれたものであろう。これまで、利用された謡曲表現の傾向を見てきた訳だが、それと同様に、各自が謡曲表現を自身の作品に取り入れる際、特に洗練され、馴染のある有名な表現を利用しようとする姿勢が、結果として同一部分の利用として表われてきたと考えられるのである。

三　謡曲利用と段の問題

海音作品の中で謡曲の表現がどの様に扱われているか、各段毎での利用状況について考察してみたい。最初に表にして記す[10]。上段の算用数字はその段に利用された謡曲表現箇所の総数を示し、下段の漢数字は利用された謡曲作品の総数を表わすものとする。

	一段目	二段目	三段目	四段目	五段目
『鬼鹿毛無佐志鐙』	1 一	3 二		1 一	1 一
『鎌倉尼将軍』		1 一		13 九	
『信田森女占』	4 四			2 二	
『小野小町都年玉』	3 二	1 一	7 五	1 一	8 六
『曽我姿冨士』	1 一		7 三		1 一
『愛護若塒箱』				1 一	1 一
『山桝太夫恋慕湊』	2 二	3 三		1 一	1 一
『仏法舎利都』	1 一	2 二	2 二	9 九	2 二
『甲陽軍鑑今様姿』				3 三	
『新百人一首』	2 二			4 四	1 一
『末廣十二段』	5 五	2 二	2 二	1 一	3 三
『花山院都巽』	2 二			7 七	
『傾城国性爺』			2 二	3 三	
『本朝五翠殿』	1 一	1 一	1 一	3 二	
『新板兵庫の築嶋』	2 二			1 一	
『殺生石』	3 二	1 一	4 四		1 一
『鎌倉三代記』			1 一	3 三	

『山桝太夫葭原雀』		3 三	1 一		
『義経新高舘』	1 一	1 一		1 一	1 一
『神功皇后三韓責』	1 一			1 一	
『頼光新跡目論』	1 一	1 一	1 一		
『鎮西八郎唐士舩』	2 二	1 一	2 二	1 一	
『日本傾城始』	1 一		3 三	9 五	
『三輪丹前能』		1 一	1 一	14 五	
『八幡太郎東初梅』		1 一	1 一	6 六	
『呉越軍談』		1 一			
『冨仁親王嵯峨錦』				8 五	
『坂上田村麿』			1 一	4 二	
『大友皇子玉座靴』				1 一	
『東山殿室町合戦』	2 一		2 二	1 一	
『玄宗皇帝蓬来鶴』				7 二	
『傾城無間鐘』	1 一		1 一	6 三	
上段合計	36	23	39	112	20

表を見れば、海音作品のすべてに謡曲表現の利用が確認できる。また、一段目から五段目までの全段にわたっての使用が認められるが、その利用回数には非常に特徴的な傾向が表われている。四段目の利用が突出して多い

ことである。この場合、謡曲一曲から多数の箇所を利用しているのか、複数の謡曲作品から利用しているのかという点については表には示さなかったが、各段に於いて一曲中一箇所利用する場合は一六六例、同様に二箇所利用する場合は一二例、三箇所は五例、四箇所は一例、五箇所は一例、六箇所は一例、そして一〇箇所の利用が一例となっている。即ち、ほぼその利用の仕方は一曲中一箇所を利用するというものが九割程に及び、複数箇所の利用は非常に少ない割合となる。尤も『曽我姿冨士』三段目に於ける謡曲『小袖曽我』（五箇所利用）、『三輪丹前能』四段目に於ける謡曲『三輪』（一〇箇所利用）、更に『玄宗皇帝蓬来鶴』四段目に於ける謡曲『楊貴妃』（六箇所利用）の様に、作品の拠って立つ世界との関わりにより謡曲一曲から多数箇所の利用がされる場合もない訳ではない。しかしそれは極少数の作品に止まるのである。

さて、表の下段に示した利用謡曲作品数を検証すると、仮に三曲以上の謡曲を利用した場合を計算すれば、一段目は二作品、二段目は二作品、三段目は四作品、四段目は一二作品、五段目は二作品となる。やはり四段目の利用は他の段と異なり利用する謡曲作品数が多くなる傾向が見て取れる。四段目は意識的に多用していると言ってよい。『鎌倉尼将軍』四段目の例を挙げれば、『花筐』（１）、『江口』（１）、『隅田川』（１）、『百万』（１）、『卒塔婆小町』（２）、『葵上』（１）、『土車』（１）、『蝉丸』（３）、『采女』（２）の九曲、一三箇所に及ぶのである。

ところで、四段目の使用例が多いことはどの様に考えられるのだろうか。この傾向に関して近松の場合も同様に調査すれば[11]、一段目三六箇所、二段目三八箇所、三段目四八箇所、四段目九一箇所、五段目二四箇所となる。やはり四段目の使用例が他の段の二倍程に多いことが指摘できる。『貞享四年義太夫段物集』には「浄瑠璃大概」として、「四段目の事付り道行」と挙げられている。確かに四段目に道行が設定される場合は多いが、謡曲表現が道行にばかり利用されている訳ではない。海音の場合、道行等節事で利用されているのは、四段目全用例一一二箇所中三三箇所となり、道行等節事を除いても他の段と比較して圧倒的に多数となるのである。近松の場合も、四段目全用例九一箇所中二四箇所となり、同様の傾向を見せている。このことから考えれば、個人的な方法というよりは浄瑠璃の方法として理解した方が妥当かも知れない。近石泰秋氏は時代物の四段目について、『浄瑠璃秘曲抄』の「四段相伝」の記事を引用した後で「道行の説明が詳しいのは、四段目の始めに道行があり、その気分が四段目全体に影響してゐるからである。[12]」と述べている。周知の様に道行には和歌及び謡曲の表現が多く利用されている。それはある程度洗練された表現と言えよう。その洗練された「気分が四段目全体に影響してゐる」ならば、道行以外の部分にもそれに相応しい表現が利用されるのも当然かもしれない。[13]ここでは、謡曲表現が四段目に多用される一つの見通しを述べるに止めたい。

四　謡曲表現の利用方法

ここでは、謡曲表現の利用方法の一端を明らかにしようと思う。具体的には、同一場面内で複数利用することにより、どのように創作していくのかを考察してみたい。そこで、先に指摘した複数利用の顕著な四段目を中心に取り上げようと思う。『花山院都巽』(正徳五年秋以前初演)四段目・跡は花山寺の場となる。剃髪した花山帝の元に弘徽殿が訪ね、その折橋姫の霊に取りつかれた藤壺が現われる。藤壺は早水の七郎と争うが、藤壺から橋姫の霊が飛び出す。更に橋姫は大蛇と化し花山帝らを苦しめるが、野分の幽霊や安倍晴明の活躍で橋姫の霊が消え失せる。実は橋姫と野分は龍田の神の仮の姿で七郎の悪逆をとどめ、王法鎮護のために現われたというものである。[14]では、筋の展開を追って謡曲表現を検証してみたい。最初に藤壺が登場する場面では、「程《セイハル》もなき。舟のとまりや初瀬川。のぼりかねたるこがれざほ。ほに顕れし糸ずゝき。ほに顕れし糸ずゝき。萩のうは風それならで。有し昔の雲の上。ともに詠めし月影のうつればかはる飛鳥風。花紫の藤壺が。恨んために参りしと。はつたとにらんで立給ふ」（傍線部は謡曲『玉葛』と同一表現）と「一セイハル」の節章で語られる。藤壷が橋姫の霊に取り付かれているという設定を新たに海音は仕組んだ。藤壷から妬婦の怨念、そして橋姫の霊への連想は飛躍した面白さがある。しかし、連想の過程は容易に理解できるものであり、その事が観客に違和感を与える事なく、場の雰囲気に合ったものとして印象付けられたのではなかろうか。続いて『源氏物語』と「霊」から『玉葛』での玉葛の霊へと思い至ったのであろう。藤壷の登場場面に、謡曲での玉葛の霊が出現する場面を重ね合わせたと考えられる。『玉葛』も「一声」で語られる。

場面は七郎が藤壷を取り押えると胸から猛火の光が現われ橋姫の姿となり、続いて大蛇へと変化する。その部分は「是非くみしかんとぼつ立れば。忽草木どうようしてあらはに現ずる大蛇の勢ひ。角はこぼ〳〵《ママ》眼は日月。鱗は忽庭にちる紅葉かさねとおひ立ていかりのはぎしみじやねんの火煙を吹かけ〳〵はせめぐれば」と表現される。この部分は謡曲『紅葉狩』の「とりどり化生の姿を現し或は巌に火焔を放ち。又は虚空に焔を降らし。咸陽宮の。煙の中に。七尺の屏風の上になほ。餘りてそのたけ。一丈の鬼神の。角はかぼく。眼は日月面を向くべきやうぞなき」を利用したものである。ここでは猛火が橋姫へ、更に大蛇へと変化することに対し、『紅葉狩』の「化生」の荒れ狂う表現を取り入れ、この場に相応しいものに作り替えたものである。実に柔軟な発想と言える。

続いて野分の幽霊の登場となる。野分の幽霊は海音が新しく仕組んだものである。野分は橋姫の霊を諌めようとするが、橋姫は聞き入れず、「終にめいどの鳥の声。〈中略〉歎のかこみは羽ぬけ鳥。立居をいつ迄くるしまん。愛着の化鳥と成リ砂を追立。鉄のはしをならし羽をたゝき。銅の爪をとぎたてゝはせめて思ひをはらさん」と答える。ここは謡曲『善知鳥』の「冥途にしては。化鳥となり罪人を追っ立て鉄の。嘴を鳴らし。羽をたたき銅の爪を。磨ぎ立てては。眼をつかんで〈後略〉」を利用したものであろう。この部分は「鳥」を読み込む文脈から連続させ、更に「冥途」との関連から『善知鳥』の表現に融合させているのである。

その後、野分と橋姫が争うことになるが、そこに晴明が登場する。その場面は、「陰陽の頭晴明は出々加持に参らんと。稚武彦の跡をつぎ陰陽不側の旨をわけ。八ツ風を払う白ラはりに。非情をへだつる唯一のぬさ一色五色の幣帛追取。しん然として入来り」と表現される。典拠の一つとされる近松『弘徽殿鵜羽産家』一段目にも、晴明の祈禱の部分が描かれる。近松は謡曲『鐵輪』の一節を利用するが、海音はこの部分に謡曲『葵上』「行者は加持に参らんと。役の行者の跡を継ぎ。胎金両部の峰を分け。七宝の露を払ひし篠懸に。不浄を隔つる忍辱の袈裟。赤木の数珠の刺高を。さらりさらりと押し揉んで。一祈りこそ祈つたれ」の表現を改変しつつ利用した。晴明の祈禱部分に『葵上』の行者の祈禱部分を重ね合わせた発想は、やはり変化の者を祈り責め掛ける筋と『源氏物語』との関連からであろう(15)。その場の雰囲気を壊すことなく、むしろ関連した謡曲の表現を持ち込むことで盛り上げることに成功していると思われる。晴明が祈禱する部分は「爰の。めんらうかしこのくま。ふみとゞろかしかけ廻りせめかけ〳〵いのりける」とある。これもまた謡曲『熊坂』「ここの面廊かしこの詰りに。追つかけ追つつめ取らんとすれども」の表現を利用したものであろう。闘争の場面には、『熊坂』のこの前後の表現を『熊坂』、『小野小町都年玉』三段目、『仏法舎利都』四段目、『末廣十二段』一段目・二段目、『殺生石』三段目にも利用しており、海音の最もよく利用するものとなっている。祈り責められた橋姫の霊は一旦ここで姿を消すことになる。

以上、四段目に於ける橋姫の霊に取り付かれた藤壷の登場から退散までを見てきたが、この一連の場面に謡曲表現が多用されているのを確認した。場面の基本構想としては弘徽殿と藤壷の嫉妬による対立である。しかし、その描き方はその場に応じた謡曲表現を自在に活用するものであり、観客に違和感を与えることなく、かつ柔軟に改変させ取り入れる海音の姿勢が確認できたと思う。

おわりに

以上、海音の時代物浄瑠璃に利用された謡曲表現について見てきた。海音の謡曲の取材範囲は八十余曲に上り、近松とほぼ同数であった。共通利用された作品は両者共七割程度にもなり、同一部分の利用が多数存在することに触れた。その量的な多さは、観客に特に耳慣れた詞章が利用された事を意味すると考えられる。また、典拠の二次利用の効果として、より洗練された表現を取り入れたことを指摘し、更に四段目では特に謡曲表現の利用が顕著であった事を明らかにした。海音も近松と同様の傾向にあったことは、「道行」という範囲を越えて、四段目全体に謡曲を利用しやすい傾向があったと推測される。それは個人的作劇方法というよりは、浄瑠璃の方法として捉えるべき問題となろう。別の見方をすれば、近松の謡曲表現利用の技量の水準まで、ある面に於いては海音が到達していたとも言えるのではなかろうか。

ところで、四段目を中心に謡曲表現が利用される契機について述べた。一部、具体的な利用方法に触れた訳だが、勿論、謡曲と浄瑠璃との交渉は表現の問題に限定されるものではない。場面の構想そのものとして活用される等、非常に幅広く、深い問題を孕んでいる。そういった謡曲の具体的利用方法についても更に考察する必要があると考える。触れるべき問題は多々残されている。

（1）　海音が時代物浄瑠璃中で利用した謡曲表現については、『謡曲大観』所収の全作品を対象に調査した。依って本稿で扱う謡曲は、その収録作品に限られる。但し、近松存疑作『平安城遷都』の詞章を甚だしく利用した海音の『平安城細石』については、今回の調査から除外した。

（2）　近松に関しては『近松語彙』附録を基に行なった。但し、附録自体に遺漏等も見られる。本稿では大方の傾向の把握を目的とし、集計等の数値は目安として提示することにする。
（３）以下、分類は『謡曲大観』に依る。
（４）引用は『太平記 二』（日本古典文学大系）に依る。
（５）謡曲の引用は、以後『謡曲大観』に依る。
（６）引用は『和漢朗詠集 梁塵秘抄』（日本古典文学大系）に依る。
（７）謡曲『経政』は他の海音の作品には利用されないのに対し、『蝉丸』の利用例は多い。よってこの部分も『蝉丸』利用の可能性が高いと思われる。
（８）引用は『新編国歌大観』第一巻「勅撰集編」に依る。
（９）この部分は一部表現が変えられているが、『三井寺開帳』中之巻にも利用されている。
（10）ここでは五段に組織されたものを取り上げる。よって一段構成の『熊坂』、三巻構成の『三井寺開帳』、『忠臣青砥刀』は含めない。尚、海音作品の各段に対応した謡曲作品名は、次の「謡曲利用一覧」参照。
（11）近松の場合も海音と同様に五段構成以外のものは算入しない。また、『近松語彙』附録には、『謡曲大観』に所収されていない『浦島』（一例）と『二度掛』（三例）が指摘されているが、ここでは算入しなかった。
（12）近石泰秋著『操浄瑠璃の研究』（風間書房・昭和三六年三月）第一部第六章「四段目」。『浄瑠璃秘曲抄』から引用した記事は『貞享四年義太夫段物集』にも同様に記載されている。
（13）『伊勢物語』中の和歌に関しては、四段目では道行等節事中、またはそれ以外の部分でも数多く利用することは、第三節「海音と『伊勢物語』の和歌」で述べた。
（14）『花山院都巽』については、『浄瑠璃作品要説〈２〉紀海音篇』（国立劇場芸能調査室・昭和五七年三月）に、古浄瑠璃『花山院后諍』及び近松作『弘徽殿鵜羽産家』に拠った作品であり、花山帝を中心とした二后（藤壷と弘徽殿）の対立に関しては、「『源氏物語』桐壷、葵（これらに拠った謡曲も含めて）の影響がある。」との指摘がある。
（15）もう一つ言うならば、近松も『弘徽殿鵜羽産家』一段目で、藤壷の恨みの言葉の中で『葵上』の表現を利用しているのである。海音はそこで利用された部分を取り込むことはしていないが、『葵上』を利用する契機とした可能性はあろう。

附　謡曲利用一覧

調査は『謡曲大観』を基にした。作品の記載順序は、『謡曲大観』に依る。記載方法は、利用された謡曲作品を掲げ、次に●印で謡曲の利用部分と、（巻数・頁）を示し、更に○印で海音作品の詞章及び〈作品名・段数〉を記す事とする。利用部分の典拠が謡曲及びそれ以外にも重複して存する場合、前後の表現等を考慮して謡曲の利用と判断したもののみ掲げた。また、表現の対応が短い場合でも「謡」等の節章がある場合は取り上げた。但し、対応する表現が少ない場合でも、他の部分で何らかの謡曲利用が認められる場合、また利用の可能性が高いと考えられる場合も取り上げた。なお、海音作品の表記は三文字以上の場合は頭文字三文字で表記する事とする。但し、『山桝太夫恋慕湊』と『山桝太夫葭原雀』はそれぞれ「山桝恋」、「山桝葭」と表記する。

『鸚鵡小町』

●代々の集めの歌人の。その多くある中に。今の小町は妙なる花の色好み。歌の様さへ。女にてただ弱弱と詠むとこそ家々の。書伝にも（一・二二）

○世々のあつめの歌人の。其おゝく有中に。今の小町はたへなる花の色好。歌のさまさへ女にて只よは〲と。よむとかや。〈新百人・五段目〉

『蘆刈』

●昨日と過ぎ今日と暮れ。明日又かくこそ荒磯海の。（一・四九）

○きのふとすぎけふと暮行年月の〈鬼鹿毛・五段目〉

●雨に着る。田蓑の島もあるなれば。露も真菅の笠はなどかなからん難波津の春なれや名に負ふ梅の花笠縫ふてふ鳥の翼には鵲も有明の月の笠に袖さすは天つ少女の衣笠それは少女これは又難波女の。難波女の。かづく袖笠肘笠の。雨の蘆辺も。乱るるかたを波あなたへざらりこなたへざらり。ざらりざらりざらざらざつと。風の上げたる。古簾。つれづれもなき心おもしろや

（一・五四）
○雨にきる。たみのゝ島も有なれば露もますげの。かさはなどかなからん。なには津の春なれや。何おふむめの花がさ。ぬふてふとりのつばさには。かさゝぎも有明の。月のかさにそでさすはあまつ乙女のきぬ笠。それはをとめ是は又なにはめの〳〵かづく袖がさひぢがさの。雨のあしべのみだるゝかたをなみあなたへざらりこなたへざらり。ざらり〳〵さら〳〵ざつと。かぜのあげたるふるすたれつれ〴〵もなき心おもしろや。〈仏法舎・四段目〉
○つばさみだるゝ波返へし。あなたへざらりこなたへざらり。ざらり〴〵ざら〴〵ざつと風のしらべるつくし琴。つれ〴〵もなく思ひもなき。翁が琴と御覧あれ義家きやうに入給ひさておもしろの詞やな。〈八幡太・四段目〉

『安宅』
●巻物一巻取り出し。勧進帳と名づけつつ高らかにこそ読み上げけれそれつらつら惟ん見れば大恩教主の秋の月は。涅槃の雲に隠れ（一・九二）
○日々記のとぢぶみ一つう取出し。よね衆のきとうまぶ成就とくはんねんし。高らかにこそ。よみ上けれ。それつら〳〵をもんみれば。大じん身うけのあきの月は。〈傾城国・四段目〉
●や。笈に目をかけ給ふは。盗人ざうなかたがたは何故に。かたがたは何故に。かほど賤しき強力に。太刀刀ぬき給ふはめだれ顔の振舞は。臆病の至りかと。十一人の山伏は。打刀ぬきかけて。勇みかかれる有様は。いなかる天魔鬼神も。恐れつべうぞ見えたる（一・九六）
○色よき小袖に目をつくるは。ひるがうどうか盗人そうな。かた〴〵は何ゆへにか程やさしき女子に。太刀かたなをはぬき給ふは。めだれ顔のふるまいをく病のいたりかと。討かたなぬきかけていさみかゝれる有様は。いかなる天魔鬼神も恐つべうそ見へたりける。〈忠臣青・中之巻〉
●虎の尾を踏み毒蛇の口を。逃れたる心地して。（一・一〇三）
○此場をのがれ帰らんは虎の尾をふみ毒蛇の口。まぬかるゝより大切な子共が命〈鎮西八・三段目〉

『葵上』
●三つの車に法の道。火宅の門をや。出でぬらん（一・一五八）
○三ツの車にのりの道。くはたくをいでぬ人心。〈仏法舎・三段目〉
●あらはづかしや今とても忍び車のわが姿。月をばながめあかすとも。（一・一五九）

○皆まよひ道恋の道。忍びぐるまのわれながら。我ともいざやうば玉の。　〈殺生石・一段目〉
●人間の不定芭蕉泡沫の世の習ひ。昨日の花は今日の夢と。驚かぬこそおろかなれ（一・一五九）
○さるにてもはかなきは世の有様や。きのふの花はけふの夢さめてはもとの夢人よ。　〈鬼鹿毛・二段目〉
●われ人のためつらければ必ず身にも報うなり。何と歎くぞ葛の葉の恨みは更に、尽きすまじ（一・一六一）
○我人のためつらけれはかならず身にもむくふなり。何をなけくぞくずのはの。うらみはつくることあらじとふししづみてぞ。
泣ゐたる。　〈鎌倉尼・四段目〉
●思ひ知らずや思ひ知れ（一・一六二）
○かりに此よのちぎりをなす。思ひしらずや思ひしれと。いふかと思へば　〈殺生石・一段目〉
●葉末の露と消えもせば。それさへ殊に恨めしや。（一・一六三）
○恨みと共にまさり草はずへの露ときゑうせし。ゐんぐはわ車の。我からと。　〈小野小・五段目〉
●行者は加持に参らんと。役の行者の跡を継ぎ。胎金両部の峰を分け。七宝の露を払ひし篠懸に。不浄を隔つる忍辱の袈裟。赤
木の数珠の刺高を。さらりさらりと押し揉んで。一祈りこそ祈つたれ（一・一六五）
○鈴ふりならし大音上。ゑんの行者の跡をおひ丹後の城をかけ出山。大岸三十三度の先立金胎両部の両腕両足。ときんはまんだ
らうぬらはあんだら。道なきやつらをふみわけ立てじゆずはいら高ねぢくひ。かき首。百八ぼんなふいなかに花聟都に花嫁。　〈頼光新・一段目〉
○出々加持に参らんと。稚武彦の跡をつぎ陰陽不側の旨をわけ。八ツ風を払う白ラはりに。非情をへだつる唯一のぬさ一色五色
の幣帛追取。しん然として入来り　〈花山院・四段目〉

『一角仙人』

●柴の樞を推し開き。立ち出づるその姿（一・二八〇）
○一夜をかくることもなく。かくしも尋きりしきみ柴の扉を押開キ伴ひ庵に入給ふ。　〈三輪丹・四段目〉

『鵜飼』

●一殺多生の理にまかせ。かれを殺せといひあへり。（一・三〇四）
○時すでにいたりたり。一せつたしやうのりにまかせいそぎもりやをたいぢ有。　〈仏法舎・四段目〉
●隙なく魚を食ふ時は。罪も報いも、後の世も忘れ果てて面白や。（一・三〇六）

○罪も報も後のよも。　〈末廣十・二段目〉

『歌占』

●神心。種とこそなれ歌占の。引くも白木の。手束弓それ歌は天地開けし始めより。陰陽の二神天の巷に行合の。小夜の手枕結び定めし。世を学び国を治めて。今も道ある妙文たり占問はせ給へや。(一・三五五)

○神慮種とこそなれ歌占のひくもしらきのたつかゆみやたけ心か今川か面を人にしられしと髪おつさはき立えほし〈中略〉疑ふにはあらね共歌を引てうらなふこと。昔もためし候か粗物がたりいたされい。夫歌は天地ひらけし初より。陰陽の二神天のちまたに行あひの。さよの手枕結び定めし。世をまなび国をおこして。今も道有妙文たり占とはせ給へや歌うら問せ給へや　〈傾城無・四段目〉

●鶯のこは子なりけり子なりけり。(一・三六〇)

○枝をはなれし鶯や。子は子成けりほとゝぎす悦びの浦歎の浦　〈鎌倉三・三段目〉

●魂は籠中の鳥の開くを待ちて去るに同じ。消ゆるものは二度見えず。去る者は。重ねて来らず(一・三六四)

○世なをし〳〵くはばら〳〵玉しゐは籠中の鳥のひらくを待てさるに同じ。きゆる物は二度見へず。去ル物は重て来らず。　〈傾城無・四段目〉

●ざんすゐ地獄の苦しみは。臼中にて〈中略〉剣樹地獄の苦しみは。手に剣の樹をよどれば。百節零落す。足に刀山踏む時は。剣樹共に解すとかや。石割地獄の苦しみは。両崖の大石もろもろの。罪人を砕く次の火盆地獄は。頭に火焔を戴けば。百節の骨頭より。焔々たる火を出だす。或時は。焦熱大焦熱の。焔に咽び或時は。紅蓮大紅蓮の氷に閉ぢられ鐵杖頭を砕き火燥足裏を焼く〈中略〉霰玉散る。足踏はとうとうと。手の舞笏拍子。打つ音は窓の雨の。震ひ戦き立つつ居つ。(一・三六五)

○剣碓地獄のくるしみはさもすさましき〈中略〉釼樹地ごくのくるしみはてつせきをたつこと一由旬。釼をひつしと植ならべ〈中略〉骨はみぢんにくだかれて。風に木の葉のごとく也。火盆ぢごくの。有様は。かうべに火煙をいたゞけは。百節の骨頭よりゑん〳〵たる火を出す。有時は焦熱大焦熱のほのほにむせび有時は。ぐれん大ぐれんの氷にとぢられ。火槍あなうらをやき足踏はとう〳〵と。手の舞尺拍子打ツ音は。窓の前の立つゐつ。　〈傾城無・四段目〉

『善知鳥』

●親は空にて血の涙を。降らせば濡れじと菅蓑や。笠を傾けここかしこの。便りを求めて隠れ笠。隠れ蓑にもあらざれば。猶降りかかる。血の涙に。目も紅に染み渡るは。紅葉の橋の。鵲か娑婆にてはうとうやすかたと(一・三九二)

○袖のたきつせちの涙。ふらせばぬれじとすかみのや。かさをかたぶけ爰かしこに。たよりをもとめてかくれがさ。かくれみのにもあらざれば。なをふりかゝるちの涙に。めもくれないにそめなすは。もみぢ笠とや名もしるき　〈仏法舎・四段目〉

○こたつふとんをかくれみのかくれ笠共ひつかぶり。にげんとするを　〈傾城国・三段目〉

●冥途にしては。化鳥となり罪人を追つ立て鉄の。嘴を鳴らし。羽をたたき銅の爪を。磨ぎ立てては。眼をつかんで肉を（一・三九三）

○愛着の化鳥と成リ砂を追立。鉄のはしをならし羽をたゝき。銅の爪をとぎたてゝはせめて思ひをはらさんと。　〈花山院・四段目〉

『采女』

●運ぶ歩みの数よりも。運ぶ歩みの数よりも。積る桜の雪の庭。（一・三九八）

○はこぶあゆみのかずよみていつゝわたせるはしいたの。　〈鎌倉尼・四段目〉

●桂の黛丹花の唇（一・四〇三）

○たんくはのくちびるかつらのまゆ霞をふくめる花のすがた　〈本朝五・一段目〉

●浅香山。影さへ見ゆる山の井の。浅くは人を思ふかの。（一・四〇八）

○なりがよふてきよふてあふみすげがさ。山の井の。あさくはものを。思ひねの。　〈鎌倉尼・四段目〉

『梅枝』

●いざいざさらば妄執の。雲霧を払ふ夜の。月も半ばなり夜半楽を奏でん〈中略〉返すや袖の折を得て。軒端の梅に鶯の来鳴くや花の越天楽。謡へや謡へ梅が枝梅が枝にこそ。鶯は巣をくへ。風吹かば如何にせん花に宿る鶯。（一・四四六）

○いざ〳〵さらばまうしうの。くもきりをはらふよの月もなかばなりやはんらくをかなでん。かへすや袖のおりをゐて。のきばの梅にうぐひすの。きなくや花のゐてんらく。うたへやうたへ梅がえ。むめがへにこそ。うぐひすはすをくゐ。風ふかばいかにせん花にやどる鶯。うき事をくらぶの山はなのみして。　〈仏法舎・四段目〉

『鱗形』

●一張の弓の勢ひ月心にあり。（一・四五一）

○こゐはり上。一張の弓のいきほいたり。　〈東山殿・三段目〉

○真たゞ中に射あつること。一張のゆみのいきほひたり。　〈傾城無・一段目〉

『雲林院』

●いとど朧夜に。降るは春雨か。落つるは涙かと。袖うち払ひ裾をとり。しをしをすごすごと。たどりたどりも迷ひ行く（一・四六九）

○いとゝおぼろよに。ふるははるさめかおつるは涙かと。袖うちはらひうちはらひたどり。〳〵と。まよはるゝ　〈小野小・三段目〉

『江口』

●月澄み渡る河水に。遊女の謡ふ舟遊び。月に見えたる、不思議さよ（一・四八一）

○みなれ棹。遊女のうたふ舟遊びさゝら波立〳〵　〈日本傾・四段目〉

●言はじや聞かじむつかしや（一・四八三）

○おのれとさはぐ村すゞめ。いはじやきかじむつかしと合の障子をはたと立。　〈三輪丹・四段目〉

●紅花の春の朝。紅錦繡の山粧ひをなすと見えしも。夕の風に誘はれ紅葉の秋の夕。黄纐纈の林。（一・四八四）

○こうくわのはるのあした。こうきんしうの山よそほひをなすと見へしも。夕の風にさそわれこうようの秋もいつしかに。　〈鎌倉尼・四段目〉

●罪業深き身と生まれ。殊にためし少き河竹の流れの女となる。前の世の報いまで。思ひやるこそ悲しけれ（一・四八四）

○罪業なをしおそろしき。うきふししげき川竹の。流の女さきの世を思ひやるこそかなしきに。　〈新百人・四段目〉

●松風蘿月に言葉をかはす賓客も。去つて来る事なし。翠帳紅閨に。枕をならべし妹背もいつの間にかは隔つらん。（一・四八五）

○すいちやうこうけいに枕ならべしいもせも。つとめのならひあだなれば。いつのまにかは。へだゝりぬ。松風らげつに。ことはをかはすひんきやくは。いつもかくぞと思召し。さつて来り給ふまじ。　〈三井寺・中之巻〉

○松風羅月に詞をかはすひんかくも。さつて来ることなしすいちやうこうけいに。枕をならべしいもせもいつの間にかはへだつらん。此たびのお物入。　〈山桝葭・二段目〉

●面白や実相無漏の大海に。五塵六欲の風は。吹かねども随縁真如の波の。立たぬ日もなし〈中略〉白妙の白雲にうち乗りて西の空に、行き給ふ（一・四八五）

○波もあはれ世にあはばやおもしろや。実相むろの大海に。五ぢん六欲のかぜは。ふかね共随縁真如の波の。たゝぬ日もなし是

迄なりと。白雲に乗てかたちはうせしとかや。〈日本傾・四段目〉

『江島』

●龍の口の明神は。天部と夫婦の御神にて。衆生済度の御方便。崇めても猶余りありげにありがたやかくばかり。深き恵みの海山も。なほ万歳を呼ばふなる(一・四九六)

○さて又太子はくぜくはをん。しゆじやうさいどの御はうべんげに有がたし〳〵。ぶつはうはんじやう御代はんじやう。天下太平ばん〳〵ぜい〈仏法舎・五段目〉

『老松』

●これは老木の神松の千代に八千代に。さざれ石の巌となりて。苔のむすまで苔のむすまで松竹。鶴亀の齢を授くるこの君の。行く末護れとわが神託の。告を知らする。松風も梅も。久しき春こそ。めでたけれ(一・五三二)

○きみが末はのすへひろに。いくよをあそぶつるかめのよはひをそへてまつ竹や。さかゑさかふる源氏の御代。百をく百万万々歳共あふぐ。かぎりはなかりけり〈曽我姿・五段目〉

『大原御幸』

●梢の嵐猿の声。これらの音ならでは。真柝の葛青つづら来る人稀になりはてて。(一・五三八)

○山あり川有谷みねに。こづへの嵐さるの声はつぼくてう〳〵山びこも。たゑてさびしきつゞらおり〈殺生石・三段目〉

●さかしき道を凌ぎ。菜摘み水汲み薪とりどり(一・五三九)

○馴てしる。なつみ水汲たき木こる。〈三輪丹・四段目〉

『杜若』

●色はいづれ。似たりや似たり。杜若花菖蒲(一・六二八)

○腹はかはれどたね一つ。にたりやにたり杜若あやめの前と名に咲て。いづれを花と玉の枝。〈信田森・一段目〉

『柏崎』

●夢路も添ひて古里に。夢路も添ひて古里に。帰るや現なるらんこれは越後の国柏崎殿の御内に。小太郎と申す者にて候。さても頼み奉りし人は。〈中略〉空しくなり給ひて候。〈中略〉さる間花若殿の御文に。御形見の品々を取り添へ。唯今古里柏崎へと急ぎ候(一・六五〇)

○夢路もそひてふる里に。〳〵かへるや。うつゝ成らん。か様に候者は。奥州岩木判官正氏卿のしつけん。菊田みんぶ行はる殿にゆかり有。かるもと申遊女にて候。扨も主君正氏卿の御事は。〈中略〉おんるの身と成給ひて候。去によつて〈中略〉みだい様への御かたみに若君への御文を取そへ。女のをそきみちのくの　〈山桝恋・二段目〉

●釈迦は遣り弥陀は導く一筋に。ここを去ること遠からず。（一・六五九）

○大仏の。しやかはやり。みだは道引。一筋に。後生ぜんしよと。ふしおがみ　〈末廣十・五段目〉

●飛花落葉の風の前には。有為の転変を悟り電光石火の影のうちには。生死の去来を見ること。始めて驚くべきにはあらねども。（一・六六一）

○ひくわらくやうの風の前には。うゐてんべんのさとり。てんくわうせきくわのかげの内に。生死のきよらいを見ることよ。命は金玉よりもおもく。義によつて又かろしとかや。　〈鬼鹿毛・一段目〉

●宝の池の水。功徳池の、浜の真砂。数々の玉の床。台も品々の楽しみを極め量りなき命の佛なるべしや（一・六六三）

○宝の池の水。くどくちのはまのまさご数〳〵の玉の床。うてなも品々のたのしみをきはめはかりなき　〈甲陽軍・四段目〉

●よくよく見れは園原や伏屋に生ふる帚木の。ありとは見えて逢はぬとこそ。聞きしものを（一・六六四）

○立より見れば其原やふせやにおふる母木々の。ありとは見へて秋ぎりの中をへだてゝもくねんと。立まよひたる其内に姿は見へず。成にけり　〈信田森・四段目〉

『兼平』

●げに御経にも如度得船〈中略〉浮世を渡る柴舟の。乾されぬ袖も水馴棹の。〈中略〉さん候皆名所にて候。御尋ね候へ教へ申し候べしまづ向ひに當つて大山の見えて候は比叡山候か（一・七一八）

○げに御経にもによどとくせん。〈中略〉とく〳〵召れ所から名もさゞ浪のみなれざほ。〈中略〉いかに旅人聞給へ。先あれにつゞくは日吉山王下に坂もと中にもあの。白き鳥のおゝくむれゐるは八王寺の宮。　〈傾城国・四段目〉

●さてあの比叡山は。王城より艮に当つて候よなうなかなかの事それわが山は。王城の鬼門を守り。悪魔を払ふのみならず一仏乗の嶺と申すは。伝へ聞く鷲の御山を象れり。又天台山と号するは。震旦の四明の洞をうつせり。伝教大師桓武天皇と御心を一つにして。延暦年中の御草創。わが立つ杣と詠じ給ひし。根本中堂の山上まで。残りなく見えて候〈中略〉ありがたや一切衆生悉有仏性如来と聞く時は。我等が身までも頼もしうこそ候へ仰せの如く仏衆生通ずる身なれば。お僧も。われも隔てはあらじ。一仏乗の峰には遮那の梢を並べ麓に止観の海を湛へ又戒定慧の三学を見せ三塔と名づけ人はまた一念三千の。機を現して。三千人の衆徒を置き円融の法も曇りなき。月の横川も見えたりや。さて又麓はささ波や。志賀辛崎の一つ松。七社の神輿の御

幸の、梢なるべし。さざ波の水馴棹こがれ行く程に。（一・七一九）
○左大臣清平公さんけいの諸人にむかひ。しやくりのべての給ふやう。そも〳〵此ひえい山と申せしは王城の鬼門をまもり悪魔をはらふのみならず。一仏乗の嶺と申。鷲の御山をかたどれり。又天台と号するは四明の洞を移なり。〈中略〉有がたや一切衆生。しつう仏性如来と聞時は。女人の身迄も頼もしや。嶺には。しやなの梢をならべ。ふもとにしくはんの海をたゝゑ又。戒定会の三かくを見せ。三たうと名付人はまた。一念三千の。気を顕して三千人の衆徒を置。円融の法もくもりなき月の横河も見えたり。扨又麓はさゞ波や志賀辛崎の一つ松。国我安全長久のよはひを見するしるしの松。あら有がたやとゐんぜつ有御手を合させ給ひけり　〈愛護若・五段目〉

『通小町』

●拾ふ木の実は何々ぞ拾ふ木の実は何々ぞ〈中略〉苧生の浦梨なほもあり檪香椎真手葉椎。大小柑子金柑。あはれ昔の恋しきは（二・七六四）
○みだれ心や狂らん。ひろふ木の実は。何〳〵ぞ。いちゐかしいまてばしいはしばみ。松の実なつ過秋も末ひろの。扇ににたるいてうの実。　〈小野小・五段目〉
○それがならずばいちゐかしゐましゐの木。大小柑子きんかんなどても。くるしからぬよの。　〈冨仁親・四段目〉
●月には行くも暗からず〈中略〉さて雨の夜は目に見えぬ。鬼一口も恐ろしや（二・七七〇）
○月には道もくらからぬまた雨のよは目に見へぬ。鬼一口もおそろしき人めしのびてこよひも又車のもとへ来りしが。　〈小野小・一段目〉
●山城の木幡の里に馬はあれども君を思へば徒歩跣足（二・七七〇）
○通ふ程に〳〵。こわたの里に馬はあれど君を思へば三枚がた。雨の夜も。　〈小野小・三段目〉
○山しなの里におめしの馬はあれど。君もかちじと乗物をおりめだか成御きん衆。　〈山桝恋・一段目〉
○山城の木幡の里に馬はあれど君を。思へはかちはだし。扨其姿はみのに笠　〈冨仁親・四段目〉

『熊坂』

●憂しとはいひて捨つる身の憂しとはいひて捨つる身の行方いつとか定むらん（二・九三三）
○うしとはいへど捨ぬ身の。〳〵。行衛いつとかさだめん。　〈熊坂〉
●夕闇の。夜風烈しき山陰に梢木の間や。騒ぐらん（二・九四〇）

○あかつきの嵐はげしき山かげに。梢木の間や。さはぐらん。　〈熊坂〉

●さても三條の吉次信高とて。黄金を商ふ商人あつて。毎年数駄の宝を集めて。高荷を作つて奥へ下る。あつぱれこれを取らばやと。与力の人数は誰々ぞさて国々より集まりし。中に取りても誰がありしぞ河内の覚紹。磨針太郎兄弟は。面討には並びなしさて又都のそのうちに。多き中にも誰がありしぞ三條の衛門壬生の小猿火ともしの上手わけ切りにはこれらに上はよも越さじ(二一・九四一)

○扨も三条の吉次信高と云者多くの金を高荷に付。こよひ爰を通るときく。あつぱれ是をとらばやと。与力の人数は誰々ぞ。我こそすつぱの河内の国。はぎたい取たいくいたい病のかくせう坊。いわねどしるき摺針太郎兄弟は。おもて打にはならびなし。都はすりも美男にて名もしをらしき。三条のゑもん。顔を紅葉を壬生の小猿。ねやの火ともし恋のわけしるのら共なり。　〈熊坂〉

●然れども牛若子。少し恐るる気色なく。小太刀を抜いて渡り合ひ。獅子奮迅虎乱入。飛鳥の翔りの手を砕き。〈中略〉いかさま鬼神か人間にてはよもあらじ。(二一・九四三)

○され共若君。ことゝもせずひてうのかけり虎乱入。伝ふる所の秘術をば爰に顕はしかしこに入。前後無尽においまくり。につこと笑ふておはせしは。人間わざとはみへざりける。　〈末廣十・一段目〉

●いらつて熊坂左足を踏み鉄壁も。徹れと突く長刀を。はつしと打つて。弓手へ越せば。追つ懸けすかさず込む長刀に。ひらりと乗れば。刃向になし。しさつて引けば。馬手へ越すを。おつとり直してちやうと切れば。中にて結ぶをほどく手に。却つて払へば飛び上つて。そのまま見えず。形も失せて。此處や彼處と尋ぬる處に思ひもよらぬ後より。具足の透間をちやうと斬れば。〈中略〉手取りにせんとて長刀投げ捨て大手をひろげてここの面廊かしこの詰りに。追つかけ追つつめ取らんとすれども陽炎稲妻。水の月かや姿は見れども手に取られず(二一・九四四)

○熊坂いらつてつく長刀をはつしと打て弓手へこせば。追かけすかさすこむ長刀にひらりとのれば。はむきになししさつてひけばめてへこすを。おつ取なをして丁どきれば。中にてむすぶをほどく手に。かゑつて。はらへばとひあがつて。其まゝみへす。形もうせて。爰や。かしこと尋めぐり。手取にせんとて長刀なげ捨。大手をひろげてはしりまはれば。　〈熊坂〉

○どうとふんだる力あし。てつへきも通れとつく長刀に。はつしと打て弓手へこせは。追欠すかさずこむ長刀にひらりとのれははむきになし。しさつてひけはめでへこすを追取直して丁どきれは。中にて結ぶをほどく手に。かへつて払へは飛あがつて。其まゝみへず形もうせて。爰やかしこと尋る所に。思ひもよらぬ後より肩口つかんで引たをし。　〈末廣十・二段目〉

○手どりにせんとてかいつかめは。其まゝうしろにすつくりと。たつた所をどつこいどこいかげらふいなづま水のつきくるり〳〵くる〳〵〳〵とおいあげおいさげおいつむる。　〈殺生石・三段目〉

○爰の。めんらうかしこのくま。ふみとゞろかしかけ廻りせめかけ〳〵いのりける。　〈花山院・四段目〉

○かげらふいなづま水の月。十方むじんのすて刀　〈仏法舎・四段目〉

○姿形もない物の影ろふ。いなづま。水の月かや姿はあれ共。手にもとられぬ空飛鳥を。　〈小野小・三段目〉

『鞍馬天狗』

●さても沙那王がいでたちには。薄花桜の単に。顕紋紗の垂直の。露を結んで肩にかけ。白糸の腹巻白柄の長刀たとへば天魔鬼神なりとも。（二・九五八）

○殊更こよゐの御出立肌には色も香もかほる。うす花桜の三ゑ重絹紋紗の直垂の。露をむすんで肩にかけたれ白糸の腹巻に。しら柄の長刀かいこうでさもいさぎよく　〈末廣十・一段目〉

『花月』

●さてくわの字はと問へば。春は花夏は瓜。秋は菓冬は火。因果の果をば末後まで。（二・一〇〇二）

○実面白や老楽の春は。咲花夏はうり。秋は木の実や冬は火に。楽つきず諸共に。いたゞく雪も万代を。いくことぶきしいもとせの。　〈八幡太・四段目〉

●異国の養由は。百歩に柳の葉をたれ。百に百矢を射るに外さず。われは又花の梢の鶯を。（二・一〇〇四）

○彼養由が柳の的。百に百矢をはづさずして古今無双の手たれと聞。　〈八幡太・二段目〉

●讃岐には松山降り積む雪の白峰。さて伯耆には大山さて伯耆には大山。丹後丹波の境なる鬼が城と、聞きしは天狗よりも恐ろしや。さて京近き山山さて京近き山々。愛宕の山の太郎坊。比良の峰の次郎坊。名高き比叡の大嶽に。（二・一〇〇八）

○此身もともに降うづむ雪の白みね。さがみ坊。つゞいて三ほの。羽衣坊。はこねの山には飛行坊きのぢ八き山みたらい山。霞がくしの霧太郎せんだいにはいづなの三良扨京近き山々にそびへてかゝる村雲は。月のあたごの太郎坊ひゑの山の三郎坊。によいがたけには鬼かげ坊きぬ笠山にしやぢく坊。其外高山霊がくの大天く又小天狗。　〈末廣十・一段目〉

『元服曽我』

●龍門原上の。土に身はなるとも。骸の跡を思へただ。惜しみても惜しむべきは後名の嘲り。（二・一〇八九）

○たとへ龍門げん上の。土に其身はくつる共ほまれは古今みぞうの。武士のかゞみは是成はと聞人。かんをもよふせり

『小袖曽我』
〈鬼鹿毛・四段目〉

●連れて御狩に罷り出でばやと存じ候時しも頃は建久四年。五月半ばの富士の雪。五月雨雲に降りませて。鹿の子斑や群山の。裾野の鹿の星月夜。鎌倉殿の御狩の御遊。げに類ひなき御事かな東八箇国の兵ども。皆御供に参るなれば。定めて敵の祐経も。御供申さぬ事あらじ。（二・一二一八）

○其名も高きふじの根の。〱御かりにいざや出ふよ。時しも比は。建久四年。さみだれ月の雲すきに。あらはれ出るほし月よ。かまくら殿の御かりの御遊。前代みもんのはれわざとて。東八ケ国の諸大名。武ぐ馬ぐお歩供まはり。きらをみがきし其中に。
〈曽我姿・三段目〉

●たとひ討つまでの。事は夏野の鹿なりとも。狙ひて見ばやと（二・一二一九）

○小性はきらひ弁当は。たとい夏のゝ鹿なり共時分がよくは祐経を。ねらふてみばやと　〈曽我姿・三段目〉

●高間の山の峰の雲よそにのみ見てや止みなん。同じ子に。同じ杵のもりめのと。同じ杵のもりめのと。隔てなくこそ育てしに。さもひきかへて（二・一二三二）

○高まの山のみねの雲。我は何ゆへよそにのみみてややみなん同じ子に。同じはゝそのもりめのと。へだてなくこそそだてしにさも引かへてあしがきの。まぢかくたにもよせ給はぬ情なのお心やと足ずりしてぞ。なきいたり。　〈曽我姿・三段目〉

●箱根の寺にありし箱王といひしえせ者か。それならば母が出家になれと申ししを聞かざりし程に勘当せしに。（二・一二三二）

○箱王といひしゐせ物が。母を母共たてずしてきまゝはたらくうへからは。　〈曽我姿・三段目〉

●箱根寺にて。明暮くやしと思ふならば。なかなか俗には劣るべし時致は。箱根にありししるしに。法華経一部読み覚え。常は読誦し母上の。現世安穏後生善所と祈念する。又は毎日に。六萬遍の念仏父河津殿に回向する。（二・一二三六）

○明くれくい〱思ふならば。中〱俗にはおとるべしと分別しかへ候へ共。はこねに有し印にはほけ経一ぶよみ覚へ。常にどくじゆし母上のげん当二せとときねんせし。みだの宝号一万べん　〈曽我姿・三段目〉

『恋重荷』

●恋よ恋。わが中空になすな恋。恋には人の。死なぬものかは。（二・一一六三）

○恋よ恋。我レ中空になすな恋。こひ風の。来ては。袂に。かひもつれて。　〈本朝五・三段目〉

『草子洗小町』

●小町が相手には黒主を御定め候ひて。水辺の草といふ題を賜はりたり。面白や水辺の草といふ題に浮かみて候はいかに。蒔かなくに何を種とて浮草の。波のうねうね生ひ茂るらん。(二・一一八三)

○水のほとりの草といふ題に心を思ひよせ。読る歌にはまかなくに何を。種とてうき草の。波のうね〳〵。おひしげる覧。〈冨仁親・四段目〉

○思はずうつす水かゞみ何をたねとてうき草の。浪のうね〳〵こゞなりていさゞ小ゑびの。つれもろこ。〈甲陽軍・四段目〉

●一字も変らで詠みたる歌(二・一一九一)

○よく〳〵見れば同し歌。一字もかはらず有ければ。貫之もあきれはて　〈小野小・二段目〉

『桜川』

●おことの国里はいづくの人ぞ〈中略〉唯一人ある忘れ形見の緑子に生きて離れて候程に。思ひが乱れて候(二・一二三二)

○此子が母はいづくにぞ。わすれ形見のみどり子が余りにこがれしとふゆへ。〈信田森・四段目〉

●まこと散りぬれば。後は芥になる花と。思ひ知る身もさていかに。(二・一二三六)

○此世から成三瀬川。ちればあくたのあだ桜。身の成果の悲しやと。〈傾城無・四段目〉

●今はさきだたぬ悔の八千度百千鳥。花に馴れ行くあだし身は。(二・一二三七)

○さりとては。くいのやちたびもゝち鳥。なくもなかれずかなしやと　〈鎌倉尼・二段目〉

『実盛』

●あつぱれ。おのれは日本一の。剛の者と。ぐんでうずよとて。鞍の。前輪に押しつけて。首かき切つて。捨ててンげり(二・一二六一)

○くらのまへはに押付テ首かき切て捨てんげり。〈義経新・一段目〉

●草摺をたたみあげて。二刀さす處をむずと組んで(二・一二六二)

○草摺を。たゝみ上て三刀さし。〈義経新・二段目〉

『自然居士』

●水の煙の霞をば。一霞二霞。一入二入なんどといへば。(二・一三三四)

○たう〳〵と。水のけふりの一霞。又二霞。やゑ霞　〈呉越軍・二段目〉

『猩々』

●老いせぬや。老いせぬや。薬の名をも菊の水。盃も浮かみ出でて友に逢ふぞ嬉しきこの友に逢ふぞ嬉しき(二・一三五一)

○老せぬや。〱薬の名をも菊の水。盃もうかひ出て友に逢ぞ嬉しき此友にあふぞ嬉しき。うかるゝ酒の源は　〈坂上田・四段目〉

●ことわりや白菊のことわりや白菊の。着せ綿を温めて酒をいざや酌まうよ(二・一三五一)

○断や白菊の〱。かんをはたとあたゝめて。酒をいざやくまふよ。ハヽ〱〱　〈坂上田・四段目〉

●よも尽きじよも尽きじ。万代までの竹の葉の酒。酌めども尽きず。飲めどもかはらぬ秋の夜の盃。影も傾く入江にかれたつ。足もとはよろよろと。酔に臥したる枕の夢の。覚むると思へば泉はそのまま。(二・一三五二)

○よもつぎし。よもつぎし。万代迄の竹の葉の盃。影もかたふく入江にかれたつ。足もとはよろ〱と。立まふ様にみへけるが。覚ずしらずかつぱとたをれ。前後もしらずふしにけり。　〈坂上田・四段目〉

『白髭』

●君と神との道すぐに。君と神との道すぐに。治まる国ぞ久しき(三・一四六三)

○君と神との道すぐに。　〈本朝五・四段目〉

『隅田川』

●げにや人の親の心は闇にあらねども。子を思ふ道に迷ふとは。今こそ思ひ白雪の。道行き人に言伝てて。行方を何と尋ぬらん。聞くや如何に。上の空なる風だにも松に音する。習ひあり(三・一五二二)

○実や人の親の。子を思ふやみにまよふとは。今こそ思ひ白糸の。みだれ心やくるふらん。きくやいかに。うはのそらなる風だにも。松におとするならひあり。たれにうきねの。そひぶしも。　〈鎌倉尼・四段目〉

『住吉詣』

●住吉の。岸に生ふてふ草ならん(三・一五四六)

○住吉の。〱岸に。おふ成松なれや。　〈冨仁親・四段目〉

『誓願寺』

●六字名号一遍法。十界依正一遍体。(三・一五五五)

○思ひ切つゝ一筋に。六字名号一遍法十界依正一遍体。逢たい見たひそひたいも悟は。夢のせかい也　〈三輪丹・四段目〉

●心一つを頼みつつ。鐘うち鳴らし同音に南無阿弥陀仏弥陀如来(三・一五六一)

○かしこに立よりてかね打ならし高声に。なむあみだ仏〳〵　〈仏法舎・二段目〉

『善界』

●世の中は。夢か現かともいさや白雲の。かかる迷ひを翻し(三・一六〇二)

○寝入給へは現とも。夢共いざや白雲のいく夜かさねし恋衣。　〈日本傾・四段目〉

『関寺小町』

●ささ波や。濱の真砂は尽くるとも。濱の真砂は尽くるとも。詠む言の葉はよも尽きじ。(三・一六一五)

○ながれはたへぬ菊の淵浜の真砂はつくる共。つきせぬ物は幾秋の。　〈新百人・一段目〉

●もとの藁屋に帰りけり。百年の姥と聞えしは小町が果の名なりけり小町が果の名なりけり(三・一六二二)

○つらきをとむる関寺に。いく百とせをふる姥は。小町が果の名也とて。笑ふ人めも恥かしく。　〈冨仁親・四段目〉

『殺生石』

●石に精あり。水に音あり。風は大虚にわたる像を今ぞ現す石の。二つに割るれば石魂忽ち現れ出でたり。恐ろしや不思議やなこの石二つに割れ。(三・一六四三)

○しらぬ御身ぞあぢきなき。石にせい有水におと有風はたいきよにわたる。かたちを今ぞあらはす女。かけ地ヲはなれて心魂たちまち。あらはれ出たりふしぎやな。水くきの。筆のかぶろと身をそめて。　〈鎌倉三・四段目〉

●今は何をか包むべき。天竺にては班足太子の塚の神。大唐にては幽王の后褒姒と現じ。(三・一六四四)

○今は何をかつゝむべき。天竺にてははんぞく太子のつかの神。大唐にてはゆう王のきさきはうしとげんし。　〈殺生石・二段目〉

●両介は狩装束にて両介は狩装束にて数萬騎那須野を取りこめて草を分つて狩りけるに。身は何と那須野の原に。現れ出でしを(三・一六四五)

○両介はかり装束にて〳〵すまんぎなすのをとりこめて草をわかつてかりけるにさしもにとしを古狐　〈殺生石・五段目〉

『蝉丸』

●第一第二の絃は索々として秋の風。松を払って疎韻落つ。(三・一六八二)

○第一第二の絃はさく〳〵として。松をはらつてそいんおつ。これ楽天がみつの友。　〈八幡太・四段目〉

●竹の柱に竹の垣軒も樞もまばらなる。藁屋の床に藁の窓。敷く物とても藁筵。これぞ古の錦の褥なるべし(三・一六八五)

○槙のやは。竹のはしらに。竹のかきしく物。とてはわらむしろ。心の内の。〈鎌倉尼・四段目〉

●たまたまこと訪ふものとては(三・一六八五)

○玉のをのたま〳〵こととふ物とては。田のもになるゝなるこのをと。〈鎌倉尼・四段目〉

●目に見る事の叶はねば。月にも疎く雨をだに。聞かぬ藁屋の起臥を。(三・一六八六)

○あけくれの。月にもうとく花をだに。目に見ぬとのかなしきは。〈鎌倉尼・四段目〉

『卒塔婆小町』

●山は浅きに隠れがの。山は浅きに隠れがの深きや心なるらん(三・一七一八)

○心あれなと。身を思ふ。山はあさぎに。隠家の。まつとはなしに〈日本傾・四段目〉

●あまりに苦しう候程に。これなる朽木に腰をかけて休まばやと思ひ候なうはや日の暮れて候道を急がうずるにて候。や。これなる乞食の腰かけたるは。正しく卒塔婆にて候。教化して除けうずるにて候いかにこれなる乞丐人。おことの腰かけたるは。忝くも仏体色性の卒塔婆にてはなきか。そこ立ちのきて餘の所に休み候へ仏体色性の忝きとは宣へども。これ程に文字も見えず。刻める像もなし唯朽木とこそ見えたれたとひ深山の朽木なりとも。花咲きし木は隠れなし。いはんや仏体に刻める木。などしるしのなかるべきわれも賤しき埋木なれども。心の花のまだあれば。〈中略〉仏体と知ればこそ卒塔婆には近づきたれ〈中略〉とても臥したるこの卒塔婆。われも休むは苦しいかそれは順縁に外れたり逆縁なりと浮かむべし提婆が悪も観音の慈悲槃特が愚癡も文殊の知慧悪といふも善なり煩悩といふも菩提なり菩提もと植木にあらず明鏡また臺になしげに。本来一物なき時は仏も衆生も隔てなし。もとより愚痴の凡夫を。救はん為の方便の。深き誓ひの願なれば。逆縁なりと浮かむべしと。懇に申せば。誠に悟れる。非人なりとて。僧は頭を地につけて。三度礼し給へば〈中略〉極楽の内ならばこそ悪しからめ。そとは何かは。苦しかるべき(三・一七二一)

○ハア余りにくるしく候程に。是成朽木に腰をかけ暫く休まふずるにて候。然所にむかふより世を雲水の定なき。旦過の僧の独旅通り合せて見るよりも。ヤアいかに老女。おことが腰かけたるは。忝も仏体しきしやうの卒都婆。そこ立のけとありければ。〈中略〉迷ふがゆへにぼんぶ有。悟のまへには仏もなしほむるは順縁そしるはぎやくゐん順逆別なき法心法性。げに本来一物なき時は。仏も衆生もへだてなしと念比に申せは。僧は狂女を礼拝しさらば〳〵。さらばといひて立のけは。小町も今は是迄也と杖にすがりて。よろ。〳〵と立別れ行。〈富仁親・四段目〉

○是なる狂女のこしかけたるは。まさしくつほの石ぶみにてはなきか。けうけしてのけふするにて候。〈中略〉さりとては外の所

にやすまれよ。〈鎌倉尼・四段目〉
○我もいやしき埋木なれど。心の花のまた残り。〈中略〉仏体としればこそそとはには近つきたれ。〈中略〉とてもふしたる此そとはもたれて遊ぶがくるしいかそれは順縁にあらず逆縁成とうかむべし提婆が悪も。くわんをんのじひはんどくがぐちも文殊の知恵悪といふも善なりぼんなふといふも菩提なり菩提もと植木にあらずめうきやう又うてなになし実本来一物なき時は仏も衆生もへだてなし極楽の内ならばこそあしからめ。そとは何かはくるしかるべき。〈小野小・三段目〉
○ていかかづらや。つたかづらはいまつはれても此身もとよりうへきにあらねば。うてなにかゝやく鏡もなしぼんのう。ぼだいは。法の道づれあらおもしろの世の中や〈鎌倉三・四段目〉
○菩提もとうへ木にあらず。花ならず木のはしと〈新百人・四段目〉
●今は路頭にさそらひ。往来の人に物を乞ふ。乞ひ得ぬ時は悪心。また狂乱の心つきて。声かはりけしからず（三・一七二七）
○ゆきゝの人に取つゐてナウいとしらしいむすめや。かわいらしきわこじやと。あなたへはしりこなたへはしり。はしり〳〵はしり〳〵てめに見ぬ時は悪心狂乱の心出きてこゑさはぎ。すご〳〵と柴の戸のいほりに帰る有様。〈鎌倉尼・四段目〉
●出で立たん浄衣の袴かいとつて浄衣の袴かいとつて。立烏帽子を風折り狩衣の袖をうちかづいて。人目忍ぶの通ひ路の。月にも行く闇にも行く。雨の夜も風の夜も。木の葉の時雨雪深し軒の玉水。とくとくと行きては帰り。帰りては行き一夜二夜三夜四夜。七夜八夜九夜。豊の明の節会にも。逢はでぞ通ふ鶏の。時をもかへず暁の。榻のはしがき百夜までと通ひて。九十九夜になりたりあら苦し目まひや胸苦しやと悲しみて。一夜を待たで死したりし。（三・一七二九）
○そんならわしもつれ立ゆかん。浄衣の袴かい取て。〳〵立ゑぼしをかざ折。もみ裏白うらひとつにかいどり。ちよこ〳〵走行ては帰り。かへりては行一へん二へん。三べん五遍。鳥もなけ〳〵。鐘もなれ〳〵嬉しや今は。九十九夜に成たり。穴くるしめまひや胸くるしやと悲しいて。〈冨仁親・四段目〉
○月にも行闇にもゆく雨の夜も風の夜も。まして霜雪嵐の夜も。〈冨仁親・四段目〉
○行ては帰り。帰りては行一夜二夜三よ四よ七夜八よ。九よ。床のわかれのあかつきは。〈小野小・三段目〉
○人め忍ぶの通ひぢに。〈山桝葮・二段目〉
○木のはの時雨冬げしき。〈末廣十・三段目〉
『道成寺』
●東方に降三世明王南方に軍荼利夜叉明王西方に大威徳明王北方に金剛夜叉明王中央に大日大聖不動動くか動かぬか索の。曩謨

三曼荼嚩日羅赦。(三・一八〇一)
○東方にごうざんぜ。南方にぐんだりやしや。西方に大ゐとく北方に。こんがうやしや中王に。大日大しやうふどう。なまくさまんだばさらだと。せめかけ〳〵 〈小野小・五段目〉

『高砂』
●その名を名乗り給へや今は何をかつつむべき。これは高砂住の江の。相生の松の精。夫婦と現じ来りたり(三・一八六七)
○ふしぎの事共かな。扨しも御身は誰やらん。今は何をかつゝむべき是は高砂住の江の相生の松のせい。夫婦とげんじ来りたり。 〈本朝五・四段目〉
●西の海。あをきが原の。波間より現れ出でし。神松の。春なれや。残んの雪の浅香潟(三・一八七一)
○西の海あをきが原の波間より。顕れいます和魂爰に移して真住吉。幾世経ぬらんみづかきや 〈本朝五・四段目〉
●千秋楽は民を撫で。萬歳楽には命を延ぶ。相生の松風颯々の聲ぞ楽しむ颯々の聲ぞ楽しむ(三・一八七三)
○今やおさまる御ことぶき。千秋楽は民をなで。万ざい楽には命をのぶ。あいおひの松風さつ〳〵の声ぞ。たのしむ〳〵。 〈鎮西八・三段目〉

『玉葛』
●程もなき。舟の泊りや初瀬川。上りかねたる。けしきかな(三・一九五九)
○程もなき。舟のとまりや初瀬川。のぼりかねたるこがれざほ。 〈花山院・四段目〉
●なほ浮舟の楫を絶え。綱手かなしき、たぐひかな(三・一九五九)
○心もそらにうき舟の。楫をたへたるごとくにて。 〈新板兵・一段目〉
●なほや憂き目を水鳥の陸にまどへる、心地してたづきも知らぬ身の程を。(三・一九六三)
○いやしげなりかつかうは水鳥の。陸にまどへる心地して御階のもとに我さきと。 〈神功皇・一段目〉
○よろ〳〵〳〵陸にまどへる放れ鳥。 〈新板兵・四段目〉
●立つやあだなる塵の身は拂へど拂へど執心のながき闇路や黒髪の飽かぬやいつの寝乱れ髪(三・一九六七)
○ぼんなふをはらゑど〳〵しうしんの。ながきやみじやくろかみのとけぬりんゑのわくの糸。 〈新百人・四段目〉

『田村』
●鄙の都路隔て来て。鄙の都路隔て来て九重の春に急がん(三・一九八七)

○ひなの都路へだて来て〳〵九重のはるにいそがん。〈八幡太・四段目〉

●神のお庭の雪なれや。白妙に。雲も霞も埋もれて。雲も霞も埋もれて。いづれ桜の梢ぞと。（三・一九八九）

○谷川は。白粉ながす白妙や。雲も霞もうづもれて。朝霧つゝむ空迄も〈鎮西八・四段目〉

●賢心といへる沙門。生身の観世音を拝まんと誓ひしに。（三・一九九〇）

○此室積に情売。文珠御前のいはれはいかに。書写の性空上人。現世において生身の。普賢菩薩をおがまんと誓ひの海もはる〴〵と。爰に来たりてみなれ棹。〈日本傾・四段目〉

●普天の下。率土の中いつく王地にあらざるや。（三・一九九八）

○ふてんの下そつとの内いづくにかげをかくすべき。〈小野小・四段目〉

●関の戸ささで逢坂の山を越ゆれば浦波の。（三・一九九八）

○関の戸ざゝで相坂の山をこゆれば近江ぢや〈殺生石・三段目〉

『竹生島』

●緑樹影沈んで魚木に上る気色あり。月海上に浮かんでは（三・二〇三六）

○あんどうの影夕照とおしまるゝ。りよくじゆかげしづんでは。うを木にのぼるけしき有。しやくにこずへをくみあげて。〈東山殿・四段目〉

『張良』

●瑶台霜満てり。一声の玄鶴空に泣く。巴峡秋深し。五夜の哀猿月に叫ぶ。もの凄しき。山路かな有明の。月も隈なき深更に。（三・二〇四九）

○瑶台霜みてり。一声の玄鶴空になき。巴峡秋深し。後家の哀猿月にさけぶ。物冷じき。山路かな土も木も。〈末廣十・一段目〉

●その時張良立ち上り。衣冠正しく引き繕ひ。土橋を遥かに上り行けばあつぱれ器量の人体かなと。思ひながらも今一度。心を見んと石公は履いたる沓を馬上より。履いたる沓を馬上より。遥かの川に。落し給へば張良つづいて飛んで下り。流るる沓を。取らんとすれども所は下邳の。厳石いはほに、足もたまらず早き瀬の。矢を射る如く落ちくる水に。浮きぬ沈みぬ流るる沓を。取るべきやうこそなかりけれ不思議や川波立ちかへり。不思議や川波立ちかへり。俄かに川霧立ち暗がつて。波間に出づる。蛇体の勢ひ。紅の舌を振り立て振り立て。張良を目がけてかかりけるが。流るる沓を。おつ取り上げて。面も振らず。かかりけり張良騒がず剣を抜き持ち張良騒がず剣を抜き持ち蛇体にかかれば。大蛇は剣の光に恐れ。持ちたる沓を。さし出だせば。

沓をおつ取り剣を収め。又川岸に。えいやと上り。さてかの沓を。取り出だし。石公に履かせ。奉れば石公馬より静かに下り立ち石公馬より静かに下り立ち。さるにても汝。善き哉善き哉と、かの一巻を取り出だし。張良に与へ。給ひしかば。則ち披き。悉く拝見し。秘曲口伝を残さず伝へ。(三・二〇五一)

○いわでもしるき張良が下鄙の土橋を渡る時。馬上の翁がおとしたる沓を。とらんと川中へさつふとはまれば山川の。がんぜき岩ほするどくて足もたまらずはやき瀬のさつ。〳〵と音高く矢をいるごとく。おちくる水にういつ。しづんづういつすでに。あぐんて見へにける。不しぎや川なみたちかへり。浪まに出る。じやたいのいきほひくれないのしたをふりたて〳〵張良目がけてかゝりけるが。流るゝくつをおつとりあげておもてもふらずかゝりけり。長良さはがず刃をぬき持じやたいにかゝれば。大じやは刃のひかりに恐れ。持たるくつをさし出せば。くつをおつ取刃をおさめ。又川岸に。ゑいやとあがれば。老人。くわんじと打ゑみて。彼。三略を相伝へ。万々歳とおさまるも。みなぐん法のしるしとかや。〈八幡太・四段目〉

『土車』

●一天四海波を。うち治め給へば国も動かぬあらかねの。土の車のわれ等まで。道せばからぬ大君の。御影の国なるをば独りせかせ給ふか(三・二〇七五)

○御代をことぶく一さしや。一天四かいなみを打おさめ給へは国もうごかぬあらかねの。つちのくるまのわれ〳〵が。君のめぐみのめぐりきて。〈鎌倉尼・四段目〉

『定家』

●昔は松風蘿月に言葉を交はし。翠帳紅閨に枕を並べ様々なりし情の末花も紅葉も散り散りに朝の雲夕の雨と古事も今の身も。夢も現も。幻も。ともに無常の世となりて跡も残らず。何なかなかの草の蔭。(三・二二一四)

○あらゐんぶ恋しやせうふうらげつにことばをかはしすい長こうけいに枕を。ならべさま〴〵なりし情のすゐ。花ももみちもちり〳〵に。あしたの雲ゆふべの雨とふる事も。夢ようつゝよまぼろしよ。ともにむじやうの世をつくるゐんじのかねのこゑ〳〵に。〈仏法舎・四段目〉

『天鼓』

●伝へ聞く孔子は鯉魚に別れて。思ひの火を胸に焚き。白居易は子を先だてて。枕に残る薬を恨む。これ皆仁義礼智信の祖師。文道の大祖たり。(四・二二三四)

○つたへきくこうしはりぎよにわかれ。思ひの火をむねにたきはつきよゐは子をさき立て。枕に残る薬をうらむ。是皆仁義礼智

信のそし。文道の大そたり。身はやぶがきのやぶにすむ。　〈忠臣青・中之巻〉

●地を走る獣。空を翔る翅まで親子のあはれ知らざるや。(四・二二三八)

○地をはしる獣空飛つばさうろくず迄。子をかなしまぬはなき物を。　〈三輪丹・三段目〉

●老の歩みも足弱く薄氷を履む如くにて。心も危きこの鼓。打てば不思議やその聲の。心耳を澄ます声出でて。げにも親子のしるしの声(四・二二三九)

○薄氷をふむ心地にて。心もあやうき此鐘を。つけば不思議や其声の。しんにをすます声出て。げにも親子の印の声。　〈傾城無・四段目〉

●面白や時もげに。秋風楽なれや松の聲。(四・二二四五)

○おもしろや時もげに。〳〵。しう風らくなれや松の声。　〈仏法舎・一段目〉

『東北』

●袖を連ね裳裾を染めて。色めく有様はげにげに花の都なり(四・二二〇〇)

○袖をつらねてもすそを染。色めく花の嫁入や。　〈頼光新・二段目〉

『知章』

●越鳥南枝に巣をかけ胡馬北風に嘶えしも(四・二二四三)

○ゑつ鳥南しにすをくひこばぼくふうにいなゝきて。　〈仏法舎・二段目〉

●浮かむべき。波ここもとや須磨の浦(四・二二四七)

○二つに成て須磨の月。波爰もとやうたかたの哀はかなく成にけり。　〈義経新・五段目〉

●團扇の旗は児玉党か。(四・二二五二)

○団のはたは小玉党　〈義経新・四段目〉

『難波』

●御宝の。千秋萬歳の。千箱の玉を奉る然れは普き御心の(四・二三三三)

○千秋ばんぜいの。ちはこの玉を奉る。然る折ふし　〈山桝恋・一段目〉

○千秋万歳のちはこの玉を奉る。おくより銚子盃を　〈三輪丹・二段目〉

『放下僧』

●地主の桜は散り散り。西は法輪。嵯峨の御寺廻らば廻れ。水車の輪の。（四・二四五〇）

○くるりくる〳〵くる〳〵と。西は法輪。さがの御寺廻らば廻れ。此車。〈鎮西八・一段目〉

『白楽天』

●それ天竺の霊文を唐土の詩賦とし。唐土の詩賦を以てわが朝の歌とす。されば三国を和らげ来るを以て。大きに和らぐと書いて大和歌とよめり。（四・二四七五）

○それ天竺のれいもんを唐土のしふとし。唐土のしふを以て我朝の歌とす。されば三国をやはらぐを以て大きにやわらぐとかきて大和歌とよませたり。〈小野小・三段目〉

●その身は如何なる人やらん人がましやな名もなき者なり。（四・二四七六）

○御かたは。いか成人にて有やらん。人がましやな名もなき者。〈傾城国・四段目〉

●伊勢石清水賀茂春日。（四・二四八〇）

○昔をいへば神風やいせ石清水加茂春日。などかおふごのなからんと〈殺生石・一段目〉

『羽衣』

●虚空に花降り音楽聞え。霊香四方に薫ず。これただことと思はぬ處に。これなる松に美しき衣懸れり。寄りて見れば色香妙にして常の衣にあらず。いかさま取りて帰り古き人にも見せ。家の宝となさばやと存じ候なうその衣は此方のにて候。何しに召され候ぞこれは拾ひたる衣にて候に取て帰り候よ〈中略〉迦陵頻伽の馴れ馴れし。（四・二四八七）

○こくうに花降おんかく聞えいきやう四方に。ふん〳〵たり。是たゞことゝ思はぬ所に。かしこを見れは松がゐに。見なれぬ小袖かけて有是仕合と飛かゝり。ふところへたくし込質屋をさしてまげにゆく。跡へ是成天人がごみに酔たかふな〳〵と。我を見付てあゆみよりかれうびんがのこはねにて。なふ〳〵それ成下界の人。若此あたりの松が枝に。めなれぬ衣をかけ置しを。しろしめされて候はゞおしへてたべと〈本朝五・二段目〉

●君が代は。天の羽衣まれにきて撫づとも尽きぬ巌ぞと。聞くも妙なり東歌。声添へて数々の。簫笛琴箜篌孤雲の外に充ち満ちて。落日の紅は蘇命路の山をうつして。緑は波に浮島が。払ふ嵐に花降りて。（四・二四九三）

○鬼に衣のきそ初めでたく春におみ衣。霞の衣せきこゆる天のは衣まれに来て。なつ共つきじ君か代のいはきの家の名もかたき。〈山桝恋・五段目〉

○爰にあつまる物の音や。簫笛琴箜篌さま〴〵に。七つ宝充満の。都ぞ今の。君が代は。天の羽衣まれにきて。なつ共つきぬ岩ほぞと。いふにたへ成舞のきよく。〈大友皇・四段目〉

『橋弁慶』

●五條の橋の橋板を。とどろとどろと踏み鳴らし。音も静かに更くる夜に。(四・二五一五)

○長生殿ゑ長はしのとゞろ。〴〵とふみならし〈小野小・五段目〉

○玉のきざ橋とゞろ〳〵。〳〵〳〵とふみならし。〈新百人・四段目〉

○さそくの足音橋板を。どう〳〵〳〵とふみならし。〈花山院・一段目〉

●もとより好む大長刀。真中取つてうちかつぎ。ゆらりゆらりと出でたる有様。如何なる天魔鬼神なりとも。面を向くべきやうあらじと。(四・二五一五)

○例のこのめる大太刀を前さがりにねぢまはし。ゆらり。〳〵と出たるは鬼と仏の中の町。えんまのあゆむごとくにて〈曽我姿・三段目〉

『芭蕉』

●芭蕉葉の。脆くも落つる露の身は。置き所なき虫の音の。(四・二五四二)

○空たのめなるばせをばの。もろくもおつる露の身に。〈忠臣青・中之巻〉

『鉢木』

●折ふしこれに粟の飯のある由申し候。苦しからずは聞しめされ候へ〈中略〉総じてこの粟と申すものは。古世にありし時は。歌に詠み詩に作りたるをこそ承りて候に。今はこの粟を以て身命をつぎ候。(四・二五五四)

○粟の飯とてさもしきをあるじもうけの恥しき。茶を参らせて夜もすがらさむさをしのぎ給へかし。誠やあわは歌に詩においずしなずの徳有て。一ふさつるが復すれば千とせのよはいのぶるとや。〈八幡太・四段目〉

●いやとてもこの身は埋木の。花咲く世にあはん事。今この身にては逢ひがたし(四・二五五七)

○とてもかく迄むもれ木の。花咲はるにあふ事はうどんげとやらかたいこと。〈山桝恋・二段目〉

○とてもかく迄うもれ木の花さく春にあふことは。うどんげとやらかたいこと〈山桝葭・二段目〉

『花筐』

●陸奥の。浅香の沼の花がつみかつ見し人を恋草の。忍ぶもぢずり誰ゆゑぞ乱れ心は君の為。(四・二五九〇)

○山の井の。あさくはものを。思ひねの。あさかのぬまの花がつみ。恋しき人に。恋やわたらんしのぶずり。だての大木戸いつしかに。よるのにしきど　〈鎌倉尼・四段目〉

●猶いやましの思ひ草。葉末に結ぶ白露の。手にもたまらで(四・二五九二)

○とつつおいつの思ひ草。はずゑのつゆのめにこぼす　〈山桝恋・二段目〉

『班女』

●春日野の雪間を分けて生ひ出でくる。草のはつかに見えし君かも。(四・二六〇二)

○かすかのゝ。雪まをはけて生出る。草のはつかにみへし君かも。いにしへ人の。妻こいて。ちらとみへしかつらいとて。　〈三井寺・下之巻〉

●それ足柄箱根玉津島。貴船や三輪の明神は。夫婦男女の語らひを。守らんと誓ひおはします。(四・二六〇三)

○あさな夕なのかこち草あしがら箱根玉つしま。きぶねや三わの明神は。ふう婦いもせのかたらひをまもらんとの御ちかひ。神も仏もいつわりのそらさだめなきうき世やと。　〈鬼鹿毛・二段目〉

●謹上。再拝。恋すてふ。わが名はまだき立ちにけり人知れずこそ。思ひそめしがあら恨めしの人心や(四・二六〇三)

○見るめうらめし。恋すてふ。わがなはまたき立にけり人しれずこそ。思ひそめにしそめばをり。　〈鬼鹿毛・二段目〉

●今さら。世をも人をも恨むまじ(四・二六〇七)

○此二道にしぬる身はよをも人をも恨なし。　〈山桝恋・四段目〉

『桧垣』

●かの後撰集の歌に。年ふればわが黒髪も白河の。みつはぐむまで老いにけるかなと。詠みしもわらはが歌なり。昔筑前の太宰府に。庵に桧垣しつらひて〈中略〉げにさる事を聞きしなり。その白河の庵のあたりを。藤原の興範通りし時水やあると乞はせ給ひし程に。その水汲みて参らするとてみづはくむとは詠みしなり(四・二六二七)

○夢路ならねど現にもうかれ。こがれて。年ふれは。我黒髪も白河の。みつ輪ぐむ迄老にけるかなと。読しは老女が。こと成ぞや。〈中略〉顕基驚立のきて。百とせに一とゝせたらぬつくもがみ。我を恋とはいまはしや詠ぜし詞は。其昔。藤原の興範が水やは有とこひしとき。たはふれかけし口ずさみ。扨はそれぞと白河の。檜垣の嫗がゆうれいよな。　〈日本傾・四段目〉

●風緑野に収まつて遠條直し。雲巌頭に定まつて月桂まとかなり。朝に紅顔あつて。世路に楽しむといへども(四・二六三〇)

○風緑野に納て遠条直。雲岸頭に定つて月桂円也。詩を釣柳青葉して。松も琴柱を埋かと。たとへにあまる風景は

●有為の有様無常の真（四・二六三〇）　〈日本傾・四段目〉
○何か別れのかなしからまし。有為の有様無常の誠。俤爰にうかへ共。　〈日本傾・四段目〉
●それ残星の鼎には北渓の水を汲み。後夜の炉には南嶺の。柴を焚くそれ氷は水より出でて（四・二六三三）
○皆実相の仏世界。げに残星のかなへにはほくけいの水を汲。後夜の炉にはなんれいの柴を焼。ふぜいもかくやと覚たり。　〈日本傾・四段目〉

『百萬』

●乱れ心か恋草の力車に七車積むとも尽きじ重くとも。輓けやえいさらえいさと（四・二六七二）
○下はふ葛にさねかづら。まとふもよしや力草。ひけや。〳〵。此車ゑいさら。〳〵さら。〳〵にひけどいさめば。　〈坂上田・四段目〉
●親子の契り麻衣肩を結んで裾にさげ裾を結びて肩にかけ（四・二六七四）
○それ迄はかたをむすんですそにさげ。すそをむすんでかたはなの。かこがき荷かちもちしても　〈忠臣青・上之巻〉
●おことの国里はいづくの者ぞ〈中略〉唯一人ある忘れ形見のみどり子に生きて離れて候程に。思ひが乱れて候（四・二六七五）
○此子が母はいづくにぞ。わすれ形見のみどり子が余りにこがれしとふゆへ。　〈信田森・四段目〉
●午羊径街に帰り。鳥雀枝の深きに集まるげに世の中はあだ波の。寄るべはいづく雲水の。身の果いかに楢の葉の（四・二六七七）
○午羊けいかいにかへりてうしやく枝のふかきにあつまる。げに世の中はあだ波の。よるべはいづく雲水の。身のはていかにしらざりし。　〈鎌倉三・四段目〉
●羊の歩み隙の駒。（四・二六七八）
○道のべの。ひつじのあゆみひまのこま。よそは命の長池も。　〈三井寺・下之巻〉
●花待ち得たり夢か現か幻かよくよく物を案ずるに。（四・二六八〇）
○夢か現かまぼろしか。今は此世になき人の　〈愛護若・四段目〉

『富士太鼓』

●げにや女人の悪心は。煩悩の雲晴れて五常楽を打ち給へ（四・二七〇七）

○げにぼんなふの。雲はれて五じやう楽とは思へ共。〈花山院・四段目〉
●打たれて音をや出だすらんわれには晴るる胸の煙。富士が恨みを晴らせば(四・二七〇八)
○うたれてねをや出すらん我にははれぬむねのけぶり。あらわが子恋しや。〈忠臣青・中之巻〉

『藤戸』
●憂しや思ひ出でじ。忘れんと思ふ心こそ。忘れぬよりは思ひなれ。さるにても身はあだ波の(四・二七四八)
○うしや思ひ出し。忘んとおもふ心こそ。わすれぬよりのおもひ也。〈玄宗皇・四段目〉

『松風』
●汐汲車。わづかなる。浮世に廻る。はかなさよ(五・二八二五)
○汐くみ車。わづかなる。浮世にめぐる。はかなさよ思ひきれとは。さめてのことか。〈坂上田・三段目〉
●影恥かしきわが姿(五・二八二六)
○あくるわびしきかづらきの。神はづかしき我すがた物にくるふはたれゆへと。〈仏法舎・四段目〉
●月は一つ影は二つ満つ汐の(五・二八二九)
○夫婦は一たい不二にして心は一ツ身はふたつ。其ひとりをば首打て〈仏法舎・三段目〉
●恋草の。露も思ひも乱れつつ。露も思ひも乱れつつ。心狂気になれ衣の。巳の日の。祓や木綿四手の。神の助けも波の上。あはれに消えし、憂き身なり(五・二八三四)
○恋草のつゆも思ひもみだれつゝ〳〵。心狂気になれ衣の。巳の日のはらひも浪のへあはれにきへしうきみなれ。〈曽我姿・一段目〉
●形見こそ今はあだなれこれなくは。忘るる隙もありなんと。詠みしも理や猶思ひこそは深けれ(五・二八三五)
○手にふれるのも主従の。形見こそ今は仇なれ是なくは。忘るゝ隙も有なんと。読しも理りや猶思ひこそはふかけれ。〈日本傾・三段目〉

『松山鏡』
●雲となり雨となり。陽臺の時留め難く。(五・二八七一)
○妄執の雲となり雨となりつまに付そふ一念の。〈甲陽軍・四段目〉

『通盛』

●如我昔所願今者已満足化一切衆生皆令入仏道の（五・二九〇五）

○によがしやくしよくはんこんじやゐまんぞく。け一さいしゆじやうかいりやうにうぶつどうのもんあり〳〵と
〈仏法舎・五段目〉

『三輪』

●徒らに。憂き年月を三輪の里に。住居する。女にて候。またこの山陰に玄賓僧都とて。貴き人の御入り候程に。いつも樒閼伽の水を汲みて参らせ候。（五・二九七八）

○昔を今に賤の業。うき年月を三輪の里に。住居する。女にて候。又此山陰に玄賓僧都とて。たつとい坊様お侍の果とやら。それは〳〵見ごとな御器量。けいせいの一つがいも遊ばしたか額の角もぬき入て。しゆすびんのつりはげ。いつ参りても御機嫌よふ側成ちやびん。手づから汲て是一つと。
〈三輪丹・四段目〉

●山頭には夜孤輪の月を戴き。洞口には朝一片の雲を吐く。山田守るそほづの身こそ悲しけれ。秋果てぬれば。訪ふ人もなしいかにこの庵室のうちへ（五・二九七八）

○山頭には夜る孤輪の月をいたゞき。洞口には朝一片の雲をはく。山田もる僧都の身こそ悲しけれ。秋果ぬれは。問ふ人もなし。とはぬも人の情とは。今身のうへにしら糸の。
〈三輪丹・四段目〉

●なほも不審に思しめさば。訪ひ来ませ杉立てる門をしるしにて。尋ね給へといひ捨てて。かき消す如くに失せにけり（五・二九八〇）

○猶もふしんにおぼしめさは。とふらひ来ませ。杉たてる門をしるしにて。尋給へと云捨て。かきけすごとくにうせにけり。
〈三輪丹・四段目〉

●この草庵を立ち出でて。この草庵を立ち出でて。行けば程なく三輪の里。近きあたりか山陰の。松はしるしもなかりけり。杉むらばかり立つなる神垣はいづくなるらん神垣はいづくなるらん不思議やなこれなる杉の二本を見れば。ありつる女人に与へつる衣のかかりたるぞや。寄りて見れば衣のつまに金色の文字すわれり。読みて見れば歌なり。三つの輪は清く浄きぞ唐衣。くると思ふな。取ると思はじ。〈中略〉不思議やなこれなる杉の木蔭より。妙なる御声の聞えさせ給ふぞや。願はくは末世の衆生の願ひをかなへ。御姿をまみえおはしませと。（五・二九八三）

○此草庵を立出て。〳〵近きも遠き。女子足。にあはしからぬ法の友。恋ならぬ身をいづかたに。松は印もなかりけり。すくな

心の。杉たてる三輪の。社に着給ふ。僧都かしこを見給へは。神木の杉の梢に有つる女人にあたへたる。衣かゝりて金色の文字も妙成やまとかな。一首の歌をかく計みつの輪は。きよくきよきぞから衣。くると思ふな。とると思はじ。こはそもふしぎの有増と。いふやしめ縄の木の間より。有つる女の影ほの〴〵と見えにけり。　〈三輪丹・四段目〉

●千早ぶる。神も願ひのある故に。人の値遇に。逢ふぞ嬉しき(五・二九八三)

○三輪の神。玉の御戸しろかゝげつゝ。返すや袖のおみ衣是ぞかぐらの。ちはやふる。神も願ひの。有ゆへに人のちぐうに。あふぞ嬉しき。　〈三輪丹・四段目〉

●いや罪科は人間にあり。これは妙なる神道の(五・二九八四)

○つみとがは人にこそよるべの水やみづがきの。　〈三輪丹・四段目〉

●女姿と三輪の神。(五・二九八四)

○あねのすがたと。三輪の神。　〈三輪丹・四段目〉

●五濁の塵に交はり。暫し心は足引の(五・二九八五)

○神ににごりの何あらん五ぢよくのちりに。まじわれは水より出て水よりも。　〈三輪丹・四段目〉

●げにも姿は羽束師の。もりて餘所にや知られなん。今より後は通ふまじ。〈中略〉三輪のしるしの過ぎし世を語るにつけて恥かしや(五・二九八六)

○ふり袖は。つらしはかなしはづかしの。もりてよそにや。しられまし。ながきちぎりの玉のをも。みじかきゐんと思ひきる。三輪のしるしの過し世を。かたるにつけてはづかしと。　〈三輪丹・四段目〉

●思へば伊勢と三輪の神。一体分身の御事今更何と磐座や。その関の戸の夜も明け。かくありがたき夢の告。(五・二九八八)

○思へはいせとみはのかみもとより一たい一仏の。しやかのみまへでちぎりてし真如くちせずあひみつる。〈中略〉さらばとの給ふ御声はほのかに。杉の葉しらむあかつきの。やもめ烏のなく声やかはい。〳〵のあひ念も思ひ切つゝ一筋に。六字名号一遍法十界依正一遍体。逢たい見たひそひたいも悟は。夢のせかい也　〈三輪丹・四段目〉

『三井寺』

●ささ波や。三井の古寺鐘はあれど。昔に帰る聲は聞えず。(五・二九九八)

○千早振。三井の古寺鐘はあれど。むかしに返る声は聞えず。　〈富仁親・四段目〉

『紅葉狩』
●四方の梢も色々に。錦を色どる夕時雨。濡れてや鹿のひとり鳴く聲をしるべの狩場の末。（五・三〇八二）
○にしき色とる夕しぐれぬれてや鹿の独りなく。さが野ゝ原のおみなへし。　〈末廣十・五段目〉
●一樹の蔭に立ち寄りて一河の流れを酌む酒を。いかでか見捨て給ふべきと。恥かしながらも袂にすがり留むれば。さすが岩木にあらざれば。心弱くも立ち帰る。所は山路の菊の酒何かは苦しかるべき（五・三〇八五）
○二人の女立かゝりつれなの人の仰やな。一しゆのかげに立よりて一がのながれをくむ酒を。いかでか見すて給ふべきと。はつかしながらも袂にすがりとゞむれば。さすが岩木にあらざれば心よはくも立帰る。　〈信田森・一段目〉
○一ツはきこし召れよと袂にすかりとゞむれば。さすが岩木にあざれば。心よはくも立帰る。　〈八幡太・三段目〉
○ハ、〱〱袂にすがりとめ給ふの。さすがに岩木にあらざれば。心よはくも立帰る。　〈東山殿・一段目〉
○おなつかしさのお恨泣お道理〱御酒一ツ。所は山路の酒も何かはくるしかるべき。　〈新百人・一段目〉
●深き契りのためしとかや林間に酒を暖めて紅葉を焼くとかやげに面白や所から。（五・三〇八六）
○お顔の色は紅葉狩上かんに酒をあたゝめて。急用をかく其風情調子しどろに声をはりあげ。おもしろや　〈東山殿・一段目〉
●とりどり化生の姿を現し或は巌に火焔を放ち。又は虚空に焔を降らし。咸陽宮の。煙の中に。七尺の屏風の上になほ。餘りてそのたけ。一丈の鬼神の。角はかぼく。眼は日月面を向くべきやうぞなき（五・三〇九〇）
○大蛇の勢ひ。角はこぼ〱《ママ》眼は日月。鱗は忽庭にちる紅葉かさねとおひ立ていかりのはぎしみじやねんの火煙を吹かけ〱はせめぐれば。　〈花山院・四段目〉

『盛久』
●一年小松殿。北山にて茸狩の遊路の御酒宴に於て。主馬の盛久一曲一奏の事。関東までも隠れなし（五・三二〇九）
○当秋小松のしげ盛公たけ狩の遊路の時。主馬の判官盛久が相手に立て曲鼓。甚ぎよかんに預りて下し給はる鎧太刀。詞の花の錦着て古郷に帰る家づとや。上なき武士の面目と床にかざつて　〈末廣十・四段目〉

『楊貴妃』
●さながら七宝をちりばめたり。漢宮萬里の粧ひ。（五・三二一八）
○ざゝめきはたる有様は。かんきう万里の春の花。一度にひらくごとく也。　〈玄宗皇・四段目〉
●昔は驪山の春の園に。ともに眺めし花の色。移れば変る習ひとて。今は蓬莱の秋の洞に。ひとり眺むる月影も。濡るる顔なる

袂かな。あら恋しの古やな(五・三二一八)　〈花山院・四段目〉
○有し昔の雲の上。ともに詠めし月影のうつればかはる飛鳥風。
○むかしはりさんの春の園に。ともに詠めし花の色。うつればかはるならひ迚。ひとりながむる月影もぬるゝ顔なる袂かな。あら恋しのいにしへな。　〈玄宗皇・四段目〉
●九華の帳をおし除けて。玉の簾をかかげつつ立ち出で給ふ御姿雲の鬢づら花の顔ばせ寂漠たる御眼の内に。(五・三一一九)
○九花の帳を押披玉のすだれをかゝげつゝ。立出給ふ御姿くものびんづら花のかほばせ。　〈玄宗皇・四段目〉
●訪ふにつらさのまさり草。かれがれならばなかなかの。便りの風は恨めしや。又今更の恋慕の涙。旧里を思ふ魂を消す(五・三一二〇)
○君はしらねどわしやしろ〳〵と見るに。つらさのまさりぐさ。又今さらにれんぼの涙。　〈玄宗皇・四段目〉
●それ過去遠々の昔を思へば。いつを衆生の始めと知らず未来永々の流転。更に生死の終りもなし(五・三一二三)
○くはこおん〳〵の。昔を思へば。いつをしゆじやうのはじめとしらず。みらいゑい〳〵。更に生死の終もなし　〈玄宗皇・四段目〉
●その文月の七日の夜。君とかはせし睦言の比翼連理の言の葉もかれがれになる私語の。(五・三一二四)
○其文月の七日の夜。君とかはせしむつごとのひよくれんりのことのはもかれ〳〵になるあまのがは　〈傾城無・三段目〉
●よしそれとても逃れ得ぬ。会者定離ぞと聞く時は。逢ふこそ別れなりけれ(五・三一二四)
○たかき賤のがれゐぬ。会者定離ぞと聞時は逢は別れのはじめ也。　〈玄宗皇・四段目〉

『養老』

●山住みの。千代のためしを、松蔭の岩井の水は薬にて。老を延べたる心こそ。(五・三一三一)
○友づるの。千代のためしを松かげのいわゐの水は薬にて。薬はあれどかく山は。　〈傾城国・三段目〉
●晋の七賢が楽しみ。劉伯倫が翫び。ただこの水に残れり。汲めや汲め御薬を。君の為に捧げん。(五・三一三五)
○晋の七賢がたのしみ。りうはくりんがもてあそび。只此水に残れり。汲やくめ御薬を君がためにさゝげん時は御冷泉院の御宇とかや　〈日本傾・一段目〉

『八島』

●一葉万里の舟の道。ただ一帆の風に任す(五・三一四七)

○一葉万里の海上も只是一帆の風に任す。一帆に風の請やうにて　〈鎮西八・一段目〉
●名乗り給ひし御骨がら。あつぱれ大将やと見えし（五・三二五一）
○よくこそ名乗出しよな。きりやうこつがらあつばれよい侍やよいぶしや。なつかしの我子やと。　〈信田森・一段目〉
●後記にも。佳名を留むべき弓筆の跡なるべけれ（五・三二六一）
○万代に佳名をねろふ弓筆の。跡にとゞめていひつたへ。　〈頼光新・三段目〉
●月にしらむは剣の光潮に映るは兜の。星の影水や空空行くも又雲の波の。撃ち合ひ刺し違ふる。船軍の掛引。浮き沈むとせし程に。春の夜の波より明けて。敵と見えしは群れゐる鴎。（五・三二六二）
○有明の。月にしらむはつるぎのひかり。ちすいにうつるは。かぶとのほしのかけ。うちあいさしちがふる。はれいくさのかけ引うきぬしづむとみしほどに。はやなつのよのほのぐへと。あるよとみへしおもかげは。松に残してあをやぎのもとのこずへに立のぼり。　〈仏法舎・四段目〉
『山姥』
●善き光ぞと影頼む。善き光ぞと影頼む佛の、御寺尋ねん（五・三二六七）
○能ひかりぞと影たのむ。世の光ぞと。頼む茶の経は仏のキヨヒヨン。御寺立舟キヨヒヨン。　〈傾城無・四段目〉
●仏法あれば。世法あり煩悩あれば菩提あり。仏あれば衆生あり衆生あれば山姥もあり。柳は緑。花は紅の色々。さて人間に（五・三二八一）
○仏法あれはせほう有。ぼんのうあればぼだい有。柳はみどり花はくれないの色々なれば。　〈傾城無・四段目〉
『遊行柳』
●蹴鞠の庭の面。四本の木蔭枝垂れて。暮れに数ある、沓の音柳桜をこきまぜて（五・三三〇三）
○よもとのこかげ枝たれて。くれに数有くつの音。爰をば舞ふばつかりに。　〈山桝葭・三段目〉
●手飼の虎の引綱も。長き思ひに楢の葉の。（五・三三〇三）
○手がいの虎の曳綱も。をのが家々立別れ　〈末廣十・三段目〉
●弱きもよしや老木の柳気力なうしてよわよわと。立ち舞ふも夢人を。現と見るぞはかなき（五・三三〇四）
○老の柳の気力なく常さへふるふ御てをは。　〈神功皇・四段目〉

『熊野』
●おりゐの衣播磨潟。飾磨の徒歩路清水の。仏の御前に。（五・三二四八）
○そこ〳〵に気を播磨潟。しかまのかち地夫婦づれ　〈日本傾・三段目〉
『夜討曽我』
●その名も高き富士の嶺の。その名も高き富士の嶺の。御狩にいざや出でうよ（五・三二五九）
○其名も高きふじの根の。〳〵御かりにいざや出ふよ。　〈曽我姿・三段目〉
●あゆみの板をどぶ〳〵と踏み鳴らし。（五・三二七一）
○急げよ旁ふかくをとるな笑はれなと。あゆみの板をどう。〳〵。どう〳〵どつとふみならし。形は勇猛不動の尊像　〈新板兵・一段目〉
『頼政』
●これに見えたる小島が崎は名に橘の小島が崎向ひに見えたる寺は。いかさま慧心の僧都の。御法を説きし寺候なうなう旅人。あれ御覧ぜよ名にも似ず。月こそ出づれ朝日山月こそ出づれ朝日山。山吹の瀬に影見えて。雪さし下す島小舟。（五・三三〇二）
○しら浪は。をと橘の小島がさきされば昔も橘の。小島は色もかわらじを。此浮船そ。行衛しられぬと。かのうき舟の心の内。互の思ひ色ふかく。山吹のせに。影とめてさしわけ行や柴小船。〈花山院・一段目〉
○やれ。あれをみよ名にもにず。月こそ出れ朝日山水のみまきのまこも草。〈末廣十・五段目〉
●宇治川の先陣われなりと。名乗りもあへず三百余騎鑣を揃へ川水に。少しもためらはず。群れゐる群鳥の翅を並ぶる羽音もかくやと、白波に。ざつざつと。うち入れて。浮きぬ沈みぬ渡しけり忠綱。兵を。下知して曰く水の逆巻く所をば。岩ありと知るべし。弱き馬をば下手に立てて。強きに水を。防がせよ。流れん武者には弓筈を取らせ。互に力を合はすべしと。唯一人の。下知によつて。さばかりの大河なれども一騎も流れず此方の岸に。をめいて上れば味方の勢は。われながら踏みもためず。半町ばかり。覚えずしさつて。切先を揃へて。ここを最期と戦うたり。さる程に入り乱れ。われもわれもと戦へば〈中略〉仮初ながらこれとても。他生の種の縁に今。扇の芝の草の蔭に。帰るとて失せにけり立ち帰るとて失せにけり（五・三三一一）
○扨も宇治橋のくやう。今をなかばとみへし所に。都道者とおぼしくて。通円が茶を汲つくさんと。名乗もあへず三百人。〳〵口わきをひろげ茶をのまんと。むれ居る旅人に大茶をたてんと茶杓をおつとり火くず共を。ちやつ〳〵と打くべてうきのしづみの立かけたり。通円下部を下知していわく。水のさかまく所をば。砂有としるべしよはき者にはひしやくを持せ。つよきに水をになはせよ。ながれん者には茶せんをもたせ互に力を合すべしと。只一人の下知によつて。茶ばかりのあふばなれ共一きも残らずたてかけ〳〵。ほさきを揃へて。爰をさいごとたてかけたり。〈中略〉かりそめながら是とても茶性のたねのゐんに今。うちはの砂の草のかげにちやちかくれうせにけり跡ちやちかくれうせにけり。
〈殺生石・三段目〉

『雷電』

●鳴る雷となり内裏に飛び入り。われに憂かりし雲客を蹴殺すべし。（五・三三三七）

○頼長も怒声我にうかりし輩は。月卿雲客とても用捨せず。まして下劣の武士づれ
〈鎮西八・二段目〉

●その時丞相姿俄かに変り鬼の如しをりふし本尊の御前に。柘榴を手向け置きたるをおつ取つて噛み砕き。おつ取つて噛み砕き。妻戸にくわつと。吐きかけ給へば柘榴忽ち火焔となつて扉にばつとぞ燃え上る。僧正御覧じて。騒ぐ気色もましまさず。洒水の印を結んで。鑁字の明を。唱へ給へば火焔は消ゆる。煙の内に。立ち隠れ丞相は。行方も知らず、失せ給ふ。行方も知らず失せ給ふ。（五・三三三八）

○ふしぎや女の気色替り。御殿の方をにらみ付くだんのざくろを追取て。はら〳〵とかみくだきつま戸にくはつと吹かくれば。やり戸つま戸はたちまちにめう火と成てもへ上るはおそろしかりける次第也。両僧少もさはぎ給はずしやすいのゐんをむすび給へば。くはえんは其まゝきへてんげり。其時女いかれるこゑを上ケうらめしの僧正や。いか程いのり給ふ共此恨はつきすましと。いふかと思へば俤はきゆると見へしが
〈小野小・五段目〉

●紫宸殿に僧正あれば。弘徽殿に神鳴する。弘徽殿に移り給へば清涼殿に雷鳴る。清涼殿に移り給へば梨壷梅壷。昼の間夜の御殿を。行き違ひ廻りあひて。（五・三三四二）

○しゝんでんに僧正あれば。かうきでんにいかづちなり。こうきでんにかぢあれば。清冷てんにとゝろきて。なしつぼ梅つぼよるのおとゞに形をあらはし玉でん。ろうかをふむ足音の
〈小野小・五段目〉

●帝は天満大自在。天神と贈官を。菅丞相に下されければ。嬉しや生きての恨み。死しての悦びこれまでなりやこれまでとて。黒雲にうち乗つて虚空に上らせ給ひけり（五・三三四三）

○かもの末社の神号を。給はる事の有がたや生ての恨しゝての悦び。今こそ願ひはかなへりと其身は忽千早ふる。御手ぐらと顕はれてこくうに。あがらせ給ひけり。
〈小野小・五段目〉

『小塩』

●面白やいづくはあれど所から。花も都の名にし負へる。大原山の花桜今を盛りと木綿花の。今を盛りと木綿花の手向の袖も一入に。色添ふ春の時を得て。（五・三四五七）

○実おもしろや所から花も都の名にしをふ。大原山の花桜今を盛といふ花の。手向の袖も一しほにどふ共かふ共いわれた事では。ナイ。　〈小野小・一段目〉

●それ春宵一刻値千金。花に清香月に陰。（五・三四六六）

○誠にもろこし人の筆にも。春宵一こくあたい千金とはよくもかいたりよくいつた　〈小野小・一段目〉

『女郎花』

●あら閻浮。恋しや（五・三五〇一）

○あらゑんぶ恋しや　〈仏法舎・四段目〉

●邪婬の悪鬼は。身を責めて。邪婬の悪鬼は身を責めて。その念力の。道もさかしき剣の山の。上に恋しき。人は見えたり嬉しやとて。行きのぼれば。剣は身を通し磐石は骨を砕く、こはそもいかに恐ろしや。剣の枝の。撓むまで。如何なる罪の。なれるはてぞや。よしなかりける。（五・三五〇一）

○返す〳〵もなつかしと。扇追取立あがれは。拍子に乗て打鼓。じやいんの悪鬼は身を責て。其念力の。道もさがしき釼の山の。うへに恋しき人は見へたり嬉しやとて。行のぼれは。釼は身を通し。般石は骨をくだく。こはそもいかに浅ましや。釼の枝のたはむ迄。いか成罪の。なれる果ぞと舞ふかと思へは二人の者。御蔵を指て走入　〈日本傾・三段目〉

〈複数の謡曲作品に対応するもの〉

海音の表現の中で、複数の謡曲で共通した表現を利用したものがある。以下、それを示す。*

①おことの国里はいづくの人ぞ〈中略〉唯一人ある忘れ形見の緑子に生きて離れて候程に。思ひが乱れて候『桜川』（二・一一三二）、おことの国里はいづくの者ぞ〈中略〉唯一人ある忘れ形見のみどり子に生きて離れて候程に。思ひが乱れて候『百萬』（四・二六七五）

○此子が母はいづくにぞ。わすれ形見のみどり子が余りにこがれしとふゆへ。　〈信田森・四段目〉

②第一第二の絃は索々として秋の風。松を払つて疎韻落つ。『蝉丸』（三・一六八二）、第一第二の絃は。索々として秋の風。松を

払つて疎韻落つ。『経政』（三・二〇九〇）
〇第一第二の絃はさく〳〵として。松をはらつてそいんおつ。これ楽天がみつの友。　〈八幡太・四段目〉
③羊の歩み隙の駒。『百萬』（四・二六七八）、羊の歩み隙の駒。『砧』（二・八三七）
〇道のべの。ひつじのあゆみひまのこま。よそは命の長池も。　〈三井寺・下之巻〉
④神は上らせ給ひけり『藍染川』（一・二四六）、神は上らせ給ひければ。『雨月』（一・三三八）、『右近』（一・三五一）、神は上らせ給ひけり『歌占』（一・三六七）
〇御たくせんあり〳〵と。神はあがらせ給ひけりときぬ引。かづき入にける。　〈信田森・一段目〉
⑤土も木もわが大君の国なればいづくか鬼のやどりなるらん『大江山』（一・五六九）、土も木もわが大君の国なればいづくか鬼のやどりなる『土蜘蛛』（三・二〇六四）、土も木もわが大君の国なればいづくか鬼の宿と定めん『土車』（三・二〇七五）、土も木もわが大君の国なればいづくか鬼の宿と定めんと聞く時は『羅生門』（五・三三五〇）
〇去ながら。土も木も大君の此国に何国か鬼の宿ござめれ。　〈小野小・五段目〉
〇土も木も。我大君の国なれど。鬼かへんげの所為なるか　〈末廣十・一段目〉
⑥関の戸ささで逢坂の山を『源太夫』（二・一〇六三）、関の戸ささで逢坂の。山を『田村』（三・一九九八）
〇関の戸ざゝで相坂の山をこゆれば近江ぢや。　〈殺生石・三段目〉

＊　①の場合、『桜川』、『百萬』の両作品は海音の複数箇所の使用が認められ、いずれが典拠か判別できない。よって、両作品の項に重複して掲載した。また、②については本論（注７）参照。③は②と同様に『百萬』の項に掲載した。④は表現が短く、典拠として確定が難しい。また、⑤に関しては、典拠が多いため判別できない。よって、何れもどの項にも掲載しなかった。⑥に関しては②と同様の理由により、『田村』の項に掲載した。

第五節　『曽我姿冨士』考——近松の曽我物との関わりを中心に——

はじめに

海音が浄瑠璃作品に於いて、曽我兄弟の敵討ちを取り扱った、謂わゆる曽我物作品に『曽我姿冨士』(正徳五年秋以前・推定)[1]一編がある。この作品に対しては甚だ論考が少ないが、その典拠については既に若干の報告がある。祐田善雄氏は、「紀海音の著作年代考證とその作品傾向」下(『国語国文』昭和一一年七月)の中で、次のように述べている。

「御前曾我姿富士」を見ると、序や二段目は曾我物の常套作であつて、海音の構想になると言はれてゐる三段目四段目も實は近松の曾我物より剽竊翻案して撮合したものである。三段目の切、曾我邸の場は近松の「大磯虎稚物語」の第四の趣向を移植したもので、同文の箇所も多い。紋盡しの部分は近松の「曾我五人兄弟」第二の小袖紋盡しを二三順序を變更したに止つて居て、殆んど同文とも言ふべきものである。四段目は謡曲より夜討曾我を取つて、その切に辻堂の場を附加した。辻堂で夢が醒めて以後は「曾我扇八景」の傾城三部經の跡の脱化である。近松はこの場面の舞臺効果を實に老巧な手際で示して曾我物の側面描寫といふ新機軸を出した。これに魅せられて海音が夢の場の趣向を作り夜討曾我の場面を附して四段目を作つたのであらう。斯く考へて來ると、謡曲、幸若、近松の影響を考慮に入れずしてこの曲を云為することは出來ない。

この祐田氏の論考以後、『曽我姿冨士』についてはあまり触れられる事がなかった。

その後、『浄瑠璃作品要説〈2〉紀海音篇』(国立劇場芸能調査室編・昭和五七年三月)所収の『曽我姿冨士』の〈構想・価値〉の項目に於いて、「四段目の鬼王団三郎の諍いは『世継曽我』の換骨奪胎」であるという追加説明が加えられたのみである。しかし、その項目には更に、「謡曲、舞曲は言うまでもなく、近松の曽我物諸作を巧みに摂取襲用した作で、むしろその利用を通して、海音の技倆を論ずべき程の作品である」とあり、今後の『曽我姿冨士』の研究に対して示唆的な意見が述べられており、注目すべきである。

さて、同時期の浄瑠璃作者近松が『世継曽我』(貞享元年七月中旬以前・推定)を創作して以来、次々と曽我物を創り上げて行った事を考えれば、『曽我姿冨士』は等閑視できない作品であると考える。何となれば、曽我物が観客に対して特に好まれた題材であった事は明らかだからであり、海音が『曽我姿冨士』に対して何らの工夫も凝らさずに創作したとは考えられないからである。既に近松の曽我物が先行して数作品演じられた後で、海音は如何に近松を「利用」して『曽我姿冨士』を創作して行ったのであろうか。

そこで、これより『曽我姿冨士』の成立をその典拠から再検討する事により、近松作品との関わりを探り、海音の曽我作品に於ける特性を明らかにして行きたいと思う。

一　典拠について

まず、一段目から順にその典拠を明らかにしていきたい。

〈一段目〉

大序〈鎌倉御所の段〉(2)

頼朝は有識者の曽我助信に、先駆殿御の進退、仮屋の地割普請等を仰せ付ける。助信はそれを受けて自分の考えを述べるが、祐経はそれを不服とし難癖を付ける。それを聞き朝比奈が暴れ出すが、頼朝の仲裁でその場は収まる。

祐田善雄氏はこの場面を曽我物の常套作と述べておられるが、なるほど頼朝御前での論争の場面は近松作品にも多く見られる。その場合、論争は祐経及び祐経の贔屓の連中と、曽我兄弟に味方する者たちとの論争になるというのが常である。近松の曽我物には、こういった趣向を仕組むものに、『曽我五人兄弟』(元禄十二年・推定)の一段目、『曽我扇八景』(正徳元年正月二十一日以前)の一段目、さらに『曽我虎が磨』(正徳元年正月二十一日以前)の一段目が挙げられる。『曽我五人兄弟』の場合は、頼朝御前の場で、頼朝が子息頼家のため後見を重忠と祐経に依頼する。重忠の進言は感心すべきものであったが、祐経の言は余りにも馬鹿々々しいものであった。重忠は祐経の進言を遮るが、祐経は却って反論する。そこで朝比奈が重忠に加勢し祐経と口論となるが、そこに頼朝が仲裁するというものである。

『曽我扇八景』の場合は、同じく頼朝御前の場で、手柄を立てた飯原左衛門に頼朝が舞鶴の紋を許す。祐経がそのついでに朝比奈の舞鶴の紋を止めるように進言する。そこで朝比奈と祐経が口論するというものである。その後頼朝の仲裁の言葉がある。

『曽我虎が磨』の場合は、定家卿が噂に聞く五郎(時宗)の大力を見たいと所望する。祐経はその噂が御所の五郎丸の間違いであると言い、五郎丸と朝比奈に力比べをさせる。五郎丸を易々と打ち負かした朝比奈は、五郎の事を悪様に言った祐経を責め、口論となる。この後朝比奈の父義盛が朝比奈を制するというものである。

以上のように、頼朝(定家)の前で朝比奈と祐経が口論し頼朝(義盛)が仲裁するというのが「常套作」であるところで『曽我姿富士』の場合、詞章を子細に検討すると『曽我五人兄弟』のそれと一致する部分が多く、海音はこの場面を直接には『曽我五人兄弟』から取り入れたと考えられる。次にその詞章を比較してみたい。

『曽我五人兄弟』

……とんでかゝるを人々引とめ。……御前なるは義秀と。いふこゑ〴〵にあさひなもむねをさすつてひざまづく。頼朝少もどうじ給はず。……忠をかうに存ずるゆへ……たがひにゐこん有べからず。

『曽我姿富士』

とんでかゝるを人々やれまたれよと引とゞめ。御前なるはよしひでと声々にせいすれは。はがみをなして朝ひなは。ふせう〴〵に座になをる。頼朝少もどうじ給はず理非共に皆頼朝へ。忠ぎを思ふ諍なればいこんを残す事なかれ。

海音がこの場面を『曽我五人兄弟』から取り入れた訳だが、始めから『曽我五人兄弟』の「頼朝御前の場」を下敷にしようとしていたとは考えるべきではないだろう。むしろ、近松の曽我物に何度も仕組まれ、「常套作」として確立しているこの一段目の趣向を、海音も『曽我姿富士』の一段目に利用しようと考え、近松の曽我物を検索して行く過程で『曽我五人兄弟』を選択したと考えるべきである。というのも、『曽我姿冨士』でこの後に展開する趣向の中には、『曽我五人兄弟』以外の近松の曽我物からも数多く取り入れているからである。

切〈鶴岡社前の段〉

祐成が鶴が岡に参詣する。時宗が祐成の放蕩ぶりに怒るが、祐成のそのふがいなさは仇祐経の油断を誘うものと説明し、和解する。

そこに祐経が登場する。時宗は案山子の姿となって隠れ、祐成が祐経に会う。祐経は祐成に遺恨無き由を誓言するよう言い、祐成が危機に陥る。時宗は祐経の悪態を無念に思いながらも聞き入っているが、ついに堪えられず飛び出し祐経に襲いかかろうとする。しかし祐経は頼朝の名代として頼朝の御衣を着していた為、時宗は我慢し、その場は収まる。

曽我兄弟が敵方に出会い、一旦は兄祐成が危機的状況に陥り、時宗の助けを得る事に依って難を逃れるという構成から見れば、近松の『加増曽我』(宝永三年四月十日以前)二段目に関連しているとも考えられる。『加増曽我』の場合は、遊女町に来た祐成が近江八幡の策略に会い危機に陥る。そこに時宗が現れ祐成を助けるというものである。

また『加増曽我』一段目では、時宗が祐経の悪態を無念にも堪えるという趣向が見つけられる。箱王(時宗)が草履取りに身をやつしており、祐経はそれを箱王とは気づかないという設定を背景とし、祐経が箱王を草履で打ち叩く。箱王は無念とは思いながら、兄弟二人揃って敵討をする約束の為、じっと耐えるという趣向である。

次に、頼朝の御衣を着していた為、抵抗できなかったという趣向は、『曽我虎が磨』の一段目にも見られる。祐経が五郎時宗の事を悪し様に言ったことに対し朝比奈が怒りを表わすと、祐経は「ヤアすいさん也。忝くも此御殿大内の清涼殿をまなび。我々もかりに位をゆるされし此冠が目に見へぬか。無官の身にて殿上のまじはりみようがしらず」と言い、朝比奈を遮るのである。この後、朝比奈は定家に権中納言の位を授かるという展開を見せる。『曽我姿富士』での「頼朝の御衣」と「時宗」が、ここでは「冠」と「朝比奈」に替わってはいるものの同様の趣向であると言えよう。

更に、時宗が隠れて第三者の会話に聞き耳を立てるという趣向は、近松の曽我物に於ける時宗の勘当の場面でよく用いられるものである。例えば、『大磯虎稚物語』(元禄七年七月十五日以前・推定)四段目を取り上げてみよう。時宗は母の勘当の取りなしを兄祐成に頼む。祐成が母に勘当の訴訟をしている間、時宗は広縁でそれを立聞きし、その会話の内容に愁歎するという趣向である。『大磯虎稚物語』のこの趣向と同様な手法を用いたものに、『曽我扇八景』上之巻、及び『曽我虎が磨』中之巻に於ける時宗の勘当訴訟の場面が挙げられる。これらの近松作品の場合、何れも時宗の愁歎を観客に強調する方法として仕組まれている。翻って『曽我姿富士』の場合は、時宗が隠れている事に依って、却って憎悪の念を強く観客に主張する方法と言えよう。憎悪と愁歎との違いはあるものの、立聞きに於ける共通の趣向と思われる。

以上からすれば、この切場は海音が近松の複数の曽我作品を十分に消化し、海音なりの巧みさを以て纏め上げたと見てよいのではなかろうか。そう考えれば、ここで海音の近松曽我作品に対する摂取の姿勢が仄見えて来るように思われる。海音は近松作品を博捜し、ある時はその構成を利用し、またある時は各作品の細かな要素までも巧みに取り込み、再構成しながら創作していったと考えられよう。

〈二段目〉は、直接近松の曽我物を利用した点は認められないため割愛し、引き続いて三段目を考察する事にしたい(3)。

〈三段目〉

口〈河津廟所の段〉

曽我兄弟の母が鬼王を連れて墓参りの途中に、揚げ屋の者に借金の返済をせがまれる。母は河津重代の太刀をその返済の形に取らせ寺へ入る。

朝比奈は河津三郎の勇力にあやかろうと十七回忌の追善に墓参りに来る。そこで曽我兄弟に、祐経の首を討たせる為の太刀を与えようと考え、太刀をしるしの松に掛けて寺に入る。

鬼王は朝比奈の太刀を祐成に渡そうと考えるが、少将は時宗に渡そうとして口論する。そこに母が現れ太刀は祐成に渡す事に決めるが、少将はなおも掻き口説く。少将の話を聞いて感心した別当は、少将から時宗に太刀を渡すようにさせる。近江八幡はその太刀に目を付け、少将を捕らえようとするところ、朝比奈が来て追い払う。

朝比奈が直接ではなく間接的に曽我兄弟に太刀を与えるという趣向は、そのままの形では近松曽我作品からは見つけられない。但し、第三者が曽我兄弟に直接物品を渡すのではなく、間接的に与えようとする方法は『曽我虎が磨』上之巻にも認められる。『曽我虎が磨』では、秩父の六郎重忠が朝比奈を伴って傾城町に出かける。そこで遊女虎に会い、曽我兄弟の貧困を助けるため黄金五十枚を渡すように頼むというものである。直接曽我兄弟に渡すのではなく、仲介を通して渡すという仕方は『曽我姿冨士』の場合と共通である。

また、少将が別当から太刀を頂き、近江八幡に付け狙われ、朝比奈によって難を逃れるという趣向は、近松の『本領曽我』(宝永三年四月一日以前)三段目にも同様の構想が認められる。『本領曽我』では、熊野御前の携えた太刀友切丸を、朝比奈の姉みさきの前が預かり道行くところ、俣野五郎景久に頼まれた京の小二郎の母が奪い取りに来る。俣野五郎が小二郎の母に加勢しみさきの前と争っている所、朝比奈が登場し二人を蹴散らし、みさきの前と太刀友切丸を守るというものである。『曽我姿富士』と『本領曽我』の両場面とも、朝比奈が敵方から太刀を守るという点で共通している。

中〈曽我館の段〉

時宗は兄祐成に母の勘当を許して貰うよう頼み、家に戻る。折りを見て祐成は母に時宗の勘当を許すよう懇願するが叶わない。そこに介信が現れる。朝比奈から頂いた太刀に話が及び、祐成は太刀を吟味するがそれが木太刀であったことが判明する。それを見た介信は祐成に意見し、その木太刀で祐成を叩く。介信はふがいない祐成に曽我の名字を返すように言うと、母は勘当中の時宗の辛さを思い時宗の勘当を許す。ここで介信は木太刀と意見の一件が、実は時宗の勘当を許して貰う才覚であったと告げ、和解する。その後、介信は祐経の仮屋の案内を兄弟に聞かせる。

時宗の勘当については、近松の曽我物の中でも特によく利用された趣向であり、『大磯虎稚物語』、『曽我七以呂波』(元禄十二年)、『曽我五人兄弟』、『加増曽我』、『曽我虎が磨』、『曽我扇八景』に仕組まれている。それぞれの場面には、様々な趣向が凝らされている。祐田氏は海音のこの場面に対して、「曽我邸の場は近松の「大磯虎稚物語」の第四の趣向を移植したもので、同文の箇所も多い。[4]」と述べられている。確かに、祐成が母に時宗の勘当を許して貰うよう頼む所から母の愁歎の場面までは、『曽我姿富士』と『大磯虎稚物語』の関係が認められる。しかし『曽我姿富士』の場合、単に『大磯虎稚物語』だけを下敷にしたと考えるのは疑問である。この点についてもう少し詳しく考察してみたい。

『曽我姿富士』三段目口は、曽我兄弟の母が墓参りの途中に狼藉に会うという仕組みである。切場との関連から考えると、これは時宗の勘当を許すという趣向と一対になっているのではないだろうか。この様に考えると、近松の『曽我五人兄弟』四段目に仕組まれている趣向との関連が浮かび上がってくるのである。『曽我五人兄弟』の場合は、曽我兄弟の母が禅師坊の新談義を聞きに行く途中で祐成と対面する。祐成は時宗の勘当を許して貰うよう取りなそうとするが、却って不興を起こさせる。ここに「とら少将道行」が入り、禅師坊の新談義となる。禅師坊は談義の途中で虎に言い寄り聴衆から嘲笑される。母はそれを見て禅師坊よりまだ時宗の方が善人と言い、時宗の勘当を許す。勘当が許された後、禅師坊は虎に言い寄ったのは時宗の勘当を許させるためだったと本心を告白する。

以上述べてきた構成を確認すれば、次のようになるであろう。

『曽我五人兄弟』	『曽我姿冨士』
兄弟の母乗り物にて道中	兄弟の母乗り物にて道中
←途中で人に出会い、不興	←途中で人に出会い、不興
←別のプロット挿入	←別のプロット挿入
←禅師坊の放埒	←介信の放埒
←時宗勘当許され	←時宗勘当許され
←禅師坊本心を告白	←介信本心を告白
←和解	←和解

この関連から見れば、海音は近松の『曽我五人兄弟』の構成を基にしながら、その構成に『大磯虎稚物語』の趣向を絡ませ、更には『曽我虎が磨』、『本領曽我』等に仕組まれた事件をも利用し、近松の曽我物を十分に活用しながら三段目を作り上げたと見ることができる。繰り返し言うが、海音の近松作品を活用する態度は、ある場面をそのまま取り込んでしまうという単純なものではなく、近松の曽我物に於ける素材や趣向、または手法などを十分に理解、把握し、複雑に組み替えをしながら作り上げるというものなのである。

切〈牧狩屋形紋つくし〉

紋づくしの景事は、近松の『曽我五人兄弟』二段目の「小袖もんづくし」と、『曽我扇八景』中之巻の「紋づくし」に仕組まれている。「紋づくし」は「小袖もんづくし」の詞章を作り替えたものであるが、詞章に関しては類似、若しくは同一の部分が多い。『曽我姿富士』の「牧狩屋形紋つくし」の詞章を検討してみると、祐田氏が述べているように、「小袖もんづくし」を下敷にして作り上げた物と見る事ができる。

〈四段目〉

口〈鬼王兄弟五月の涙〉

鬼王と団三郎は、曽我兄弟の命により最期の場に外れ後悔するところ、籤により団三郎が曽我兄弟を追いかける事になる。

既に前掲の『浄瑠璃作品要説〈2〉紀海音篇』に於いて、「四段目の鬼王団三郎の諍いは『世継曽我』の換骨奪胎」であるという指摘がされている様に、鬼王団三郎が曽我兄弟の最期場に供できず帰る道すがら、一人が引き返す事になり、誰が戻るかという選択で喧嘩になるという趣向は、『世継曽我』二段目で認められる。『世継曽我』の場合は、鬼王団三郎が朝比奈からの手紙を受取る。手紙は、一人が曽我兄弟の母に仕え、もう一人は鎌倉へ戻って曽我兄弟の敵を討つ様にとの内容であり、二人が鎌倉へ行く事を望み、喧嘩となるというものである。

中〈さがみや内の段〉

遊女亀菊は祐経の身請けにあい、祐経の屋敷へ行くが、虎少将の偽りのために追い返されそうになる。亀菊は身の潔白を証明し虎少将と口論となる。行き掛かり上、虎少将は髪を切って祐経に心中立てを見せようとするが、見破られて追い返される。その為虎少将は自害を決意し、形見を送ろうとする。ここで「とら少将かたみおくり」の景事となる。

亀菊が祐経に身請けされるという設定は、第三場と関わるため後に触れる事にする。

さて、「とら少将かたみおくり」は、流布本『曽我物語』巻九の「曽我へ文かきし事」に対応した趣向である。しかし文章や語句には何の関係も認められない。ところが近松の『曽我扇八景』下之巻を見ると、曽我兄弟が書置きを認める場面が仕組まれている。『曽我姿富士』と『曽我扇八景』との詞章を比較対照しても、類似もしくは同一語句は認められないが、何何は誰誰へという構文的類似は認められる。この場面も海音が近松作品を換骨奪胎した一例と見る事も可能であろう。

切〈「とら少将かたみおくり」より辻堂の段〉

虎少将が形見の文を書き、涙に沈んでいると曽我兄弟が現れる。虎少将は木陰に隠れて様子を見ていると、そこに祐経に請け出された亀菊が祐経の油断を知らせに来る。虎少将の亀菊に対する誤解も解け、曽我兄弟が敵祐経を討ち取る。ところが全てそれは虎少将の夢であった。夢から覚めた時、鬼王が曽我兄弟の形見の品を持って現れる。鬼王が虎少将の夢の話を聞き敵討ちの成功と喜び勇んでいる所、富士の裾野の騒動を見付け曽我兄弟の下へ急ぐ。

亀菊が祐経に請け出されながらも、曽我兄弟の為に祐経を討つ手引をするという趣向は、近松の『団扇曽我』(元禄十三年)三段目でも仕組まれている。やはり亀菊が祐経に請け出され、主である祐経を討たせる事は遊女の面目が立たないと一旦は断わるが、時宗は敵を討ったのち亀菊に捕らわれようと申し出て手引を頼むというものである。

さて、曽我兄弟が祐経を討つ場面は、近松も多く曽我物に仕組んでいる。例えば『世継曽我』三段目「虎少将十番斬」、『団扇曽我』一段目、『加増曽我』三段目、『曽我扇八景』下之巻、『曽我虎が磨』上之巻「傾城十番斬」などである。ところで『曽我姿富士』のこの場面は、近松の『世継曽我』三段目の「虎少将十番斬」の詞章と同一または類似部分が認められ、やはり近松曽我作品を流用しているといえる。勿論、『曽我物語』の「祐経、屋形をかへし事」の詞章とも類似する箇所もあるが、『曽我姿富士』の詞章を検討すれば『世継曽我』との関係が遥かに強い。そこで『曽我姿富士』と『世継曽我』との詞章を対照してみたい。

『曽我姿富士』

兄弟ねやにかけ入て松ふりかゝげみてあれば。よひのしゆえんにゑいしづみぜんごもしらずふしたりけり。うきゝのかめかうどんげの花まちゑたる心地して。兄弟おもはず打うなづき。につこと笑ふて立たりし心の内こそうれしけれ。され共いねたる敵をう

『世継曽我』

引かへさじと一すぢに思ひさだめて祐経が。狩場のいほに忍ひ入松ふりかゝげ見てあれば。よひのしゆゑんにゑひしづみ前後もしらずふしたりけり。うき木の亀やうどんげの花待得たる心地して兄弟思はず打うなづき。につこと笑て立ツたりし心の内こそ嬉

つてはしにんをきるに事ならずと。いかに祐経。そが兄弟の者共也親の敵げんざんせよと。よばゝる声に目をさまし。おきあがらんとする所をゆんでのかたより。めでのあばらのはづれ迄はらりずんと切つけた。時宗すかさずもろずねなぎ十七年の秋の風。今吹かへすくずのはのうらみはつきじととびあがり。をどりあがつてきるほどにあゆみのいたに切つけて。すこしたゆみし其隙に大藤内はにげ出て。夜打はそがの殿ばら也明るしよけんは藤内と。のゝしつてこそにげにける

しけれされ共いねたる敵を討ツては死人をきるにことならずと。いかに祐経。曽我兄弟の者共也親のかたき見参せよと。よばゝるこゑにめをさましおきあがらんとする所を。弓手の肩よりめてのあばらのはづれ迄はらりずんどきり付た。時宗すかさずもろすねなぎ。廿余年の秋の風今ふき返すくずの葉の。恨みはつきじと飛あがりおどりあがつてきる程に。あゆみの板にきり付ケて門外にかけ出れば。すは夜討こそ入たれと上を下へと返しけり。

この語句的関連から見れば、四段目口に続いてここでも『世継曽我』を利用して創作した事は明らかである。先にも引用したが、祐田氏はこの部分を「四段目は謡曲より夜討曽我を取つて、その切に辻堂の場を附加した。」と述べている。『夜討曽我』に於いては、確かに鬼王団三郎が曽我兄弟から帰るよう命じられる趣向と、その後敵討ちを果たすという趣向を含んでいる。ところで、『夜討曽我』の様に鬼王団三郎の二人共が曽我へ帰される という趣向は、近松の『曽我扇八景』下之巻、『曽我虎が磨』下之巻にも仕組まれているのである。更に『曽我虎が磨』には、その後祐経を討つ趣向までも含まれている。ということは、海音は『夜討曽我』や『曽我虎が磨』等に既に仕組まれた構成を基に、『世継曽我』の内容を絡ませながら作り上げたと見ることができよう。

もう一つこの場面での重要な趣向に、曽我兄弟の敵討ちを夢の中で知らせるというものがある。祐田氏は、こ

の部分に対して「近松はこの場面の舞臺効果を實に老巧な手際で示して曾我物の側面描寫といふ新機軸を出した。これに魅せられて海音が夢の場の趣向を作り夜討曾我の場面を附して四段目を作つたのであらう。」と述べている。しかし、夢で敵討ちの成功を知らせるという海音の側面描写は、やはり近松曽我作品にも関連していると思われる。夢の中で事件を見せるというのは、『加増曽我』二段目で、時宗が夢の中で母の勘当を許されるという趣向や、『曽我五人兄弟』五段目で、夢の中で敵祐経を討ち取る場面が仕組まれているのである。とすれば、これまで見てきた海音の創作態度から考えれば、ここも『世継曽我』での祐経を討つ場面の詞章と、『曽我五人兄弟』での夢での敵討ちの趣向を組み合せながら作り上げたと考えられよう。

祐田氏は更に「辻堂で夢が醒めて以後は「曾我扇八景」の傾城三部経の跡の脱化である。」と述べている。『曽我扇八景』の場合は、曽我兄弟に命じられて鬼王団三郎が虎少将を送る途中、富士の裾野の騒動を見つけるというものである。『曽我姿富士』と『曽我扇八景』の両作品とも、狩場の騒ぎを松明によって発見するという点で共通している。

ところで、見方を変えればこの場面も『曽我虎が磨』との関連が認められるのである。鬼王団三郎が曽我兄弟の形見を持って母の下へ行くと、狩場からの騒動の様子が次々と伝えられるというものである。この場合も松明によって騒動が発覚している。『曽我姿富士』は『曽我扇八景』と『曽我虎が磨』のどちらに関係が深いかは判然としない。恐らく、海音は両作品とも参考にしたと考えるのが妥当であろう。

〈五段目〉

〈頼朝仮御殿の段〉

頼朝の御前に時宗が引き出される。朝比奈が進み出て時宗の縛り首の刑を切腹にするよう願い出る。次の間に控えていた祐経の一子犬坊丸がそれを聞き、朝比奈に恨み言を言い時宗の頭を扇で打ち叩く。朝比奈は犬坊丸を踏みつけるが、頼朝に制せられる。時宗は頼朝に縄目を許され、今度は逆に犬坊丸を扇で打ち伏せる。時宗は諸大名に暇乞いし立ち行く。

扇で人を叩くというのは、近松の『曽我扇八景』中之巻で、祐成が母を虎の前で打ち叩くという趣向にも仕組まれている。また、頼朝の御前で敵討ちの詮議がされるという題材は、近松の曽我物によく仕組まれているものである。例えば、『世継曽我』一段目、『団扇曽我』四段目、『加増曽我』五段目、『曽我扇八景』下之巻等が挙げられる。その中でも『曽我姿冨士』に特に関係すると思われる作品は『曽我扇八景』である。『曽我扇八景』では、頼朝の御前に時宗が引き出される。時宗は母の勘当赦免を得るために卑怯な振舞いをしていると、犬坊丸が腹を立て扇で打ち叩くというものである。

『曽我姿冨士』のこの場面での詞章を検討すると、『曽我扇八景』でのそれと同一の詞章が見付けられ、直接下敷にした作品の一つである事が判明する。

両作品に共通する詞章を次に掲げる。

『曽我姿冨士』

……次にひかへし祐経が一子犬坊丸お白すへはしり出。……己が様成ふかく者に打れ給ひし父上のうんめいこそは口惜しけれ己を打べき太刀はなし親の敵思ひしれと。扇を以ッてまつかうをはた〳〵丁とうつたりけり。……

『曽我扇八景』

……介経が一子犬坊丸。お次よりかけ出御しらすにとんでおり。をのれが様成ふかくものに。うたれし父が運命こそ口おしけれ。をのれをうつたちはなし親の敵おもひしれと。あふぎをもつてまつかうをはた〳〵ちやうどうつたりけり。……

尚、『曽我姿富士』の場合は、この場面の後に頼朝に縄目を許された時宗が、犬坊丸を打ち伏せる筋を仕組んでいる。謂わば仕返しの場面であるが、同じく近松の『曽我虎が磨』下之巻には、既に誅罰極まって縄に懸かった時宗が、その縄を解いて大口をたたいた御所の五郎丸を仕返しに投げ飛ばすという筋を仕組んでいる。設定としては、悪方の無礼な振舞いに対して、縄を解き、時宗が仕返しをするという点で共通している。

海音は、近松が何度も取り上げた頼朝詮議の趣向に目を付け、『曽我姿富士』にも組み込もうと考え、『曽我扇八景』や『曽我虎が磨』等の趣向を組み合わせて五段目を作り上げたと考えられる。

二　海音の創作態度について

これまで見てきたように、海音は『曽我姿富士』の殆どの部分を近松の曽我物から取り入れたのであった。勿論、海音が近松の曽我物以外の資料をあまり問題にしていなかったという意味ではない。むしろ海音は近松と同程度には先行曽我作品を見ていたと考える方が妥当であろう。問題は、海音が何故近松の曽我物から多くを取り入れたかという事である。そこでこれより海音が取り入れた近松曽我作品の趣向を検討してみたい。

この表は、『曽我姿富士』上演以前に作られた近松の曽我作品で、複数回用いられた趣向の一覧である。それに海音の『曽我姿富士』に取り上げられた趣向で、近松と共通するものを比較してみたものである。但し近松曽我作品の中でも分量的に少ないものは省略した。

さて、この表から、海音の『曽我姿富士』に使われている趣向は、近松が複数回利用した趣向と非常に共通している事が分かる。近松は曽我物を十編程創作したが、翻案の妙を発揮し同じ趣向を繰り返さないように考慮していた筈である。何となれば、観客の興味の一つには、素材翻案の斬新さを求めていたと考えられるからである。

素材／作品名	十番斬	勘当	鹿論	五郎詮議	紋づくし	形見	安宅もじり	勧進帳	曽我の貧乏	力競べ	心中立の事	幽霊	河津討たれ	矢立の杉	相撲の事
世継曽我	○			○											
大磯虎稚物語		○													
曽我七以呂波		○							○			○	○	○	○
曽我五人兄弟		○			○					○	○		○	○	○
団扇曽我	○		○	○		○	○	○	○						
本領曽我											○	○	○		○
加増曽我	○	○		○						○					
曽我扇八景	○	○	○	○	○	○	○	○		○					
曽我虎が磨	○	○				○		○	○	○					
曽我姿富士		○		○	○	○			○		○				

しかし、先行の曽我説話を熟知している観客にとって、外してはならない素材がある事も確かであろう。曽我物を曽我物として認識させる重要な素材がある筈である。そういった素材は何度でも繰り返し取り入れられる事になるのであるが、同じ素材を違った趣向で作り上げるのが作者の腕の見せ所となる。近松は同じ素材を繰り返し利用したが、それは先行曽我伝説から近松の目を通して重要と思われた物を選択する事によってなされたであろう。その素材と海音の『曽我姿富士』とに共通する物が多いという事は、海音の素材選択の方法が当を得たものである事の証明となろう。海音は、近松と同じ程度に観客の志向を把握していた。何が観客を喜ばせ、楽しませるかを熟知していたと見る事ができよう。

おわりに

海音が先行曽我作品から選択した趣向は、近松のそれと同一の物が多くあった。近松が作り上げた趣向を更に改変した物が殆どであったと言える。近松が先行して曽我物を多数作り上げた事により、海音が独自の曽我作品を創作する事は難しかったと推測される。敢えて海音は近松の素材・趣向を避ける事はしなかった。むしろそれを積極的に取り入れて創作したのである。しかし、海音は単純な剽竊を行なったのではない。近松の曽我物に繰り返し使われ、確立された題材を堅実に選択している のである。近松作品を博捜しながら、構成を始めとし大小の複数の趣向を巧みに取り混ぜ一つの作品に仕上げた 事は、海音の創作態度に於ける堅実な姿勢が窺われよう。

（１）以後、上演年次については全て『義太夫年表　近世篇』に依る。但し『団扇曽我』は『百日曽我』の上演年次に依った。

（２）「段」の名称は前掲『浄瑠璃作品要説〈２〉紀海音篇』の記載に従った。

（３）長谷川強氏は『浮世草子の研究』（桜楓社・昭和四四年三月）に於いて、『曽我姿富士』二段目の趣向に『当世御伽曽我』（正徳三年刊）の影響を論じている。

（４）以後祐田氏に関する引用は、前掲「紀海音の著作年代考證とその作品傾向」に依った。

第二章　海音の世話物

第一節　『なんば橋心中』論

はじめに

実際に起こった心中事件の顚末に関して言えば、観客及び作者には、「心中した」という事実が存するのみである。最初に「始め(原因)」があって、最後に「終わり(心中)」があるのではなく、始めから「死」があり、「終わり」だけが有る。とすれば、終着点(死)への確認が心中劇の真骨頂となろう。なぜ死なねばならなかったのか。どうやって死んでいったのか。そこが観客にとっては興味の中心となり、作者にとっては手腕を発揮する所となる。

実際に起こってしまった心中事件が如何に明快な原因に依るものとしても、第三者が死への過程で明らかにし得ない部分を含むことは勿論である。ましてその原因に死からの回避の可能性が認められた場合、作者はそのままの形で心中劇を創作し得ない。観客は納得できる死への展開を期待している筈である。何となれば、「心中」という、生きている者の理解し難いうやむやな「現実」を、芝居の中で明らかに割り切りたいとする欲求があるからである。たとえ現実の心中が余りにも不合理なものであったにしても。そこで作者は観客の期待に沿うべく論理的に、若しくは情緒的に観客を得心させるよう、再度心中者を舞台上で殺す事となるのである。

従って心中劇を創作する場合、作者は論理性等を以て生への可能性を一つずつ塞ぎ、死への扉へ追い詰めつつ、究極として「死の確認、死の再現」を創造しなければならないという枠組みを塡められていたのである。しかし、その枠組みを背負いつつも、作者は自己の把捉した心中事件に対する、所謂世界観を表現しているはずである。そこで、これより海音が描いた『なんば橋心中』(宝永七年四月四日以前)(1)を取り上げ、心中への軌跡を辿りつつ、この作品の世界を論じてみたい。

一　「若さ」と「義理」

五郎吉は材木屋五郎兵衛の下で働く丁稚である。上之巻は、侍が材木を買いにやって来るところから始まる。侍が五郎兵衛に両替の相場を聞かせに席を外させておき、その間に五郎吉を招き寄せ、出向いた本当の用向きを伝える。その内容は、侍が実は五郎吉の馴染みの女郎やしほの父、堤伝之丞であり、やしほを自分の替わりに身請けして欲しいというものであった。その為に金子二十両を五郎吉に渡す事になる。

次に、侍が帰った後いよやの太郎兵衛が登場する。太郎兵衛は自分の脇指を勝手に五郎吉が質に入れた事を知り、腹を立てて脇指を取り返しに来る。しかしその時の五郎吉の態度は、

五郎吉さはがずヲ、成程わきざしを質においた覚はあれど。そなたの手からはからぬ。ちかい内かりぬしゑもどさふ。はてねちくさいいゝぶんとそらうそふいていたりける。

というものであった。ここには他人の持ち物を無断で質に置いたという罪悪感は全く見られない。しかもその金

策に苦慮している態度も見られず、むしろ「そらうそふ」く体である。

この態度に太郎兵衛は、「むつとしヤレ。ねちくさいとはおのれが事。何ものゝ手からあづからふとまゝ。ぬしがきて請とらふといふがふとゞきか。としに似合ぬおうちやく者。こしふみおらんととびかゝ」るのである。飛びかかられた五郎吉も「大はだぬぎ。爰を大事とつかみあふ」ことになる。

脇指の一件に関しては、非は勿論五郎吉にあって太郎兵衛にあるのではない。五郎吉の「うそふ」く態度に「としに似合ぬおうちやく者」として腹を立てる太郎兵衛の行為は全く尤もなものである。それに対して五郎吉は、飛びかかられて「大はだぬぎ」、喧嘩の準備をするのである。この「大はだぬ」ぐというのは、五郎吉が喧嘩慣れしている事を表わす表現として注目したい。他人の脇指を質に置き「そらうそふいてい」る状況から見れば、善人とは正反対の性格が読み取れる。また、五郎吉は侍が材木を買わずに帰ろうとした時、主人五郎兵衛から「又れいのそさうかな申て御きげんをそこなふたか」と叱責される。「又れいのそさうかな申て」と表現されるのは、「いつも失敗ばかりする丁稚ですから許して下さい」という様な意味合いを含んだ侍への申し訳とも受け取れようが、しかし五郎吉の普段の素行にやはり問題があると見る事ができる。

心中劇がカタルシスの機能を持つものとして考えれば、心中する者は観客の同情を得る善人的性格を持たねばならないであろう。では、この五郎吉の性格設定は何を意味するのであろうか。

五郎吉と太郎兵衛の喧嘩が始まると、五郎吉の主人五郎兵衛夫婦が仲裁に入る。太郎兵衛は五郎兵衛に脇指の一件を語ると、五郎兵衛は「ずつと立〈中略〉質屋ゑいて其脇指がお手まへのならば存分にならふ。もしちがふたことならは家来にぬす人をかうと思はれては一ぶんたゝず。つめひらきはさきでの事いざ」と言って、太郎兵衛と五郎兵衛両人が出て行こうとする。すると五郎吉は「太郎兵衛が袖にすがり。成程おつしやるにちがいはない。しかし脇指さへもどせはいひぶんは有まいと。くわい中したる小判を出し五両でよいかとなげ出」す。太郎兵衛は更に「かね計ではすまぬふだもおこせとせめ付」ると、五郎吉は「はながみ入よりうち〳〵とめんぼくなげにさし出」す。

主人が現われてからの五郎吉の態度は、それまでとは異なっている。封建制下の主人と使用人との関係が、五郎吉の態度を変えさせたとも考えられる。五郎吉の態度が変わったのは、五郎兵衛の「ぬす人をかうと思はれては一ぶんたゝず」という時点ではなかろうか。質屋へ行けば五郎吉の失態が明らかとなることは言うまでもない。それは五郎吉のみの失態に止まらず、主人五郎兵衛の「一ぶん」が立たない結果になることは明白である。それを恐れた五郎吉は、慌てて「太郎兵衛が袖にすがり」、しかたなく「五両でよいかとなげ出」すのである。この金は、前場面で堤伝之丞からやしほを請け出す金として貰った二十両の内の五両である。さて、「なげ出」す行為にはまだ罪悪感が認められない。しかし質札を出せと言われた時、「うち〳〵とめんぼくなげにさし出」すのである。質札は五郎吉の失態の象徴である。では何に対して「めんぼくな」いのか。それは主人の「一ぶん」に対してであって他の何物でもない。

ここでまず五郎吉の人物設定を明らかにしておきたい。それは五郎吉の態度の転換と関係すると思われるからである。

＊　　　＊　　　＊

五郎吉は『なんば橋心中』の中で十九歳となっている。この心中事件を扱った歌祭文に「やしほ五郎吉難波橋心中歌祭文」があるが、その中でも五郎吉の年を、「云ふに云はれぬ前髪の年は十九になり振りも」[2]と記してあり、十九歳であったことは間違いなかろう。また、『鸚鵡籠中記』宝永七年三月二十九日の条に「八郎右衛門語て云。当春大坂に而心中」として、「二月二十六日。材木や住吉屋の僕太郎吉角前髪と、天王寺屋のゆほ《マヽ》頓て三刄取と、難波にて刃死」[3]とある。『鸚鵡籠中記』の記事では年齢が記されていないが、「角前髪」と注記有るからには、まだ年若い人物として捉えられる。太郎兵衛も五郎吉に向かって「としに似合ぬおうちやく者」と言い放つ。『なんば橋心中』では、殊更五郎吉に関してしきりに年若さを強調している。

先に記した脇指の談判が終わり、五郎吉は主人五郎兵衛に「まぬす人」と決めつけられ、蟄居を命じられるが、五郎吉は伯母(五郎兵衛の妻)の厚意により家を抜け出してやしほの下へ出かけることになる。その出かける場面について引用してみたい。

(伯母・筆者注)ないたとかほゝ見られなと。心をくばる袂にて。まつげの涙なでさすりなく〳〵おくに入にける。うさもつらさもおもかげを見るといふ字にわすれはて。さすがわかげのくつたくなし男ははだか百くわんじや。一寸さきはやみの夜のくろいぬのこのひとつまへ。まゝよこん夜のうんさいおびかるたむすひのかさ高な。びんかきなでて出るかとの。みぞこゆるよりはりあげてほうしやうはかづさの国〈中略〉おばの情にうかれ出て。恋しき人にあを梅のすいめ。〳〵とふりかゑり。手をひろげたる太鼓まへあしも定めず〳〵いそぎけり

伯母に「ないたとかほゝ見られな」と言葉を掛けられる五郎吉は子供である。なるほど確かに伯母甥の関係から見れば、母が我が子をいつまでも子供と感じる如く、伯母は五郎吉を子供と感じ取っての発言であるかも知れない。しかし次に続く「さすがわかげのくつたくなし男ははだか百くわんじや」の詞章を見れば、五郎吉を「若気」の男と規定していることは明らかである。「男ははだか百くわんじや」と言う時、五郎吉の脳裏には今し方起こった脇指の事件も、やしほを請け出す金を取られた事も、更には涙に暮れて聞いた伯母の意見さえも無い。有るのはただやしほに会えるという喜びだけである。

五郎吉にとって事態は深刻な筈であった。仮令伯母に主人への首尾を頼んだにしても、主人の「一ぶん」を廃れさせ、主人に「まぬす人」と決め付けられたそのすぐ後で、「うさもつらさもおもかげを見るといふ字にわす

れはて」る事ができる程呑気な場合ではないのである。この事は恋の為に他事を忘れさせる類のなす所ではあるまい。恋をする者の「若さ」の為す所であろう。「あしも定めず〳〵いそぎけり」の詞章は、いかにもその「若さ」を表わしていると言えよう。

では五郎吉の人物設定は、ただ「若さ」のみが強調されているだけであろうか。

＊　＊　＊

主人五郎兵衛に蟄居を命じられて、五郎吉が泣き沈んでいると、伯母は五郎吉を慰める。伯母は二十両の金を堤伝之丞から受け取った事を立聞きして知っていた。五郎吉が二十両の残りの十五両を主人五郎兵衛に取り上げられた時、金の出所を話さなかった事情を察して伯母は次の様に言う。

折のわるさにふびんながらいゝわけもならなんだ。かわいやせつないかねをとられたな。主にうたるゝははぢならずすりがんだうといわれても。女郎の親にもろふた金とははづかしうていわなんだか。義理がかなしうてなのらずか。たまかな心もつならばか様の難儀は有まいと。思へ共また折〳〵にくるはへかよふ徳により。としより義理がまさりしぞや。

観客は初め、五郎吉が金の出所を説明しなかった事に対して不審を持つ。この段階ではまだ五郎吉という人物像が観客によく理解されていないからである。たとえ恋敵太郎兵衛のものであろうと、他人の脇指を質に置く人物である。海音は、しかし、ここで伯母に観客の不審に対する答えを準備させた。五郎吉の弁明しなかった理由は、五郎吉が「としより義理がまさ」った人物として位置付られていたからである。ここには「若さ」ばかりではなく、「義理」を知る人物像を表象している。では何に対する「義理」なのであろうか。もしここで五郎吉が金の出所を話せば、侍であるやしほの父、堤伝之丞の名前が出てしまう。堤伝之丞が直々に五郎吉に娘の身請けを頼んだのは、「むすめと申てはしんるいゐのぎりたゝ」ない上に、「けいせいを請出したといふては主人ゐのいひわけなし」という理由からであった。侍としての義理を立てる堤伝之丞に、五郎吉も侍の義理に同調していたことになる。

さて、この「若さ」と「義理」は、五郎吉の人物設定において特に重要である。なぜなら一方で確かに主人に対して弁明をしなかった五郎吉の態度は、伯母によって「義理」による行為と説明がなされた。しかし、脇指を質に置いた行為は「義理」の勝った人物設定では説明しきれない。

海音は、続けて伯母に脇指事件の弁明をも語らせる。

質に置たるわきざしとは。あげせんなとにせがまれてせかるゝからにあいたさの。なをいやまさる心からあとさきなしの談合にてかくとは思ひしられたり。たがいにうはきざかりにてまぶも手くだもぶこうしやの。うきなしのぶももどかしくなをかしつらゐ事あらん。

他人の脇指を質に置く契機となったのは、「せかるゝ」故の会いたさからであった。しかしそれは「うはきざかり」で「まぶも手くだもぶこうしや」であり、「あとさきなし」にした行為であった。これはやはり「若さ」を主張する表現と見てよい。五郎吉という人物は、この二面性を基調として造型されていると言える。

観客は、脇指事件により五郎吉に罪を感じ取る筈である。しかしそれは五郎吉の「なをいやまさる」恋心ゆえの所業と理解する。心中者は同情されるべき人物設定が行なわれると先に述べた。五郎吉の罪は、ここでは烈しい恋心の裏返しの行為として表現される。

話を戻し、五郎吉の態度の転換についてこの二面性から説明してみたい。五郎吉は恋敵である太郎兵衛の脇指を質に置いた。「あとさきなし」の「若さ」故の恋の為に。太郎兵衛が自分の脇指を五郎吉に質に置かれたことに気付き、談判にやって来る。繰り返し言うが、やって来たのは恋敵の太郎兵衛である。五郎吉はやしほをめぐる恋の延長上に太郎兵衛を見る。五郎吉と太郎兵衛は恋を基準として対等であり、対立の関係である。五郎吉は恋に関して「若さ」の資質を担わされている。そこで五郎吉は太郎兵衛の談判に対し、「あとさきなし」に「そらうそふ」く態度をとる。本来、非が五郎吉にある限りそのような態度が通用する筈がない。その態度はやはり「若さ」に基づいたものであろう。

五郎吉の態度が転換するのは、主人五郎兵衛の登場後である。五郎兵衛は五郎吉と太郎兵衛の喧嘩を止め、「何とがをしてじやくはい者を手ごめにはなさるゝ。様子をきいてわれらが相手にならふ」と言う。ここで五郎吉と太郎兵衛との対等、対立の関係から、五郎兵衛と太郎兵衛との対立となり、五郎吉は五郎兵衛に対する使用人という位置に転換する。近世社会に於ける主人と使用人との関係は、忠義を根本とする。ここに於て五郎吉の態度が「若さ」によるものから、「義」を重んずる態度に転換する。その転換の最も契機となるのは、五郎兵衛の「ぬす人をかうと思はれては一ぶんたゝず」という台詞である。五郎吉がそのまま言い張れば、主人の「一ぶん」を廃れさせることになる。それは使用人としての「義」を果たすことにはならない。最も避けなければならない行為である筈である。五郎兵衛が現れるまで太郎兵衛に対し「はてねちくさいいゝぶんとそらうそふいていた」五郎吉が、「成程おつしやるにちがいはない」と敬語まで使う。この転換は五郎吉が「義」を以て「若さ」の行為を改めた結果である。それ故慌てて「袖にすがり」小判五両を払う事になるのである。

一体、五郎吉は「若さ」と「義理」の相反する様な人物設定がなされている。「若さ」は無鉄砲さとして表れ、「義理」は思慮深さの行為として理解される。では五郎吉はこの二つの性質を最初から備えたものとして描かれているのであろうか。だとすれば些か不自然な感を免れないのではなかろうか。

五郎吉は『鸚鵡籠中記』に記される通り「角前髪」の若者であった。とすれば「若さ」の資質を持つことは当然の事として首肯できる。勿論観客もその人物設定に違和感はないであろう。一方「義理」の勝る資質というのは、五郎吉の伯母が、「折〱にくるはへかよふ徳により。としより義理がまさりしぞや」と説明している。この相反する資質を、一体どのように理解すればよいのであろうか。これよりその問題について考えてみたい。

魚は鯛人は侍木はひの木。こぐち八ぶのふしなし物かけねにしたをまき板や。ねぎるはこちのとが板と思へどはらをたて板の。商人はたゞぼつとりと上手で口を杉板も。一所にめして給はれともじ〳〵と手をもみ板のけいはく。いふも世のならひ。

＊　　＊　　＊

『なんば橋心中』の発端である。「魚は鯛人は侍木はひの木」の文句は慣用的な言い回しであるが、「木はひの木」以下、板尽しに入る詞章の導入となっている。「魚」、「侍」、「ひの木」の列挙は、単なるレトリックとしても、「人は侍」という文句は示唆的である。心中者の五郎吉とやしほは、町人と遊女であり侍ではない。仮に、この『なんば橋心中』の中で「人は侍」と是認すれば、侍でない心中者の五郎吉とやしほ二人は惨めな位置に規定されてしまうであろう。ではこの「人は侍」とは何を意味するのであろうか。

堤伝之丞が五郎吉に会うため、材木を買いに来た振りをして五郎兵衛を使いに出させる。その時堤伝之丞は五郎吉に次の様に言う。

何をかくしませう身ともはけいせいやしほか実の親。堤伝之丞と申者。〈中略〉かりにもむすめとふう婦ときけばわれらがためにもむこ殿。此金子にて首尾よくくるはを身ぬけさせ。ゆく〳〵のめんどうもひとゑにたのみ存る

この堤伝之丞の言葉が語られた時、五郎吉は伝之丞の婿になった。即ち侍である伝之丞の婿になった訳である。もう一つ言えば、やしほは伝之丞の娘であるから侍の子であり、五郎吉やしほ二人は侍の家系に組み込まれたという事になる。ここで五郎吉が義理に勝った資質と言うものを決定的に獲得するのである。依って『なんば橋心中』発端部の「人は侍」とは、死へ旅立った心中者二人への、まさに餞の言葉であったのではなかろうか。

「人は侍」という言葉は、作品全体を背面から支えるモチーフであるとも考えられる。これより五郎吉やしほの二人が心中に至る過程を辿り、そのモチーフとの関わりを明らかにしてみたい。

二　「侍」としての心中

中之巻で、天満や権三郎は太郎兵衛からの身請け話をやしほにする。やしほは五郎吉も身請けの金が手に入るはずであるから、そちらに身請けを決めて欲しいと頼む。その時権三郎はやしほに言う。

さすがは女郎じや。其五郎吉ゆゑ。大ぶんのかねをもふけそこなふたにくさに。そちにもいつからやら物もいわぬ。其男が事はなんぼういひにくからうに。ようちあけていわれた。はらからのけいせいやなれと。そち程の心中ものもたくさんには見ぬ。日比のうらみははれたが。今夜ぎりのたてがねあるゆへ。ふと太郎兵衛にやくそくはしたれど。其義理をすてゝそちを立てやろ。

やしほは、父堤伝之丞が自分の身請けの金を五郎吉に渡したことは既に知っていた。また、脇指の一件で二十両の内五両の欠損も知っていた。そこへ太郎兵衛からの身請けの相談である。やしほは五郎吉への「心中」立てを権三郎に訴える事により、それもまた免れる事が出来た。しかしそれも「今夜ぎりのたてがね」の為に期限が切られている。

やしほの運命は絶えず激しく揺れ続ける。しかもその運命は徐々に下降する方向にのみ進むのである。飽くまでその終局は死であって上昇方向は有り得ない。やしほにとっては父からの二十両で五郎吉に身請けされ、幸福な生活が間近に見えていた筈である。それが一転して金の都合がつかなくなる。しかしまだ伯母の口利きで十五両は取り戻せるとの希望があった。しかしそれもなかなか叶わない状況が続く。そして今度は太郎兵衛からの身請け話である。やしほは権三郎に義理立てしてもらい、太郎兵衛からの身請けを断わって貰う。この時の事をやしほは「日本国はわが物のやうにうれしかつたに」と喜ぶ。しかし五郎吉に会い、金が取り戻せないと聞き途方に暮れる。やしほはそれでも五郎吉に対しては「かなわぬことにくをさせて。いらぬ物じや」と思い、「大事ない事」と言い、「につことわら」っている。苦しみを自分一人で背負い込む計りである。権三郎から「そち程の心中ものもたくさんには見ぬ」と言われたやしほである。それが却って観客の同情と悲しみを誘う。最も幸福な生活が手に届くところまで来て、摑み損なってからは不幸と幸福との間を大きく揺れながら徐々に幸福から遠ざかっていく過程は、観客にとって行き着く所が心中であることを知っているだけに哀れであり悲惨である。

ついに権三郎の「今夜ぎりのたてがねある」という制約が、巡り巡って五郎吉とやしほ二人の運命を決定付ける。しかし二人の死の決意は、ただ単に恋が成就しないという理由とは別物であった。

＊　＊　＊

五郎吉は金の都合に埒明かず、死のうと考え「よそながら。いとまごひし」にやしほの下へ来る。この時にはまだ五郎吉は太郎兵衛がやしほを身請けする話を知らない。とすれば五郎吉の死の決意は、「今夜ぎり」に制約された恋の破綻によるものとは直接に結び付かない。五郎吉の死の決意は、

いとをしや伝之丞殿。子につながるゝおや心一げんのみづからに。大せつな金子をは頼といふてわたされし。其ことのはを水になしうかゝとつとめさせ。二度物がいわれうか。其夜しなふと思ひしが〈後略〉

という理由からなのである。五郎吉の死の決意は伝之丞の厚意を無にしてしまった事による。まして侍の伝之丞から婿として認められた五郎吉である。義父に対して「義理がまさ」った資質が死へ追い詰めた。やしほへの愛を貫くための死では決して無いのである。

一方、やしほの場合はどうであろうか。「いとまごひ」に来た五郎吉に続いて、伯母もやしほの下に来る。五

郎吉は陰に隠れる。やしほは伯母の話から五郎吉が死を決めている事を悟る。伯母が帰った後、やしほは死を打ち明けなかった五郎吉に恨み言を言う。しかしここでやしほは五郎吉の死を止めようとはしない。やしほは言う。

モどふでもかねは埒が明ますまいな。おんを請たる親方へ。ぎりを立れはこなさんゑたゝず。こなさんゑ立れはおやかたの。うれしゐ心ざしな人にはぢをあたゑる。とゝ様のじひのかねは命のあだと成しぞや。しに神のつくわれ〳〵が。成行するゑのかなしや

これを聞いた五郎吉は、「おなじめいどへゆかんとのうれしき今の詞やな」と答える。即ちこのやしほの言葉が死を決意させた理由と考えてよい。とすればやはりやしほの死の決意にしても、恋の破綻からの自暴自棄的な理由からではない。やしほは権三郎に「おんを請た」義理と、「二とせ」馴染んだ五郎吉とどちらを立てるかの、まさに義理の板挟みに悩むのである。逃れるに逃れきれない義理の相剋についにやしほは死を決意した。

二人が死の決意を確認し合ったとき、そのまま心中へ直行する訳ではない。五郎吉はやしほに死なれては伝之丞への義理が立たないからである。五郎吉は言う。

しなふと思ひきはめたも。伝之丞殿へ立ての事。それにそなたをころしては。なげきのうへにうらまれん。おや子は一世といふなれは朝夕そばにつきそふても。あかぬは孝のみち成を。一日片時もつかへずしてやいばのうへにきへうせては。みらいのつみもいとをしき

死の決意は義理を立てての事という五郎吉の言葉に対し、やしほは次のように返答する。

たとへならくゑしづむともおまへころしうか〳〵と。いきのこりても有ならば人がほめうかわらをふか。孝の道とはいひ給へど侍立るてゝおやが。心のくさつた子を持てうれしいとはおもはれまじ。つれ立事がいやならばわが身はさきにきへなん

やしほが「侍立るてゝおや」と言う時、やしほ自身は自覚的に「侍」の子である事を認識している。やしほは

権三郎、五郎吉のどちらを立てても双方には義理を立て切れない。となれば「心のくさつた子」として親からは喜ばれる筈がない。即ち孝の道にも背く行為になるのである。義理を立てることが「侍立るてゝおや」に対する孝となるのである。義理を立て切れなければ孝にはならない。「侍」の子であることが、却ってやしほを追い詰めて行く事になる。ここに心中への逃れきれない条件が出揃った。

＊　＊　＊

二人が心中を決意し合った後、権三郎の所へ徳左衛門が金を受け取りに来る場面に移る。権三郎と徳左衛門が金の事で諍いをする。そこへ、太郎兵衛がやしほを二十両で請け出そうとやって来る。権三郎が徳左衛門と太郎兵衛に責められ困惑している所へ、やしほが出て太郎兵衛の女房になると言う。身請けの金二十両で権三郎は徳左衛門への借りを済ましその場は納まる。勿論やしほが太郎兵衛の女房になると言ったのは、五郎吉と心中を決意していたからに他ならない。しかし、権三郎は事情が解らないためにやしほに対しては、

権三は女郎にめもやらず。両手をくんでずつと立。じやくはいな者なれはとても腹はゑきるまい。ふびんや足ずりしてないておろ。とかく浮世は勝手づく。扨もりこうなおけいせい是に。ござれと入にけり。

という態度であった。ここで注目したいのは、「じやくはいな者なれはとても腹はゑきるまい」という指摘である。権三郎は五郎吉とやしほが心中するとは考えも及ばなかった。死ぬとすれば五郎吉ただ一人であると考えた。しかし五郎吉は「じやくはいな者」である。よって権三郎は五郎吉が「足ずりしてな」く程度の事で落着すると考えていた。

以前やしほが「さいわい五郎吉殿もふりよの事にて。金弐拾両手にいるはづ」と権三郎に言った時、それならば太郎兵衛の身請けを断わり、五郎吉へ身請けをさせようと言う。とすれば権三郎は脇指の事件を殆ど知らない事になろう。権三郎には、五郎吉はただ恋に破れた若者としか映らなかったのである。しかし重要なことは、こ

の言葉が観客にとっては心中の予告となっている事なのである。

観客は五郎吉が「義理にまさ」った人物であると既に理解している。まして五郎吉は堤伝之丞を義父とする立場にいる。五郎吉は「侍」の子となっていた。権三郎自身は何気なく言った「腹」を「きる」という言葉は、観客には心中の予告として聞こえた筈である。

ところで、心中物浄瑠璃に於いて「心中の予告」とも言うべきものは、もっと明確な形でもしばしば見受けられる。『なんば橋心中』の場合とは多少異なるものではあるが、二三例を挙げてみたい。

例えば近松作品の『曾根崎心中』(元禄十六年)では、おはつと徳兵衛が廓を抜け出し行くところ、歌が聞こえて来る。

うたふをきけば。とうで女はうにやもちやさんすまい。いらぬものしやとおもへとも。けに思へ共なげゝとも身も世もおもふまゝならず。〈中略〉とうしたことのえんじややら。わするゝひまはないはいな。それにふりすてゆかふとは。やりやしませぬぞ手にかけて。ころしてをいてゆかんせな。はなちはやらじとなきければ。うたもおほきにあのうたを。ときこそあれこよひしも。うたふはたそやきくはわれ。

ここでもおはつ徳兵衛が心中を決意した後での予告である。心中する者たちの運命を当事者の意志とは関わりない所から予告されるのである。ここでは心中の当事者と観客とが同時に予告を聞く事になる。

また曾根崎の森に辿り着いた時には二人の「人だま」が飛ぶ。

さだめなきよはいなづまかそれか〳〵あらぬかアヽこは。今のはなにといふものやらん。ヲヽあれこそは人だまよ。〈中略〉おとこなみだをはら〳〵とながし。二つつれとぶ人だまをよそのうへと思ふかや。まさしう御身と我たまよ。なになふ二人のたましひとや。はや我々はしゝたる身か。

自分たちの「人だま」を見ることにより、運命を先取りする形で既に死を自覚する。これもまた死の予告と見ていいであろう。

次に『曾根崎心中』の後に創られた近松の『心中二枚絵草紙』(宝永三年二月十一日以前・推定)の場合を見てみたい。「ちしごの道行」には「影」が予告となっている。

おとこ。心もくれはてゝ。にしかひがしかいづくぞと月にむかへどわがかげの。うつらざるこそふしぎなれ。女もむかふともし火の。かべにもまどにもしやうじにもわがかげみへぬあやしさよ。ア、あぢきなやはかなやなまことや人のものがたりに。しするじせつは人玉とんでその身のかげのなきときく。さぞやおしまも。市様も。かくぞさいごのちかづくと。あいづのじゅずの。〈後略〉

この場合もやはり当事者たちの意図とは別の所から死が予告されている。勿論ここでも既に二人が心中を決意した後での出来事である。「しするじせつは人玉とんでその身のかげのなきときく」という俗説を取り込んでの趣向である。

今挙げてきた例を見れば、いずれも死を決意した後で「予告」が為されている点で共通する。

また、近松だけでなく海音の『おそめ久松袂の白しぼり』(宝永七年「なんば橋心中」以前・推定)の「地蔵めぐり道行」の後の場面でも見られる。夢の中で、まだ生きているお染と久松が、自分たちが心中し、祭文になっているのを聞くという趣向である。この事に依って、心中以外に残された道はないと悟る事になる。この場合、死を意識する前に「予告」が展開されるが、近松の作品例とは異なるものの、やはり「予告」の趣向の一つとして理解できる。

一体、心中劇は死ぬことが運命付けられた劇である。予告は死を徐々に確定していく為の周到な手続きと言える。観客は死を決意した心中者を救う事は出来ない。はらはらしながら舞台に釘付けになっている観客へ、更に追い打ちを掛ける如く「死」を決定付けるのである。

心中物浄瑠璃に「死の予告」の趣向があるとなれば、『なんば橋心中』に於けるこの権三郎の言葉は、今例示してきた作品とは多少異なりはするものの、やはり「死の予告」としての趣向と考えて問題はないと思われる。そう考えれば、「死」への周到な手続きである「予告」に、「腹」を「きる」という言葉を言わしめた海音は、単に自殺するという意味以外に意図的なものを含ませていたのではないだろうか。即ち、これまで指摘してきた様に、「侍」の資質を持った人物の死を予告していたのではあるまいか。

権三郎が見落としていたのは、五郎吉が既に「侍」の父を持ち、やしほも又「侍」の子であった事である。観客は権三郎の何気ない「予告」に、死の宣告を知らされた。

＊　＊　＊

権三郎が退場し、残ったやしほは隠れている五郎吉を呼ぶ。そして二人は廓を抜け出し心中の場所へ向かう。十九歳の五郎吉と、十七歳のやしほが死の直前にした事は、

やしほは。剃刀取出し。女房と成てしする身の。まゆの有のはきがかりや。いそぐ中にも此まゆを。こなさんの手てヨイそられたら。夢の間成と本ぼんの。めうとのやうで嬉しかろ。ぬし様もまた前髪のさいの。河原がきづかいな。祝義計の元服に。ちよつと剃刀あてますといへば。五郎吉うなづゐて。あかつき近きよこくもの。遠山まゆをナヨイそりをとし。扨もにあふた女ぼう共。よい殿ふりじやこちの人と。たがいに手を組〈後略〉

というものであった。

事実として本当にやしほが眉を剃り、五郎吉が前髪を落としたのかどうかはここでは問題としない。なぜならそれが事実であったにしても、海音が浄瑠璃に仕立て上げる際、事実なり風聞なりをドラマとして構造化する訳であり、事実・風聞と浄瑠璃とは次元を異にしている問題だからである。ではドラマの一部分として組み込まれたこの剃刀の一件は、何を意味するのであろうか。

やしほは眉を剃ることに「本ぼんの。めうとのやう」になる事を目的とした。五郎吉は「さいの。河原」の「きづかい」さに前髪を剃り元服したとある。しかしここで問題としなければならないのは、二人の剃刀を当てる目的が違うにはせよ、最終的にはやしほ、五郎吉の二人が「若者」から「大人」へと成長したことを表わす象徴的行為であったということである。

一般的に心中者は観客から同情されるべき人物として造形される。その意味で五郎吉やしほは「侍」の子として「義理」を知る人物であった。即ち二人の心中は「若さ」から来る無謀なものではなく、「義理」を知る「大人」であるが故に、却って行き詰まってしまった結果であったのである。その無謀さの意味としての「若さ」を打ち消して、「大人」として「義理」を貫き通した心中であることを訴えているのである。このことは『なんば橋心中』冒頭の「人は侍」の言葉と共に、やはり死へ旅立った二人への餞、若しくは手向けであったのではなかろうか。

権三郎の「じやくはいな者なれはとても腹はゑきるまい」という言葉は、「大人」になった二人には既に無意味であった。

＊　　＊　　＊

五郎吉やしほは義理を立て抜いて心中した。二人の死は、直接には恋の成就がなされない為のものではなかった。勿論、恋がなければ心中も有り得なかった訳だが、あくまで死の原因は義理であった。ところが二人が心中した時、海音は次のように言った。

うら刃にをける露の身の生年十九十七の。うはき盛とそしる共まねのならざる色道の。上りはしごをおりかねる。せつなきさいごぞ〳〵むざんなる。

『なんば橋心中』では「うはき盛」という「若さ」故の心中ではない事は証明してきた。ここでは「生年十九十七の。うはき盛とそしる」のは巷での噂・風聞を指すものと理解される。「うわき盛とそしる」という世間での負の評価は、次に「共」という逆説を挟んで「まねのならざる」という肯定的評価への文脈に続く。しかしここで問題となるのは、「まねのなら」ないのは「色道」であるという認識である。「色道」が「上りはしごをおりかね」て「せつなきさいご」へと導くのであるから、「色道」こそが心中の原因と認識されている訳である。「色道」とは「恋」を指す筈である。では、「義理」を立て通す事が心中へ駆り立てたのではなかったのか。若しくはただ単に心中への遠因として「色道」を挙げただけなのかが問題となろう。

もう一度引用部分を見てみたい。「まねのならざる」とは何を意味するのか。『なんば橋心中』全体を読む限りでは「恋」を指すとは考えられない。五郎吉、やしほが「まねのならざる」行為をしたのは、飽くまで「義理」を立て通した事だからである。決して二人の恋が「まねのなら」ない程烈しい物であったとか言う意味ではない。即ちここでは『「義理」を立て通す「色道」』が「まねのなら」ないものであり、肯定的価値評価となったのである。

結論として言えば、海音の言う所の「色道」とは、恋する相手に対しては自己の「義理」を全うする事であり、それがそのまま「恋」の仕方だったのである。海音の恋愛観とも言うべきものは、相手への思いやりが「義理」によって支えられている事だとも言えよう。

おわりに

心中を取り扱う浄瑠璃は、死を以てそのドラマの終局とする。すでに巷間の周知となる事件を扱わねばならないという意味からすれば、作劇上甚だ限定的・制約的規制を負わされる。辿りつく所は死であり、心中劇は謂わば死へ「辿りつく」道程を描くものと言える。一つの出来事から次々と事件が紡ぎ出されて行き、その度に過酷な運命に曝される。幸せを望む二人が運命に翻弄され、あちこちへと寄り道しながらも死へ向かって突き進む。レトリックとして言えば、この行程である心中劇全体を「死への道行」と捉えることも可能であろう。海音は、二人の死への行程に「侍」としての身の処し方を盛り込んだ。「若さ」から起こった原因を、「侍」として解決したのである。

（1）　上演年次はすべて『義太夫年表　近世篇』に依る。

（2）　引用は『日本歌謡集成』第八巻所収「やしほ五郎吉難波橋心中歌祭文」に依る。

（3）　引用は『名古屋叢書』続編所収『鸚鵡籠中記』に依る。

第二節　『八百やお七』論

はじめに

木のはし《謡下クセ》とたがかたいぢな筆ずさみ。それはうき世をすて坊主。是はぼんなふ。ぼだい所の《ナヲスフシ》。寺はく《ハルフシ》われいの。大書院。

海音作『八百やお七』(正徳五年秋以後享保初年頃の間初演)[1]の冒頭である。「謡下クセ」で発端が語り出され、「ぼだい所の」から「ナヲスフシ」に節付けが変化する。となれば、「木のはしと」から「是はぼんなふ。」までが導入部として認識されるであろう。この導入部分が語り始められる時、観客の喧騒が徐々に収まっていく。わずか三十数文字ではあるが、観客が現実の時空間から物語の時空間に吸込まれるように移行する重要な意味を持つ。そして「ぼだい所の。寺はくわれいの。」の詞章から、『八百やお七』の物語が語り始められる事になる。しかし、「是はぼんなふ。ぼだい所」と詞章が続けられる時、「ぼんなふ」と「ぼだい」との間には断絶は生じていない。観客はいつの間にか物語の時空間に入り込んでいる。「坊主―ぼんなふ―ぼだい」と頭韻を踏んで詞章が続けられる為もあろうが、断絶を感じない理由は、「ナヲスフシ」に節章が転換する時点を中心として、「……ぼんなふ。ぼだい……」(「煩悩菩提[若しくは煩悩即菩提]」)という仏教語を下敷にしているからである。「煩悩菩提」という、一つの慣用句を以て連続させるのは見事であるが、意味として考えれば、「是はぼんなふ。」という表現は完結していない。「是は」と指し示す表現は、その前の詞章の「それは」と対になっている筈であり、「ぼんなふ。」は、やはり「うき世をすて坊主」と対応しなければならない。とすれば、「ぼんなふ」とは「「ぼんなふ」に繋がれた「坊主」」という意味であろう。勿論この「坊主」とは小性吉三郎を指す事は明白である。

では、『八百やお七』という作品の中で、「「ぼんなふ」に繋がれた「坊主」」とは一体どの様な意味を持つのであろうか。それが外題に云う「八百やお七」という人物と、どの様に関わり、更に作品の主題と如何に響き合うのであろうか。

一　お七の罪と火罪

お七が犯した罪は、直接には自宅に火を放った事である。その罪により火罪に処せられた。当時、「火付」に関する処罰は原則として「火罪」に処せられ(2)、お七もその御定法に従って処罰された事になる。所謂史実としては、お七の「火付」(罪)から「火罪」(罰)という図式が成立している。尤も劇中でも、年寄弥三右衛門がお七の両親に向かって、「ほうのごとくにおしをきをくやみてもかへらぬ事」と言っており、『八百やお七』という作品の中にもその図式は構想されている。但し、「罪」と「罰」との因果関係は、此とは別にもう一つの構想を形成しているのではなかろうか。これよりお七の行動を辿りながらその構想を明らかにしてみたい。

＊　＊　＊

おし鳥のつがいつれなき水ばなれ。立てもいてもあられねば。せめてお顔をおがみにと。親の跡おう寺まいり。しやかも見ゆるし玉ぼこの〈後略〉

上之巻、お七は寺参りをする。それは吉三郎の顔を見たさにであった。「親の跡おう」という表現は、親子が一緒に寺参りに来なかった事を表わすと同時に、お七と両親の寺参りの目的が異なる事を意味している。事実、その後で仲居の杉がお七に向って、「おやごは後生ねらがいにおまへは小性ねらがいに。あたふたととりいそぎ」と言う。「ごしやう」と「こしやう」との類似した音韻を対に仕立てた表現の面白さを狙ったものである。しかし、単に表現の妙味だけを意図した対比であろうか。

親が「寺」に参詣するのは「後生願い」の為であり、一方お七は「小性」に会う為、即ち恋の為であった。親が「後生願い」なら、お七は「現世願い」とも言うべきものであろう。この対比の妙味は後にもう少し詳しく述べる事にして、この「現世願い」について考えてみたい。

お七の恋は始めから叶う筈のないものであった。何故なら、吉三郎は寺の小性であり、いずれは出家せねばならない身の上であったからである。劇中では、お七が吉三郎に対して、「やがてほん様に。ならしやんすとのとりざたがきがゝりでならぬ」と言う。それ故、また「互のかためしやう為に。コレ起請をとさし出す。」のであった。お七の寺参りの目的の一つは、この起請を書かせる事であった。

起請の内容は、「其方様に御出家を。やめさすからは此方にも。娘入《よめ》致シ候まじ。」というものである。お七の「現世願い」とは、吉三郎との恋を突き進むものではあるが、出家を止めさせる代わりに、自分も「娘入」しないという決意であった。この「娘入致シ候まじ」との文言は、吉三郎以外の他家へは「娘入」しないという意味であろう。

ところで、海音の『八百やお七』の成立に影響を与えた一つと言われる「八百屋お七歌祭文」にも、この起請の件が記されている。

縁はいなもの此の寺の。小性吉三と自らが。親にかくして二世迄と。小指を切つて血を絞り。起請を書いて取り交し。枕定めぬ〈後略〉

歌祭文の場合、起請の内容として明らかな事は、「二世迄と」という部分であろう。現世での契りを成就し、更に来世までも連れ添おうとの誓いが読み取れる。この部分こそが、起請の最も重要な要件と見做す事が出来よう。一方海音の起請では、「二世迄」というような表現は見られない。とすれば、海音が意図的に内容を改変したと見るべきであろう。事件の発端としての起請の出来事は、この『八百やお七』を読み解く鍵のように思われる。では海音の場合、歌祭文の方で重要な意味を持っていた「二世迄」という様な語彙を、何故用いないで済ませたのだろうか。一体、海音の改変の意図は何処にあったのであろうか。

結論から言えば、起請の文言である「其方様に御出家を。やめさす」という内容を強調したかったと言えるのではなかろうか。起請を書く事は、即ち吉三郎に出家を断念させる事であった。吉三郎は、現時点では寺の小性であるが、しかし出家すべき人物ではあった。それ故吉三郎が起請を書いている時、新発意の弁長に見咎められ非難されるのである。ともあれ、お七の行為が吉三郎の出家を思い止まらせる事であったからには、観客は仏道に於けるお七の罪を明確に認識する筈である。結局、起請を書かせる事は、お七の罪を鮮明化させる為の仕組であった。歌祭文で記された「二世迄」契るという内容は、結果的に「御出家を。やめさす」ことにはなろうが、ここで問題となるのは、その力点の置き方の相違なのである。

＊　＊　＊

お七・吉三郎は弁長に起請を咎められるものの、杉の機転でその場は逃げおおせる。しかし弁長に起請を掏り取られてしまった。この起請は万や武兵衛・太左衛門の手に渡る。その後場面が転換し、吉三郎の父、源次兵衛に仕える十内がやって来る。十内の用向きは、吉三郎の出家を急がせるものであった。十内は、初めは源次兵衛の命で吉三郎の「ていはつぜんゐの姿を」見届けに来たと住持に言う。その後、武兵衛・太左衛門がお七と吉三郎の起請の件をお七の両親、住持、十内の前で暴露する。その折、住持は吉三郎の科を被ろうとするが、吉三郎の腑甲斐ない態度に十内が怒り、源次兵衛の骨を取り出し吉三郎に意見する。

ここで十内が初めて主人源次兵衛の骨を取り出す。十内は吉三郎に父の死を隠していたが、吉三郎の心根を正すためには源次兵衛を押し立てて意見を言う他なかったのである。十内は源次兵衛の最期の言葉、即ち「云おく事は外にない何とぞ世倅吉三郎が。出家そうぞくするやうにくれぐ〱十内たのむぞ」と吉三郎に伝えるのである。所謂遺言として語られたこの言葉は、吉三郎の出家を決定的に運命付けるものであった。

吉三郎が寺に小性として仕えていたのは、父から勘当を受けていた事による。しかし出家をすれば勘当も許される事になっていた。また、吉三郎は武士の子息であったが、父は若殿の科を被り、浪人の身となっていた。よって吉三郎は仕えるべき主君を既に失っていたのである。吉三郎にとって全ての状況は出家を避ける事ができないものになっていた。

吉三郎は十内から、「欲心でない云わけにさつばりとひまやらしやれ」と、お七を思い切る様に理詰めで意見された。その時、「お七は顔をふり袖の下から手にて物いわず。いなにもあらずいな舟のおゝともゐこそいわれざる。」という態度であった。「おゝともゐこそいわれざる」という表現には、分量的には短いながらも、お七の恋と道理との相剋に悩む姿がよく表れている。しかし、「顔をふり袖」とは、「顔をふり」と「ふり袖」との言い掛けの表現であり、「顔をふり」という態度は、勿論「ひま」を貰う事を拒否する意味である。拒否すれば即ち吉三郎の出家は有り得ない。

もう一度言うが、お七は出家すべき筈の者を俗世に引きずり下ろしたのであり、仏道の罪は極ったと言えよう。

ここで、お七の両親の「後生願い」と、お七の「現世願い」との対比的妙味と記した意味を纏めてみたい。簡潔に言えば、同じ参詣でありながら一方が後生の安楽を願うのに対して、一方が仏道の罪を負い、後生が危うくなる事を願っているという全く逆転した構図を持っているのである。しかもそれが両者共に「寺」という同一の「場」で展開されている。「親の跡おう寺まいり。〈中略〉おやごは後生ねらがいにおまへは小性ねらがいに。」という僅かな表現の中に、両者の「寺まいり」の本質的な対比を見事に描いていると言えよう。

十内の意見は住持の取り成しでその場は何とか収まる事になる。

＊　　＊　　＊

中之巻、お七は「無常と外へ見せかけを。いろとはたれもすいしやうの願ひの玉を手にかけて。題目くつて」いた。「外へ見せかけ」とは両親への意地張りからである。仏道の罪を自らの意志で負ったお七が、「題目くつて」いるのは如何にも「外へ見せかけ」るものであろう。仲居の杉が意地を張る事を諫めても、お七は泣きながら「起請の罪も有ぞかし何しにあだになるべき」と答え、決して吉三郎への思いを変える事はなかった。

その状況を背景にして、事件はお七に対する武兵衛の横恋慕へと展開する。お七の両親は火事の折、普請の費用を武兵衛から借りていた。武兵衛はその金を種にお七との縁組を迫ったのである。始めは両親も断ったが、家を手放す事も出来ず、娘お七に説得をする。その時、母親は次の様に語る。

出家をば。引おとしたる罪科はゐんまの帳に付られて。火の車にてむかへられとうくわつぢごくの火の中へいきながらはめられてけふりの下に其人を。恋し床しとさけぶともかひなきのみかおつとまで。ならくのそこへおとすのがなに心中になる物と〈後略〉

お七の罪はこの時点で決定的に観客に知らされる事になる。お七の罪は「出家をば。引おとした」ものであって、その結果「火の中へいきながらはめられ」る事になるのである。この言葉はお七と吉三郎の行く末の予告とも聞える。初めに記した様に、お七の現実的な罪科は、自分の家に火を放った事である。その結果、火罪に掛けられる事になった。火付から火罪への図式は、もう一つの図式が絡み合いながら二重構造になっていたのである。即ち出家を引きおとした罪によって地獄の火の中へ落とされるというものである。

海音は、火付から火罪への図式を、寺小性の恋を契機として、「出家落とし」から「地獄の火」の図式へと構想を確立していった。しかし、お七をただ地獄へ落とす事が本曲の中心的構想であるのだろうか。そして本当にお七は地獄へ落ちて行ったのであろうか。

＊　　＊　　＊

母親がお七に、武兵衛へ嫁入りする様に意見している時、杉の手引で縁の下に吉三郎が隠れていた。吉三郎は嫁入りの話を聞き、お七が「いや共おう共返事」をしないのは道理だと考え、お七を諦める。その部分は、

うすき契りも過去よりのさだまり事としらずして。うか〳〵何しにきた事ぞ親のめい又師のめをば。くらまかしたる天罰のたちまちあたるといふ事を。今といふ今身に覚へた。あらもつたいなやおそろしや。立帰て明日はほつしんするぞふつ〳〵と。おれが事をば思やんなこちにはわすれ果たるぞや。

とある。とすれば、お七の返事をしない態度が、吉三郎の恋を諦めさせ、更に出家への決心を固めさせた事になる。この時点で、お七の意志とは無関係にではあるが、お七の罪は消滅した筈である。

しかし、お七はこの吉三郎の決意を知るすべもなかった。ただ、後から杉に吉三郎が縁の下でその話を聞いていた筈と教えられ、お七は「そば(杉・筆者注)からさへもあのやうに。あいそつかせば其身(吉三郎・筆者注)にはさぞやお腹が立たであろ」と推量するばかりである。吉三郎の出家の決意を知らないお七は、遂に火を放つ事になる。その時のお七の心には、「出家おとしていきながら。火へはまつても大事ない。あいたい見たいゆきたい」との思いだけであった。吉三郎の出家の決意を知らないお七であるから、「出家おとしていきながら」という思

いは当然であろう。この時点では、出家を落とすという罪を、結果から見れば免れていたが、お七自身の罪が完全に消滅したわけではなかった。

お七が火を放つ時の詞章は、

ふるいあがるおはこばしご。三悪道のかよひ道。二かいは地ごくのはいり口。おにがせめくる身のゐんぐわめぐり。くる〳〵くる〳〵くるま長持戸だなのうへ。

とあり、地獄への入口に立っていたからである。では、やはりお七は地獄へ堕ちて行ったのであろうか。

＊　＊　＊

下之巻、お七は火を放って役人に捕らえられる。その時、役人に対し火付の理由をどの様に話したのであろうか。直接話法としては書かれていないが、年寄弥三右衛門が次の様に語っている。

おかみにもどうぞして。たすけとうおぼしめしいひわけのし様をば。くゝめるやうにの給へ共年のゆかぬかなしさは。吉三郎にあいたさに火をつけましたと有やうに。いひはなせばぜひもなく。

弥三右衛門はお七が「有やうに」話したのは、「年のゆかぬかなしさ」であったと理解している。勿論、「年のゆかぬ」事は事実であり、吉三郎に会う為に火付へと短絡的に突き進んだ行為は「年のゆかぬ」故であろう。しかし、お七がここで「有やうに」話したのは、既に「出家おとしていきながら。火へはまつても大事ない。」という思いがあったからであり、今更自分が罪科から逃れようとは考えもしなかったのである。その場合、火付に対する火罪と地獄の火へはまる事が、お七にとっては同じ事と考えていた筈である。お七の言葉ではないが、お七の両親は「あの柱へくゝりつけ四方からやき立て。あびしやうねつのくるしみをまじ〴〵と見ていられうか。」と言っている。両親の言った「あびしやうねつのくるしみ」とは、ここでは譬えとして表現したに過ぎないかもしれない。だが、先にも記した様に、母親は「出家をば。引おとしたる罪科はゑんまの帳に付られて。火の車にてむかへられとうくわつぢごくの火の中へいきながらはめられ」ると、お七に語っているのである。その言葉を聞き覚えているお七にとって、火付に対する火罪が地獄の火と二重写しに見えていた事は当然であろう。結局、お七が有りのままに白状した訳は、「年のゆかぬ」故からではなく、当然の因果として地獄の火に焼かれる運命を既に受け入れていた事による。

＊　　＊　　＊

やがてお七が火罪に掛けられる場面へと展開する。するとその時吉三郎が白装束で駆けつける。西鶴の『好色五人女』（貞享三年刊）巻四「恋草からげし八百屋物語」では吉三郎はお七の火罪を知らず、最期場に駆けつけるという筋はなかった。吉三郎がお七の死を知ったのは、お七百ケ日の日に、寺の境内を散歩した吉三郎がお七の卒搭婆を見つけた事によるのである。では海音の場合、なぜこの場に吉三郎を駆けつけさせたのであろうか。

吉三郎がお七に掛けた言葉は、「我故かゝるつみとがは。あさましの有様や此身も共に」というものであった。それに対してお七は次の様に返答する。

おろかにござる吉三郎様。我心からなすわざを少シもくやむ事ならず。あふてしぬれば今ははや。心にかゝる事はなし。おまへは命めてどふし。御出家なされなきあとをよく〳〵とふて下さんせ。いふ事とては是計はや〳〵お帰り遊ばせ

この返答は、更に「名残に心みだるれど。人めをはじていさぎよき。詞の中にくもり行めもとに。哀れ残すらん。」という詞章に続く。即ち「いさぎよき」詞は「人めをはじて」の理由からと言うのである。しかし、理由はともあれお七の口から出た言葉として、出家を促す意味合いには変りない。ましてこの言葉は、『八百やお七』という作品中で、お七の最後の言葉である。これ以後お七の言葉はないのである。その点から考えれば、このお七の言葉は、吉三郎の出家を妨げるという罪を免れる内容である。この後吉三郎は出家せずに腹を斬る事になる

が、お七自身としては、吉三郎の出家を引き落としたのではなく、逆に勧めた事となる。即ちお七は地獄の火で焼かれるのではなかった事になる。お七は火罪に掛けられるが、それは単に火付に対する火罪であって、他の何物でもなかった。

海音が吉三郎をここで登場させたのは、偏にお七の罪を清める為、即ち「滅罪」を行なうのにどうしても必要であったからではなかろうか。西鶴の場合も、お七の最期の言葉は吉三郎に伝えられる。

御歎尤とは存ながら、最後の時分くれぐ〲申置けるは、吉三良殿、まことの情ならば、うき世捨させ給ひ、いかなる出家にもなり給ひて、かくなり行跡をとはせ給ひなば、いかばかり忘れ置まじき。二世迄の縁は朽まじ

確かに、お七の最期場に吉三郎が駆けつけなかったとしても、「恋草からげし八百屋物語」の様に、伝言という手段でお七の「滅罪」を果すという方法も可能であったろう。しかし、敢えて海音が直接お七から吉三郎に出家を促す言葉を言わせたのは、しかも作品に於ける最後のお七の言葉として言わせたのは、「滅罪」の意味をより明確に観客に提示するためだったのではなかろうか。それは劇的緊張を高めるのに非常に効果的であった筈である。

＊　　＊　　＊

これまでお七の言動を中心にして、罪と罰との構想を明らかにしてきた。劇の発端で起きた起請の事件は、出家を引き落とすという決定的な罪をお七に運命付けた。お七は地獄の火で焼かれるのか、その罰を免れる事ができるのかが一つの観客の見どころとなっていたのではあるまいか。そして最後の場面でお七は救われる事になるのである。火付に対する罪は勿論「火罪」として執行されるのであるが、そこにはまだ救いがあった筈である。お七物には、お七が火罪に掛けられなければならない要素があった筈であり、その出来事を外す訳にはいかない。

となれば、火罪に処せられるにしてもそこには何等かの救いが求められたのではないだろうか。海音はその救いを仏道に於ける「滅罪」に転化していったと考えられる。その「滅罪」こそが海音の意図した最も重要な構想であったのだろう。その構想を軸に、「火付」から「火罪」へという展開と、「出家落とし」から「地獄の火」罪という展開を二重に構造化していった。そしてその構造に対しては、親子又は恋人同士の愁歎がドラマを突き動かして行く推進力になっていたのである。

さて、お七は仏道に於ける罪を免れて死んでいった訳だが、では吉三郎の死は何を意味しているのであろうか。吉三郎は何故腹を断って死んでいったのであろうか。西鶴の『好色五人女』の場合でも、また『天和笑委集』(貞享頃成立か)の場合でも、吉三郎は出家するのであって死ぬ訳ではない。死にたいとは考えるのだが、死なないのである。海音は吉三郎の死をどの様に位置付けていたのであろうか。これよりその問題について考えてみたい。

二　吉三郎の死——出家と武士と——

吉三郎が寺の小性として吉祥寺へ来たのは、父源次兵衛が吉三郎を出家させようと考えた為であった。その間の事情を十内は次の様に語っている。

源次兵衛。かりにかん当せし事某兼て若殿の。御為にしぬるかくご故流浪させんもふびんなり。なからん跡もとはれたく。すこしの事を云立に出家にならぬ其内は対面せじと此寺へ。追い遣はせしは慈悲ならずや。

父源次兵衛が、若殿の為に死ぬという事情がなければ、吉三郎はそのまま武士になる筈であったろう。しかし、吉三郎が武士になれなくなった事に関しては、不服らしき様子は見せていない。積極的に武士になろうという考えはなかったのかもしれない。十内が住持に対面した時、住持は吉三郎について、不慮なる事の御浪人残心推量仕た吉三は親子の中なればさそ歎かふと存たに。さすがは学文情に入れ出家にそまる程有て。世かいは無常とあきらめてとんしやくも致さぬ段さりとはきとくに存ル

と語っている。住持の十内に対する取り成しの言葉である事を割り引いても、普段の吉三郎の言動には、武士に戻ろうとする様子は見られなかったと思われる。ただ、この住持の言葉に続いて、十内が出家を急がせるように申し出た時、吉三郎は次の様に言う。

扨某が出家の事御師匠仰有通り。心に待かねおつたるが今其方が咄を聞。忽心底ひるがへり二度武士になる思案。〈中略〉今日遁世致すよりばつくんの孝行

この言葉は吉三郎の真実を表した物ではなかった。海音はこの吉三郎の言葉の後に、「詞かざるも好色のうそになれたるしるしなれ。」と続けているからである。吉三郎は出家を拒否するために武士になる事を主張した。出家にさえならなければ何でも良かったのである。お七との恋を少しでも永らえたい一念であった。それはお七と書き交わした起請の約束を守る事でもあった。即ち、約束を守る事から嘘が始まった事になる。吉三郎には悪意による嘘はなかったのだが、状況が嘘をつかせる様に追い詰めていったのである。吉三郎が武士になろうと言ったのは方便であった。

吉三郎はここで嘘をついたが、十内に理詰めで言い込められる。この場は住持の仲裁によって収まる。それより続いて武兵衛、太左衛門が登場し、吉三郎を寺から追い出そうとする。住持の計らいでその目論見が妨げられると、弁長から取った起請を暴露する。この時住持はその難義を自分の身に引き受けるが、武兵衛に玉子酒を飲ませられそうになる。十内は突然住持の盃を取り上げ、それまで黙って見ていた吉三郎を、「とつてふせ。こぶしふり上ゲ遠慮なくさんぐ〵に打」つ。この行為に対し、吉三郎は「ヤア家来の身にてすいさんなと一腰ぬかんとする」。

咄嗟の吉三郎のこの行為は、明らかに武士としての資質から起こったものである。咄嗟の行為であるが故に、吉三郎が本質的には武士である事をより鮮明に表しているであろう。尤も、吉三郎はまだ出家している訳ではない。武士としての資質が表れるのは当然である。しかし、その資質はお七との恋によって見えにくくなっていた事も事実である。そこで十内は吉三郎の武士としての自覚を促す事に依ってお七を諦めさせようとした。十内は次の様に言っている。

殊に短慮なお生れ付。家来の者に人中でふまれたことの無念など。さだめていこんにおぼすであろ〈中略〉コレいたづらといふ大病に勇も武略《ゆう》もぬけましたの。〈中略〉おまへの恥は親ごの恥此世で不孝したらいで。又未来迄なさるゝか。欲心でない云わけにさつぱりとひまやらしやれ。

しかし、吉三郎が武士としての自覚に目覚める事は、出家を志す方向へは行かない筈である。そこで住持は「主にいさめは家来の役最前よりもゆうめんす。ふがいない此法師と未頼なふあなどりて。近比過言聞にくし。出家にも仏にもなすべき我レかしんせつは。さきにから見へぬかと気色かわ」るのである。

一体、吉三郎は全く不安定な位置にあった。父が武士として大過なく過せば、吉三郎は「千石取の御一子とあがめ」られていた筈である。そうであれば、身分制度から考えても八百屋の娘との恋愛などは有りようがなかった。そして、まだ出家でもなかったのである。出家であれば、当然恋もなかったであろう。本来武士と出家とは相入れないものである。武士から出家へと移行する為には、一旦武士を捨てる行為があって、その後に初めて出家を選ぶという過程がある筈である。吉三郎の場合、武士を捨てるという行為はなかった。父親の勘当を受けて出家せねばならないという短絡した道を歩んだのである。吉三郎が小性として修業するのは、まさに武士を捨て出家を志す準備期間として必要なものであった。吉三郎はお七に会うまではその期間を有効に使っていたのだろう。先にも引用したが、父源次兵衛が浪人した事にも、吉三郎は「さすがは学文情に入れ出家にそまる程有て。

世かいは無常とあきらめてとんしやくも致さぬ」程になっていたのである。吉三郎は武士を捨てる事までは成功していたのであろう。しかし武士を捨てた事は、同時に身分制のしがらみから解放された事も意味する。そこにお七との恋が始まる可能性が開けたのである。即ち、吉三郎の身分の不安定さこそが、お七との恋を生みだした土壌となっていたのである。

十内はそれに気付かず、出家を勧めに来ながら吉三郎の武士としての自覚を促した。十内は吉三郎を武士の範疇にある人物と捉えている。十内が吉三郎に意見する時、「家来の者に人中でふまれたことの無念なと。」と言い、又「家来の恥はこなたの恥。おまへの恥は親ごの恥」とも言う。前者は、武士である十内が吉三郎の家来と自認している事を表し、後者は、家来の十内と、武士の父親との恥の延長上に吉三郎を位置付けているのである。両者とも明らかに吉三郎を武士と見做した上での発言であろう。十内は、飽く迄吉三郎を武士として見ていたのである。繰り返し言うが、十内の意見は本質的に出家へと結びつく物ではなかった。住持が十内に、「主にいさめは家来の役最前よりもゆうめんす」と言った言葉の裏には、その本質を理解した上でのものであったのではなかろうか。「出家にも仏にもなす」のは「我レ(住持・筆者注)かしんせつ」であって、十内ではない。それ故十内の吉三郎への意見に対して、住持は「気色かわ」るのである。十内と住持とは、吉三郎を出家させようという点では一致していたが、その方法については対立していた。そしてその対立は、吉三郎の不安定な身分を象徴するものであったと言えよう。では吉三郎の武士と出家との選択は、以後どの様に展開するのであろうか。

＊　　＊　　＊

中之巻では、吉三郎がお七に会いたいが為に、雪に埋れながらもやって来る。この時点では、武士でも出家でもない吉三郎が描かれる。吉三郎のお七への思いは、十内と住持の意見よりもまだ勝っていた。ところが、杉の手引でお七の家の縁下に隠れた吉三郎は、お七の嫁入りの話を聞き出家を決意する事になる。その事は既に述べたが、ここで問題としたいのは、吉三郎が「我々が。うすき契りも過去よりのさだまり事としらずして。うかく何しにきた事ぞ親のめい又師のめをば。くらまかしたる天罰のたちまちあたる」と言ったその表現である。殊更ここで因果が仏道に入る契機となっているとは考えていない。この程度の認識は当時の誰もが理解していた事であろう。むしろここで重要な事は、「親のめい」と「師のめ」を「くらまかした」事が、「天罰」となって吉三郎に「あた」った事である。「天罰」を自覚した事は、取りも直さず自分の「罪」を自覚した事に他ならない。「親のめい」とは何か。それは勿論出家する事であった。そして「師のめ」を「くらまか」すのは、お七と恋愛関係に陥った事である。その象徴的行為は、起請に表れていた。お七の罪が起請を書いた時に決定的なものになったと同様に、吉三郎にとっても起請を書いた事は「師のめ」を「くらまか」した行為の象徴として理解される。何れにしろ、二つの罪を吉三郎は「天罰」として気付いたのである。

出家を決意した吉三郎は、縁下から抜け出てお七に会わずに帰っていった。

＊　　＊　　＊

下之巻は思わぬ逆転が起こる。既に出家を決意した吉三郎が、お七の最期場である鈴ケ森に駆けつけるのである。その衣装は墨染めの衣ではなく、「思ひ切たる白装束」であった。吉三郎はこの場へ死ぬつもりでやって来たのである。中之巻で出家を決意した吉三郎は、下之巻のお七の最期場までは登場しない。出家の決意が確固たるものであっただけに、その意外性に驚かされる。吉三郎が駆けつける意味については、お七の「滅罪」の目的である事は既に述べた。ここでは吉三郎の側からその意味を探ってみたい。

お七の両親は、吉三郎がお七に会いに来ない事を話題にする。母親は、「吉三めはいかなれば。お七がさいご我々がなげきをよそに見づしらず。尋ねこぬこそうらめしけれ。行ゑもしらぬ者迄も。口〳〵いふてそしるのが。耳へいらぬかきこへぬか娘のかたきどふよく物。なさけしらず」と言う。これに対して父久兵衛は、自分達こそけがお七の「かたき」なのであり、お七の臨終の迷ぃとなるが故に吉三郎は来ないのであって、それこそ「なさけ」であると答える。吉三郎がお七の「おしおき」を知る場面は直接には描かれていない。恐らくお七の母親が言ったように、世間で「口〳〵ぃふてそしる」のを聞いたのであろう。その時、吉三郎にどの様な変化が起こったかは定かではないが、思い起こしておくべき事柄が一つ有る。それは、十内に意見され、突然「とつてふせ」られ「こぶしふり上ゲ遠慮なくさん〴〵に打」たれた時、吉三郎の武士としての自覚が呼び起こされた事である。突然の出来事に対して、吉三郎の武士としての本来の資質が現れて来るのである。中之巻で強く出家を決意した吉三郎が、下之巻に至って白装束でお七の下へ来た事は、お七の火罪を前にして武士に立ち返った事を意味するのではなかろうか。お七との恋愛は、吉三郎の不安定な身分を前提としていた。それは「小性」という術語で表されていた。しかし、お七が「おしおき」されれば、二人の恋愛は成立しなくなるのである。となれば、吉三郎は「小性」の身分でぃなければならない必然性がなくなる。中之巻に於て、お七を諦めた吉三郎は「小性」のままでいる必然性がなくなった。それ故出家を決意する様に展開していったのである。お七との恋愛が破綻した時、吉三郎は出家するか武士に戻るかの二者択一しか道はなかった。そう考えれば、お七に会いに来た吉三郎が出家ではない事から見れば、武士としての吉三郎であった事になる。

ところで、吉三郎が出家を決意してから後、武士として登場する間は何の状況も描かれておらず、余りの変化に納得しがたい感があることは否めない。この事はむしろ、海音が吉三郎を武士として死なせるという構想を優先した為に、作品の必然的展開を一部破綻させたと捉えられるかもしれない。では、海音が吉三郎を武士として死なせる事に、如何なる意味があったのであろうか。

＊　　＊　　＊

吉三郎はお七の最期場へ来た。「くんしゅの中」を掻き分け、「我故かゝるつみとがは。あさましの有様や此身も共に」とお七に訴えかける。そして「役人に手をついて。とがのおこりの本人は私にてござ候」と言い、身替りを申し出るが、聞き入れられない。遂に「いでぐ〳〵めいどの道づれに我先たつて待べしと。腹一文じにかき切て露ときへ」る。

吉三郎が武士として駆けつけた事は、この「腹一文じにかき切」って死んだ「切腹」が象徴していよう。では、「我故かゝるつみとが」とは何を意味しているのであろうか。「つみとが」とは、ここでは勿論具体的な「火付」の犯罪を指しているであろう。しかしその直接的な「とがのおこり」の原因は「我故」(「私」)なのである。事の起こりは二人の恋愛であった筈である。しかし役人に対する説得の仕方は、自分一人で罪を負おうとするものであった。尤も、お七も吉三郎に対して、「我心からなすわざを少シもくやむ事ならず。」と言う。お七も「とが」を自分一人で負うつもりであった。恋する相手を救いたいとする心からの態度であったと考えられる。しかし吉三郎の場合は、果たしてそれだけの理由であったのだろうか。結論から言えば、吉三郎は父源次兵衛の生き方を辿ったのである。吉三郎の父は、若殿の罪を「身にかぶり」、切腹したのである。吉三郎の場合は、お七の罪を引き受けようとした。そして身替りが果せなかった時、「いきていられぬ我命」と覚悟し、腹を斬ったのであった。しかし身替りが出来ない事が切腹の原因ではない。本来出家すべき筈であった吉三郎が、お七と恋に陥った為に、親と師に対して図らずも背いた行為(罪)を償う為であったのではなかろうか。吉三郎は父を手本として、武士として死んだ意味はそこにある。やはりそれはお七と同様に「滅罪」として捉える事が出来よう。

＊　＊　＊

『八百やお七』の事件の発端は、お七と吉三郎が書いた起請であった。そして事件の結末は二人の死であった。一体、「滅罪」を果した二人には、起請の罪も祓われたのであろうか。起請には「其方様に御出家を。やめさすからは此方にも。娘《よめ》入致シ候まじ。」と書かれてあった。吉三郎の場合はどうであっただろうか。中之巻で縁下に隠れて聞いたお七の「娘入」話を聞き、一旦は出家を決意した。しかしお七の火罪を聞き付け、最期は武士として腹を斬った。出家にはならなかったのである。結果的に起請の文言は守られた事になる。

では、お七の場合はどうであろうか。お七が家に火を放つ前に、座敷では「三国一といひはや」していた。しかしお七は武兵衛への「娘入」をする前に火を放ったのであり、「娘入」した訳ではなかった。そして火罪に処せられたのである。結果的にお七の場合もまた、起請の文言を守った事になろう。二人の罪は全て清められて死んでいったのである。

おわりに

『八百やお七』の記述によれば、お七は十六歳、吉三郎は十八歳であった（西鶴の『好色五人女』、及び『天和笑委集』では吉三郎十七歳。お七は十六歳）。まだ若い二人が時と所をほぼ同じくして死んで行った構想は、恰も心中を思わせるものがある。お七と吉三郎にとって、二人の恋は初恋であった。吉三郎はお七に「恋のいろはをおしゑても。」と言っている。また、お七は杉に「吉三様にも我身にも恋の手習血にそめし。起請の罪も」とも言う。初恋である事を作品中で印象付ける事は、取りも直さず若さを強調する事であろう。お七の母親はお七に「初心な心ひとつにてむねのうちがさばけまい。」と言い、年寄弥三右衛門は「年のゆかぬかなしさは」と言った。若さは未熟さとなって表れている。観客は未熟な二人を落着かない気持で見ていた事であろう。未熟さ故に二人の恋に纏わる展開が予測し難いからである。そしてその未熟さが、恋を契機として「罪」を犯させる事になる。恋の象徴であった「起請」は、二人の破局を決定付け、重い運命を担わせた。如何に罪を祓うのか。観客は次々と二人に襲う試練を見せ付けられる事になる。その際、その未熟さが一層哀れを誘うものとなった事だろう。二人は現世での罪を祓って死んだ。「滅罪」を済ませて死んだのである。来世で二人を無事結ばせたいという願望が、現世での罪を清めるドラマに仕立てたのではあるまいか。

（１）　上演年次は『紀海音全集』解説に依る。
（２）　例えば『元禄御法式』には、火付に関して次の様な条項がある。
　一　火を付る物之類
火罪、火付道具を持候計、又は人ニ被頼、火を付候類ニ死罪、流人、投火仕候者ニ其所ニて御堀端ニて獄門之例もあり、牢死之死骸を取捨ニ被成候例も有之

第三節　世話浄瑠璃「三部作」考——〈滅罪〉の構想をめぐって——

はじめに

一体、海音が描いた世話浄瑠璃の世界は、如何なる構想を以て作られたのであろうか。勿論個々の作品にはそれぞれ独自の構想があろう。ここでは第二章、第一節及び第二節で取り上げた『なんば橋心中』と『八百やお七』に『久松《おそめ》袂の白しぼり』(宝永七年『なんば橋心中』上演以前)(1)を加え、三作品に共通する構想を考察したいと思う。ここに論じようとする三作品の構想から見れば、いわば「三部作」として括る事ができる程の類似点を持つのである。言うまでもなく『久松《おそめ》袂の白しぼり』(以下『袂の白しぼり』)と『八百やお七』は、海音の代表作としても位置付けられる。それらの構想が共通するとなれば、海音の世話浄瑠璃に対する創作姿勢を把握する格好の材料となろう。これより具体的に検討してみたい。

一　階層の構想――冒頭部の意味する事――

一般的に言えば、浄瑠璃作品の冒頭部は一段目の序として位置付けられるが、同時にその作品全段の主題をも語るものとされる。尤も世話物の場合、時代物浄瑠璃の原則的な定型である大序(「序詞―ヲロシ―大三重」という語りの単位)を構成してはいない。海音の世話浄瑠璃では、その発端の節付けは「地中」、「謡」などである。また、時代物の場合、「序詞」から入り「ヲロシ」が済んでから本文が始まるが、「ヲロシ」までの詞章は、故事を引用したり、漢語を多く用いるなどして重々しい雰囲気を出している。逆に世話物の発端には、その様な改まった表現はなされない。一体、世話物の発端は、時代物の様な荘重さはなく、改まった主題らしきものも明確には語らない様に見える。換言すれば、世話物の発端はあたかも上之巻第一場の「序」としてのみ位置付けられている様に見えるのである。しかし世話物の場合にも、時代物同様に主題を語る意図が込められているとすれば、ここで取り扱う三作品は何を示唆しているのであろうか。そこでこれより、『袂の白しぼり』の冒頭部を検討してみたい。冒頭部は次の通りである。

難波風賢者も富り君が代は。天羽衣唐錦朝鮮りんず高麗橋。三ツ井が見せに山たゝむ雪の岩ほの掛直なし。

「唐」、「朝鮮」、「高麗」は国名を列挙する縁語的手法を用い、「高麗」から「高麗橋」に続け、更に高麗橋筋にあった「三ツ井が見せ」へと展開していく。「三ツ井が見せ」とは、上之巻の設定場面である。とすれば、この冒頭の一文は「三ツ井が見せ」を引き出すための修辞であると考えられる。確かに一つにはその意味が含まれている。しかし、ここで問題としたいのは「富り」、「掛直なし」といった表現である。それは、これらの語彙の位相が、「商人」に対応しているという点である。冒頭部に続く第二文も「銀さへあれば今いふて今も調ふ身のまはり」と表現される。この文意を裏返せば、「銀が無ければ何もできない」と言うことになろう。勿論、誰にとっても「銀」は必要であり、大切なものである。しかしこの世界観は、他の何れの階層よりも「商人」の位相と最も関係深いものと理解できる。浄瑠璃作品に於ける冒頭部が、主題に関わるという例に洩れなければ、この作品は「商人」の世界観を中心的な背景として作られたと考えられるのではなかろうか。

既に述べた様に『なんば橋心中』発端部の「人は侍」とは、作品全体を通しての主題であると推測した。つまり、「武士」の世界観を中心的な背景として作られたと考えられるのである。また同様に『八百やお七』は、「仏道」の世界観を背景として作られたと考えられる。

さて、これらの階層の構想は、次に考察しようとする〈罪〉の構想、及び〈滅罪〉の構想と深く関わっていると考えられる。つまり、各階層に於ける〈罪〉と〈滅罪〉の構想が指摘できるのである。

二　上之巻に於ける〈罪〉の構想——表層上の罪と本質の〈罪〉——

『袂の白しぼり』、『なんば橋心中』、『八百やお七』の三作品は、心中する者や処刑されたり自害する者が、いづれも〈罪〉を犯すという共通した趣向を持つ。尤もその〈罪〉の内実は、「商人」、「武士」、「仏道」という階層によって異なっているが、それぞれの倫理を逸脱するという点で共通している。また、それらの〈罪〉が上之巻で仕組まれる点も同様である。勿論、近松の世話物に於いても罪を犯す構想はある。しかし海音のこの三作品の場合、最後にはいずれの〈罪〉も清められるという構想と対になって仕組まれているのである。これは近松の場合などと比較すれば、非常に特徴的であると言える。これより『袂の白しぼり』を取り上げ具体的に検証し、この構想の意味する所を考えてみたい。

上之巻、おそめは久松を連れて、仲居や乳母達と共に三ツ井の店に立ち寄る。おそめの嫁入り小袖を見繕う為であった。店の者が勧める品に、乳母も仲居もその気になっておそめに助言するが、久松一人は反対する。例えば、店の藤七が「白じゆすに五しきの糸でぬい付る。京大坂の菊あはせ千とせの秋を八重桐が。ぶたいゐしやうの物ごのみ。御気にいらぬ事あらじ」と勧めると、久松は「いたづらしゐげいふりにうつゝて男こま付て。京大坂にうきな立身の行すへを八ゑ桐が。きやうげんにしてもらふたら泣であらふ」と呟くのである。

久松の不機嫌さは、おそめが自分と別れ、別の男性の所へ嫁入りすると誤解したためであった。そこでおそめは久松の不機嫌さの理由を合点し、言い訳を始める。

よめり小袖をかはんためきたとのそこのはら立よ。〈中略〉そなたのゐしやうとゝのへてすがたの花をみるならば。気あいもとんとよからふといさみいさんできた物を。あいそづかしなすねことはにくや。つらや。

この言い訳を聞いた久松は機嫌を直す。そして、久松は店の藤七に小判を投げ出し、乳母、仲居に衣装を振舞う。その後におそめと久松が逢引きする事への「口ふさげ」の為であった。ところが、この小判はおそめが母親から貰ったものである。小判に驚いた乳母や仲居は久松に不審を抱くが、「あにきがしやうぶわけ」であるとの言い訳ですっかり信用してしまう。海音はここで、乳母、仲居を「しあんもなしの女ごども」と評している。もしここで乳母か仲居が久松の言い訳に更に疑いを持ったとしたら、十両もの大金をみすみす散財させる事はなかったであろう。ましておそめがこの十両を貰うに当たっては、次の様ないきさつがあったのである。

（おそめが・筆者注）うきみをないてよるひるとねているゆへにかゝ様の。お気にかけられさま〴〵の御ゐけんのうへ此かねを。枕もとにさしおいてさもしいやうな物なれど。しなでかなはぬじせつにも命をのぶるめうやくぞ。大じにかけてかた時も必はだをはなすなと。涙ながらのお詞に〈後略〉

＊　＊　＊

おそめ、久松は母親の「涙ながらのお詞」を重要視しなかった。金を「さもしいやうな物」としてしか理解出来なかったのである。それ故この「命をのぶるめうやく」を「はいまくやうに」使ってしまった。買い物を済ませたおそめと久松は、乳母や仲居を芝居見物に遣らせ、自分等は三ツ井を出て、久松のおばの家へ行く。おばはおそめの母親から手紙を受け取っていた。その内容は、父親が嫁入りの日を急いでおり、このままおそめと久松の仲を裂けば何をするか分からないので、何処でもいいから匿って欲しいと言うものであった。その為に路銀も持たせてあり、言い入れ先の縁が切れたら二人を添わせるとまで知らせて来たのである。この路銀は、先程三ツ井で乳母達に振舞った十両であった。おばは訪ねて来た二人に、その手紙を読み聞かせる。おそめは母親の慈悲を知り涙し、おばの勧めでおばの姉の家へ行くことになる。二人は急いで家を出るが、また直ぐに立ち戻り、久松が「よ舟もたゞはのせまいが其段は又どうしませよ」とおばに言う。おばは「ハテ商人のようにもない。銀て両がへなされいの」と答える。この会話には妙な擦れ違いが起こっている。おばは勿論二人が路銀を持っているものと考えており、それ故の応答である。しかし、商人に対して「ハテ商人のようにもない」とおばに言わせたのは、もっと本質的な所で久松を表現しようとする海音の意図が働いていたのではなかろうか。即ち、久松が商人として当然守らなければならない道を、踏み外していた事を指摘していたのではないだろうか。久松が路銀を乳母達に振舞った事を聞いたおばは、次の様に言う。

あまりといへばおろかやな世上に銀といふ物を。あだおろそかにせぬ物とは今お二人の身の上ぞや。油や殿が長者でも女ばうのまゝに金銀の。ならぬは町のならはしよ。〈中略〉うは〳〵と其うはついたお心では。けふよりあすがおぼつかない

「今お二人の身の上」というのは、まさに上之巻冒頭の「銀さへあれば今いふて今も調ふ身のまはり」という詞章を全く逆転させたものであった。それは商人の位相で最も理解できる文脈であった。おそめと久松は「世上

に銀といふ物を。あだおろそかに」してしまったのである。

長者であっても「金銀」は「女ばうのまゝ」にならない。それが「町のならはし」であった。二人は母親が如何に無理をして調えてくれた「金銀」であるかを理解出来なかった。「ならはし」すらも気付かなかったのである。まして十両というのは大金である。母親個人が自由にできる金でない事は当然であろう。それさえ理解できれば、母親の捻出した金の出所が「店」のものであろう事は、当然推測出来たはずである（店の金である事は中之巻で判明する）。とすれば、久松が油屋の使用人であるからには、盗んだ訳ではないにしろ、結果的に店の金を使い込んだ事に他ならない。それは取りも直さず商人としての背律を意味していた筈である。久松は商人としての罪を犯した事になる。既に金を遣い切った二人は、仕方なく再びおそめの家へ戻る事となる。

観客にとって、おそめが母親の言い付けを破り、久松と金を散財した事は、守るべき倫理観が欠如していると思われても仕方がない非常識な行為であった。観客は二人の行為に快からず思うであろう。そこで海音は、その行為に対して「報い」を用意した。それは、一つには、折角母親が手筈を調えていた、駆け落ちの可能性を閉ざしてしまった事である。もう一つは中之巻に仕組まれている。

＊　＊　＊

中之巻、久松のおじ法印が油屋の前を通りかかると、内から呼び止められる。おそめの母親は、夫太郎兵衛におそめの嫁入り話を諦めさせるよう、法印に口添えを頼む。母親は夫に法印の言葉として、おそめの嫁入りは「大さいなん」であると伝える。勿論、この言葉は母親の捏ち上げたものである。不審に思った太郎兵衛は、法印にもう一度占いをする様に頼む。すると法印は全くの良縁であると言い、母親の目論みは直ぐに見破られてしまう。法印の占いの後、続いて太郎兵衛は店の金十両を盗んだ犯人についても、占うように頼む。しかし太郎兵衛は既にその犯人が久松である事を知っていた。というよりも、全て母親の仕業だということも知っていたのである。

さて、太郎兵衛は「ぬすみ」の証拠として下着を見せるように久松に言う。久松は「花やかな。あさぎ小袖の引かへし」を身に着けていた。これは勿論三ツ井で買ったものである。証拠を取った太郎兵衛は、

ぬすんできるとはしらずしてほうばい共がいはふには。年きかさねし者共には日野やつむぎのそぶつして。久松づれに何事を召ると主をうらみ出し。ぶほうかうすりやしんだいのひづみにならふもしれぬ事。にくいといふてうへのないいたづら者

と言う。そして、「そばにある。ほうきおつ取さん〴〵にかたせいとはずたゝ」く。これらの趣向が、観客に同情心を惹起し、二人の悪行に対する不快感を相対化していく事になるのである。

以上から見れば、母親の言い付けを破ったおそめと、共謀して散財した久松の罪は、駆け落ちの失敗と「ほうき」で叩かれる「報い」で完結する様に思われる。しかし、海音は二人の本質的な〈罪〉を別に用意しているのであった。ここで言う本質的な〈罪〉とは、久松がおそめをおばの家へ連れて行った行為である。それは丁稚と主人の娘との許されぬ恋の象徴的出来事であった。中之巻では、太郎兵衛と法印との会話中で、

同行なかにつかはるゝ久松程なでつちめが。主の娘をそゝなかしよめりするのをうるさかりと言い、また伯父法印は久松に、次の様に言う。

壱銭半銭でもめをかすむるはわう道者。いわんやもつて是がまあなみていのぬす人か。其ふてきなるしやうねから伯父が所へのさ〴〵と。盗物をはだかへ来てかくしてくれよと頼しな。

更に心中の前場面で、久松の父久作が久松に意見する所では、

おれはむひつのあきめくらなんのしやべつもしらぬゆへ。主の娘をかどはしていたづらかはくがくもんは。

と言っている。即ち、久松が犯した本質的な〈罪〉は、丁稚の身分でありながら、主の娘と不釣合いな恋をした

事である。それは第三者から見れば、丁稚が主人の娘を「そゝなか」し、「盗」む行為であり、「かどは」かす事であった。丁稚（商人）たる者の倫理から見て逸脱した行為であったと考えられる。勿論、おそめとて同罪であろう。

さて、『なんば橋心中』上之巻で仕組まれた表層の罪は、やしほが太郎兵衛（五郎吉の恋敵）から預かった脇指を五郎吉に渡して質に置いてしまった事であった。また、本質的な〈罪〉とは、義理の父となった堤伝之丞という「侍」から頼まれた「ことのは」を「水になし」てしまった事である。つまり「侍」に組み込まれた五郎吉自身が、「侍」としての約束を守れなかった事であった。また、『袂の白しぼり』と『なんば橋心中』との場合を比較すれば、趣向としての共通性も認められる。例えば、「しなでかなはぬじせつにも命をのぶるめうやく」としての「金子」を無駄に使い、それが為に窮地に追い込まれていくという点については同様であると言ってよい。趣向については後で詳しく考察する事としたい。ただ、ここで注目しておきたいのは、いずれも「商人」及び「侍」としての倫理から逸脱するという〈罪〉を犯すという点で共通する構想が認められる事である。

また、『八百やお七』上之巻での表層の罪は、お七と吉三郎が親や師に隠れて「いたづら」をした事である。恋の証拠である起請を書き、それが原因となり衆人の前で「親につらはぢかゝ」せ、更には住持にも災難を及ぼしたことであった。しかし本質的な〈罪〉は、お七が起請を書かせることによって吉三郎の出家を引き落とした事であり、仏道に於ける罪過であった。また、起請を書いた事により、吉三郎も出家断念という〈仏道〉における〈罪〉を犯したことになる。それは同時に「親のめい又師のめをば。くらまかした」〈罪〉を犯した事でもあった。起請を二人で書いた事は、それぞれの立場で〈罪〉を犯した事になるのである。

以上、上之巻に於ける〈罪〉の構想について述べてきた。表層上では、実際に起こしたそれらの罪（悪行）に対しては、それぞれ罰（報い）が与えられている。『袂の白しぼり』では、金を散財した為に駆け落ちが出来なくなり、おそめの父太郎兵衛に散々に叩かれた。『なんば橋心中』では、脇指を質に置いた為に、主人五郎兵衛から叩かれる事になった。また、『八百やお七』では、親や師に隠れて恋に落ちた為に、衆人の前で杖で打擲されたのであった。しかし、〈罪〉の本質は別にあったのである。『袂の白しぼり』では、「商人」の倫理を逸脱した事であり、『なんば橋心中』では、「侍」の約束を守れなかった事である。また、『八百やお七』では、仏道に於ける〈罪〉を犯した事であった。では、この本質的な〈罪〉はどのように解消されるのであろうか。

三　死の前における〈滅罪〉の構想

上之巻で〈罪〉を明確化し、死の直前の場面で〈罪〉を清めるという〈滅罪〉の構想は、三作品とも共通して組み立てられている。『袂の白しぼり』の場合、具体的にどのように仕組まれているのかを検討してみたい。

おそめと久松は同じ場所では心中しない。久松はおそめが嫁ぎ先の山がやへ行き、一人になった時に死のうと決める。その場所は蔵の中であった。そこへおそめが駆け戻る。おそめも死ぬ覚悟であった。おそめは次の様に言う。

我もかりねの夢のうち心中したと思ふたは。神や仏の御みち引それをかたつてもろ共に。しのふと思ひきはめて来た。なぜくらのとをあけやらぬぞ。

それに対して久松は、

イエ〳〵爰へござんすな。二世とはいへと親たちのゆるさぬ内に御一所に。しぬればわしは主ころしあいもかはらぬ夢の内。

と答える。夢と言うのは、「地蔵めぐり道行」の景事に続く趣向で、おそめ、久松が存命中に自分達の心中が祭文に作られて語られる状況を見るというものである。その夢の出来事の中では、心中場面が次の様に語られる。

　もつたいない事何として。おしうさまをはわしが手にかけられましよとい〻けれは。おそめ涙にくれながら。なんの我みの。ころしやろぞ。跡を頼といふこゑも。なむあみだ仏ともろともにつゐにじがいしはてにけり。

　久松が言った、「御一所に。しぬればわしは主ころし」との内容は、夢での「何として。おしうさまをはわしが手にかけられましよ」とのそれに対応している。ということは、蔵の内と外という別の場所での心中は、「主ころし」を避けるための行為であった。海音は「夢」の場面での祭文を、『袂の白しぼり』上演前に流布した祭文「油屋おそめ久松心中 上」、「おそめ久松思ひのたね油 下」の詞章を、全文ではないが、殆どそのまま利用して創作した。「おそめ久松思ひのたね油 下」の詞章では、この後「これは〱と久松は。涙と共に聲をあげ。〈中略〉あつとばかりに首締めて。同じ道にと死してゆく[2]」と続く。祭文の方では、久松はおそめを現実には殺していない。とすれば、実際的な主殺しは免れている事になる。しかし使用人が主人の娘に直接手を下したかどうかが問題になるのではなく、心中すれば久松の主殺しの罪は免れないであろう。祭文には蔵の内と外とでの心中とは書かれていない。その部分は、

　消ゆる思ひの種倉へ。一人。くよ〱物思ひ。か〻る哀の中々へ。お染は一人ぬけ戻り。此處にゐやるか久松と。云へどたわいも泣くばかり。是なう久松何として。物案じをばしやるぞや。

とある。おそめは「此處にゐやるか久松」と呼び掛け、久松が泣くのに対し、「是なう久松何として。」と尋ねるのは、種倉の中での会話と考えるのが妥当であろう。取り立てて、蔵の内と外とでの状況が描かれていない事から考えても、同じ場所に居ると考えられる。祭文では、主殺しをしてまでも心中するという構想が見られる。そう捉えれば海音の場合、殊更「主殺し」を避けるべく創作したと考えられる。しかし、蔵の内と外での心中は、海音の独創ではない。『心中鬼門角』(宝永七年二月初演[3])の場合では、久松が、

わしはもふつつりとお前のお目にはかゝるまひと恐しい誓文ヲ立ましたに仍テもふお前のお目にかゝる事はなりませぬわいのふ

と言い、蔵の戸を開ける事はなかった。そこで二人は別れて死ぬ事になった。ただ、『心中鬼門角』では、主殺しを避ける為にこの趣向を仕組んだのではない。別れて死ぬ事になった原因は、「お前のお目にはかゝるまひと恐しい誓文ヲ立」てていた事による。その「誓文」とは、久松が伯父に意見され、血判を押していた物を指す。伯父が久松に血判を押させ、おそめを思い切らせたのは、おそめが既に「山家屋とやらから頼が取て有〈中略〉言はゞ大事」の身であったからである。よって「誓文」の一件は「主殺し」とは関係を持たないものであった。とすれば、「主殺し」が『袂の白しぼり』では取り分け重要な意味を持ってくると思われる。死ぬ間際に、敢えて「主殺し」を避ける意味は何であったのだろうか。それは、極限的な状況にあっても、使用人が主人に対しての「義理」を全うする姿勢を強調しようとする為であったのではなかろうか。それは詰まる所、「商人」としての倫理を貫く事であった。おそめもそれを理解して蔵の外で死んだのである。それは上之巻で仕組んだ「商人」としてあるまじき行為をした二人の〈罪〉を、〈滅罪〉する事であったと考えられる。

一方、『なんば橋心中』では、五郎吉は「侍」である伝之丞に対して、「義」を立てる為には「死」ぬ以外に方策はないと考え、「侍」としての責任を果たす為に死のうと決意したのであった。同じくやしほは「侍」の子として「義理」を立てる決意をした。それは自ら命を絶つ事であった。二人の心中した意味は、自ら「侍」となり、「義理」を立てる事で〈滅罪〉を果たした事であった。

また、『八百やお七』の場合は、お七は自分の最期に至って吉三郎に出家を勧めた。この出家への勧めにより、お七は仏道に於ける〈罪〉を清め、〈滅罪〉を果たした事になる。吉三郎は、自分の父親が若殿の罪を被り死んだ事に倣い、お七の放火の罪を自分も被り、腹を斬って自害したのであった。

ところで厳密に言えば、この自害は「親のめい又師のめをば。くらまかした」〈罪〉の〈滅罪〉にはなろうが、〈仏道〉に対する〈滅罪〉とはなっていない。下之巻、吉三郎は墨染めの衣ではなく、自害覚悟の白装束で現れる。観客にとっては、吉三郎がお七と同じ場所で自害し果てる事は、意外性に富んだ劇的緊張感が高まる趣向と感じられたに違いない。海音はその効果を狙って吉三郎を死なせる構想を仕組んだと考えられる。その結果、吉三郎の〈仏道〉に対する〈滅罪〉の構想が、親と師を「くらまかし」た〈罪〉に対する〈滅罪〉の構想に代替されたのではなかろうか。ただ、武士としてではあるが、「死」を以て〈罪〉を贖うという吉三郎の行為は、重大で厳粛なものであった。この行為に対し観客は、心理的には〈仏道〉に於ける〈罪〉をも含めた、全ての〈罪〉が〈滅罪〉されるという認識を持ったに違いない。これにより吉三郎の〈罪〉も〈滅罪〉が果たされた事になろう。結果として二人の起請の文言も守られたことになった。

ここでもう一度〈罪〉と〈滅罪〉の構想について纏めてみたい。『袂の白しぼり』の場合は、上之巻で母親の言い付けに背き、金を散財する罪を犯す。これに対しては、二人が駆け落ち出来ないと言う報いが仕組まれている。観客の側から見れば、親の言い付けに背いた罪は、駆け落ち出来ないという報いによって同情心に転化され、解消されてしまうのである。しかし、商人としての倫理を踏み外した本質的な〈罪〉は、最後の心中場面に至って商人の倫理を守って死ぬ事により、〈滅罪〉を果たす事になる。

『なんば橋心中』では、上之巻で脇指を質に置く行為が露見する。この罪に対しては同じく上之巻で、主人五郎兵衛に打ちのめされる事になる。観客の側からは、罪が同情心に転化されて、この罪に対する憎悪感が解消してしまう。しかし、「侍」との約束を守れなかった本質的な〈罪〉は、心中場面に至って「義理立て」する事により〈滅罪〉を果たす事になる。

『八百やお七』では、上之巻で親に隠れて恋に落ちる。この罪に対しては、上之巻で衆人の前で打擲される。

ここでも観客は、親に隠れてした恋の悪行を同情心に転化して、二人の行為を許す事になる。しかし、起請を書いた出家落しの仏道に対する本質的な〈罪〉は、お七の処刑場面まで持ち込まれ、最後に出家を勧める事、また吉三郎は侍として責任を取る切腹により〈滅罪〉を果たす事になる。

以上、何れの作品でも、表層上の罪(悪行)と本質的な〈罪〉が上之巻に仕組まれ、表層上の罪は殆ど上之巻内で罰(報い)が与えられる。それにより観客が同情心を起こし、罪に対する嫌悪の心情が相対化され、解消してしまう工夫がされているのである。一般的に言って、心中浄瑠璃では、心中者に対して不快感を覚える趣向は決して有効な方法ではない。そこで海音は、死に行く者が罪を犯す構想を仕組んだ時、それに対する観客側への配慮を決して忘れる事はなかった。更に、本質的な〈罪〉は作品の最終場面の山場まで持ち越され、そこで最も効果的に〈滅罪〉を果たす様に仕組んだのであった。

四　趣向について

本稿で取り上げた三作品は、いずれも全体の構想が〈滅罪〉という枠組みで統括できる。全体の枠組みが同じであるだけに、個々の趣向も同様なものが幾つか指摘できる。そこで人物に焦点を当て、どのような役割を演じているかを表(次頁)に纏めてみる。

表を見れば、主要人物の役割が非常に似通っていることが解る。

さて、おそめ・久松、やしほ・五郎吉、お七・吉三郎の罪(悪行)と罰(報い)、〈罪〉と〈滅罪〉の構想については既に述べた。また、『袂の白しぼり』のおそめの母、『八百やお七』のやしほの父に於ける金子の趣向も述べた。そこで『袂の白しぼり』に於ける法印の「意見」と太郎兵衛の「議論」、及び『八百やお七』に於ける十内

《主要人物対照表》

	袂の白しぼり	なんば橋心中	八百やお七	共通役割
①	おそめ	やしほ	お七	罪と滅罪
②	久松	五郎吉	吉三郎	罪と滅罪
③	久松おば	五郎吉おば	杉	協力者(4)
④	久松おじ	――	十内	意見
⑤	おそめ父	――	住持	議論
⑥	おそめ母	やしほ父	――	金子(5)
⑦	嫁入り先	太郎兵衛	武兵衛	恋敵

の「意見」と住持の「議論」の趣向を検討してみたい。

『袂の白しぼり』中之巻、おそめの父太郎兵衛は店の金が十両不足している事を占って欲しいと法印に頼む。これよりおそめ、久松の悪事の露見に展開し、二人の恋が断ち切られようとする。法印は恋を断ち切った証として久松に血判を迫る。

　幸ごわうをもち合す。今までのぎをあらためて何たる人がすゝむる共。ふつ〳〵ぬすみせまいとのけつ判をしてみせませと。さすがをそへてさし出せば。〈後略〉

ここで言う「ふつ〳〵ぬすみせまい」というのは、金子十両に事寄せて、おそめと縁を切らせることである。一体、法印は武士としての資質を担わされていた。血判を迫られた久松は、「こゝろも打ふるひぬすみは成ほどしますまい。ちばんはゆるして下され」と答え、その態度に法印は次の様に強引に迫る。

をのれはもはや此ばうずが。いぜんのぶしをわすれたか。今なが袖になればとて。是しきのぎをいゝかゝりせぬとて跡へよるものか。ぜひいやならば此さすが。のどぶえにつゝこむと小がいなうしろへねぢあげて。どうじや。〳〵〈後略〉

法印は武士の方法で詰め寄った。しかし、太郎兵衛は、

御しんじつなるいけんゆへ。とくしんがをゝみとゞけてさつばりと気がはれました。ごわうに判をすへたらばぬす人といふあく名が。其身一代はがされまい。そうきはまれば此内のけらいにしてはつかはれぬ。

と言って、血判をせずに済ます。これは、武士の論理を商人の論理で論破した事を意味する。それぞれの位相でそれぞれの論理が有ることを象徴した趣向であろう。非常に緊迫した場面で、知的な面白さを構成している。

一方、これと全く同様な趣向が『八百やお七』にも仕組まれていた。上之巻、武兵衛らによって暴露された起請は、住持がその罪を被ろうとする。そして住持が玉子酒を飲まされる状況へ展開する。それを十内が阻止し、吉三郎を打ち叩き、父源次兵衛の骨を持っての「意見」へと続く。十内は武士の方法で吉三郎の恋を諦めさせ、出家へと導こうとしたのであった。しかし、それは「出家にも仏にもなす」のが、僧侶である「我」であるとの議論によって論破したのである。仏道に関して武士の論理を持ち込む事を強烈に否定した訳である。

以上、二つの共通した趣向を検討した。どちらも作品中において最も重要な見せ場の一つとなっている。そういった場面で、「商人」と「武士」、「僧侶」と「武士」との論理の対立を仕組んだ。この事は、初めに述べた階層の構想を意識した趣向と思われる。即ち、それぞれの位相で、それぞれの論理がある事を明らかにしたものと言えよう。

ところで、横山正氏は、『近世演劇論叢』・「第二章　海音浄瑠璃の趣向と構成・第二節　海音の世話浄瑠璃」の中で、海音の世話浄瑠璃を心中物、犯罪物、狂乱物の三つに分類し、その分類にしたがって考察を加えている。

そこでは、『八百やお七』を犯罪物として位置付けている。確かに、作品中に表れた事件を検討するならば、『八百やお七』が犯罪物と分類されることも頷ける事ではある。また、心中浄瑠璃はその外題に「心中」という語を附す（『なんば橋心中』、『今宮心中丸腰連理松』、『心中二ツ腹帯』）か、角書に心中した男女の名前を記す（『おそめ久松袂の白しぼり』、『お高弥市梅田心中』）のが一般的ではある。しかしこれまでの考察から見れば、『八百やお七』は、心中物である他の二作品と構想および趣向の質がほとんど同一と言ってよい。登場人物の役割も他の二作品と密接な関係を持つのである。即ち、『八百やお七』は心中浄瑠璃の枠組みで作られているといると認定できるのではなかろうか。『八百やお七』の実説として知られる『天和笑委集』（貞享頃成立か）、や『近世江戸著聞集』（宝暦七年刊）、また、先行文芸作品である西鶴作『好色五人女』（貞享三年刊）の巻四「恋草からげし八百屋物語」では、お七は処刑にあって死んでしまうが、吉三郎はお七の後世を弔う為、生き永らえるのである。海音の『八百やお七』に至って初めて、吉三郎の死が仕組まれている。この事も、『八百やお七』を心中浄瑠璃として作ろうとした海音の意図の表れと見る事もできるのではなかろうか。外題に関して言えば、先行作品中では心中した事件ではなかった為に、心中物らしく命名する事が憚られた為と思われる。

おわりに

これまで三作品について検討してきたが、それぞれ〈滅罪〉の構想を共通して持っていた事を述べた。また、〈罪〉と〈滅罪〉との組み合せが、それぞれ「商人」、「侍」、「仏道」という異なった階層で仕組まれている事が明らかとなった様に思う。また、『八百やお七』が前二作品と構想を同じくすること、更に、同一時間・同一場所で死を迎えることから、心中浄瑠璃の範疇に入れる事が相応しいと思われる。その意味でこれら作品を「三部作」と認定したい。なお、海音のそれ以外の世話浄瑠璃である『椀久末松山』（宝永七年四月四日以前）、『今宮心中丸腰連理松』(正徳元年夏・推定)、『傾城三度笠』(正徳五年秋以前・推定)、『お高弥市梅田心中』(正徳五年秋以前・推定)、『三勝半七二十五年忌』(享保四年・推定)、『心中二ツ腹帯』(享保七年四月二十二日以前・推定)や、海音存疑作である『心中涙の玉井』(元禄十六年七月・推定)、『金屋金五郎浮名額』(元禄十六年『心中涙の玉井』の次の替り・推定)、『金屋金五郎後日雛形』(宝永二年六月・推定)、『傾城思升屋』(正徳五年秋以前・推定)の各作品とも、本稿で取り上げた二つの罪と〈滅罪〉の呼応する構想、及びそれに伴う〈階層〉の構想は仕組まれてはいない。その点からも三作品の類似が特徴的なものであり、「三部作」として認定できる所以となろう。

ところで、これら三作品の構想がこれ程似通っているのは何故であろうか。三作品の最初である『袂の白しぼり』は、周知の様に以後のお染・久松物の根源となった作品である。(6) ということは、作品としての完成度が高かったものと判断されよう。

第一章第五節「『曽我姿冨士』考――近松の曽我物との関わりを中心に――」で、近松が曽我物の中で繰り返し仕組んだ趣向を、海音が的確に選択し、その趣向を利用しつつ『曽我姿冨士』を創作していったと述べた。それは、観客に当たる要素を堅実に仕組んでいく海音の作劇姿勢に依るものであった。とすれば、『袂の白しぼり』を創作した後、興行に対して冒険的な作品ではなく、完成度の高い同一構想を基調としたものを志向したと考えられる。ところが、同一構想であるならば、逆に観客に対して飽きられる危険性が出てくる。その為には、同一構想に対して、「商人」、「侍」、「仏道」といった階層の組み代えにより変化をつける方法をとったのではなかろうか。そういった堅実な作劇姿勢が海音の特徴とも言えよう。

（1）　以後、上演年次は『義太夫年表　近世篇』に依る。

（2）　以後『おそめ久松思ひのたね油　下』に関する引用は、『日本歌謡集成』に依る。

（3）『心中鬼門角』上演年月については、『歌舞伎台帳集成』解題に依る。なお、以後『心中鬼門角』に関する引用は、同書に依る。

（4）横山正著『近世演劇論叢』（清文堂・昭和五一年七月）、「第二章　海音浄瑠璃の趣向と構成・第二節　海音の世話浄瑠璃」の中で、海音の心中浄瑠璃には、「有力な保護者または協力者」がいるとの指摘がある。

（5）同書同箇所で、「『丸腰連理松』の一つだけを除いて、その他の作品ではすべて、その情死の動機・原因に金が絡んでいる」との指摘はされている。

（6）『歌舞伎事典』（平凡社）、「おそめひさまつたもとのしらしぼり」（横山正）、「おそめひさまつもの」（原道生）の項目参照。

第三章　近松の浄瑠璃

第一節　時代物浄瑠璃の発想を巡って──曽我物を中心として──

はじめに

近松は様々な趣向を浄瑠璃作品の中に展開した。時代物浄瑠璃の場合、その作品が拠って立つ先行伝説の筋書きを如何にして改変・翻案していくかが、創作の上で非常に重要であった。なぜなら、そこから生じる「意外さ」、「斬新さ」というような「変化」が、「慰み」としての浄瑠璃を支える大きな要因の一つとなっていたと思われるからである。

一体、近松は如何なる発想を以てあれほどに意外性に富み、変化の多い作品を創作していく事が出来たのだろうか。本稿ではこの問題を明らかにする為に、近松の創作過程に於ける発想を辿りつつ、時代物浄瑠璃に於ける作劇法の一端について考察してみたいと思う。その場合、近松の発想を辿る手段として、当時の語句レベルでの一般的連想を取り上げることにする。と言うのも近松の作品には、当時の一般的な語句的連想から劇構成を考案したと思われる部分が指摘できるからである。また、当時の一般的連想関係については、便宜的に俳諧の付合語集を以てその拠り所としたい。付合語集としては『毛吹草』(正保二年刊か)、『世話焼草』(明暦二年刊)、『便船集』(寛文九年刊)、『俳諧類船集』(延宝四年刊)等があり有名であるが、ここでは近松の時代に近く、最も語彙数の多い『俳諧類船集』を以て当時の一般的、常識的連想関係を明らかにしていくことにする。尚、以後に言及する連想関係は、他の付合語集にも記載されているものが多くある。

一　素材翻案

近松が浄瑠璃を創作していく過程に於いて、当時の一般的な語句的連想を以て構想したと思われる箇所が幾つか指摘できる。考察の都合上、厳密に定義されるものではないが、最初にそれらを三つに分類してみたい。

一、素材翻案

二、素材選択(1)

三、劇展開

本節では構想の問題を中心として考察することを目的とするため、表現の問題はここでは取り扱わないこととし、一に挙げた素材翻案の問題から考えてみることにする。尚、考察を進めるに当たっては、曽我物より具体的に用例を指摘して検討することにする。近松は曽我物浄瑠璃を十作品も創作しており、素材の翻案や劇の展開等に苦心の跡が多く見られ、特徴的な発想が比較的よく見出せるからである。

＊　　＊　　＊

『本領曽我』(宝永三年四月一日以前)(2)一段目では、熊野と俣野の鶏合せの趣向が仕組まれている。熊野の鳥が俣野の鳥に負ければ、熊野は俣野の妻にならなければならないという約束があり、熊野と恋仲である祐重は何とかして熊野の鳥を勝たせなければならなかった。やがて鶏合せが始まると祐重の思い込んだ一念が熊野の鳥に乗り移り、俣野の鳥を負かすという筋立てになっている。この鶏合せの趣向は、先行曽我作品における祐重と俣野の相撲の事件を素材とした翻案であろう。『本領曽我』でのこの場面の詞章は、『曽我物語』[3]中「おなじく相撲の事」での詞章と類似がいくつか認められる。しかしながら、『本領曽我』のこの場面は、「おなじく相撲の事」におけ る祐重と俣野の事件のみを取り込んだものではなく、「おなじく相撲の事」の章段のプロット全体までも取り入れたものと考えられる。『本領曽我』の場合、鶏合せが終わる時点で俣野が無体に熊野を妻にしようとし、祐重は怒ってその場に踊り込む。そこで宗盛は立腹し、家臣に祐重を搦め取る様下知をなす。ここで重盛が登場し、祐重と熊野を助けるよう指示するという構想になっている。これに対して「おなじく相撲の事」では、祐重と俣野の相撲が終わると、俣野が祐重の相撲の取り方に腹を立てる。そこで河津方と俣野方に分かれて争いが起きそうになるが、頼朝が仲裁し事無きを得るという内容である。両作の関連を見るために対照すると、

『本領曽我』	『曽我物語』
鶏合せ終了 ↓ 祐重、俣野の無体に怒る。 ↓ 祐重、宗盛らに刀を抜く。 ↓ 重盛仲裁、落着。	相撲終了 ↓ 俣野、祐重の相撲の取り様に怒る。 ↓ 俣野、祐重の双方刀を抜き争おうとする。 ↓ 頼朝仲裁、落着。

というようになるであろう。よって『本領曽我』のこの場面は、『曽我物語』中「おなじく相撲の事」を基にして作られたと考えられ、決して相撲の事件のみを翻案したのではないことが分かる。実に巧みな翻案であったと言えよう。ここで問題となるのは、『本領曽我』が「おなじく相撲の事」の章段全体を取り入れる契機が何であったのかということである。またそれは、祐重と俣野の相撲が鶏合せの趣向になぜ翻案され得たのかという問にも通ずるものであろう。そこでこの問題を考えるに、まず一段目の時期の設定を見てみたい。本文には、

○河津がいとこ工藤一郎祐経俣野五郎景久。桃の節句の御吉例めん〳〵をとらぬ名鳥を。〈後略〉

○今日は弥生三日。御てうあいのゆや御前ひゐな祭の御遊にて。〈後略〉

とある。恐らく春に興行が行なわれたため、季節がこのように設定されたのだろうと考えられるが、近松がこれを契機として発想を始めたとしたら一体どのように解釈できるであろうか。[4] そこでこの連想関係を『俳諧類舩集』[5]で見ると、

鶏合《トリアハセ》←→桃《モヽ》の節供……相撲《スマフ》……

というように見付けられるのである。すると、本文中の「桃の節句の御吉例」という語句から考えれば、「鶏合」、「相撲」といった語句をほとんど同時的に連想し得たと考えることは可能であろう。「相撲」という語から、近松が曽我物を作り出すための中心素材である『曽我物語』中の「おなじく相撲の事」の章段に思い至り、「鶏合」の語を契機として翻案したものがこの場面の趣向であったと言えるのではないだろうか。

次に、同じく『本領曽我』四段目全体の構想について考察してみることにする。四段目は、義朝の二十五年の遠忌に当たり、頼朝が明日より殺生禁制の旨を伝える。この時、祐経は曽我兄弟をこのまま生かしておけば鎌倉中の騒動になるため、刑罰を行なうよう讒言する。これより曽我兄弟は由比の浜へ引き出され、駆け付けた母と共に泣き悲しむという愁歎場となる。畠山重忠や和田義盛らは頼朝に兄弟助命の嘆願書を出すが、いずれもその

由聞き入れられぬという咎が返ってくる。この展開は『曽我物語』巻第三の「祐信兄弟を連れて鎌倉へ行きし事」の章段から、「畠山重忠請ひ許さるる事」までの一連の章段を始めとし、先行曽我作品の中でも指摘できる。ところが、それらの筋では畠山重忠の嘆願によって兄弟の命が救われることになっているが、『本領曽我』の場合は助命の願いがすべて退けられ絶望している所に、夜明けまでにはまだ十分に時間があるにもかかわらず、鶏の鳴き声が聞こえてくるという構想になっている。畠山重忠は鶏の鳴き声を以て夜が明けたとし、殺生禁制の定めによって兄弟を殺すことは出来ないと弁舌を振るい、祐経の思いを諦めさせるという展開を見せる。鶏の鳴き声が兄弟を救うという趣向は、先行曽我作品と異なるだけに近松の創作方法を探る上に重要なものであろう。そこでまず鶏が鳴く場面を検討することにしたい。本文には、

　太刀ふり上ればおちかたに鶏のこゑかすか也。重忠はつと耳に入かれ聞給へ暁の。鳥ぞといへるこゑのうちしだい〳〵に近付て。はまべの松に立とまり。一鳥につれ万鳥のあまのとまやにうちしきり。八こゑの時を花やかに〈後略〉

とある。ところで『本領曽我』四段目における日時は、義朝の二十五年の遠忌であり、正月二日から三日までを設定している。『平治物語』での義朝は正月三日を没日としており、この日時は近松が恣意的に作り上げたものではないことが分かる。ここで「三日」という日付けに注目すれば、一段目の日時の設定が「弥生三日」とあり、この関連を契機として四段目でも「鶏」を思い付いたとも考えられるが、連想関係を付合語で見れば、

　鶏《ニハトリ》 異名 八聲の鳥←→……三日の節句《セック》……

という結び付きが見られるのである。また、「鳥」の語に注目すれば、

　鳥のこゑ←→……関の戸ひらく……

という連想関係も見付けられる。この「関の戸ひらく」という語句は、孟嘗君の函谷関の故事を指すものと思わ

れる。孟嘗君の従者が鶏鳴をよくすると群鳥がこれに合せて鳴き始め、時刻を違えて関門が開き難を逃れたというものである。この故事は、当時にあっては全く有名であったと考えられるが、一方『本領曽我』の場合も、一鳥の鶏鳴が万鳥の鳴き声を誘い難を逃れるというものであり、函谷関の故事を思い起こさせるような趣向となっている。

以上より見れば、四段目は由比の浜での事件を、一段目の時期設定であった「弥生三日」の「桃の節句」という語句から連想された「八聲の鳥」、「鳥のこゑ」といった語句を基に、函谷関の故事を翻案しつつ取り込み、一つの趣向にまとめ上げられたものと考えられるのではないだろうか。

次に『本領曽我』に続いて上演された『加増曽我』(宝永三年四月十日以前)からもう一例だけ取り上げてみることにする。三段目は、曽我兄弟が討死するという手紙を受け取った母が、風雨の中を探し回るという事件に続き、祐成が魚を祐経に見立てて料理をし、次に十番斬になぞらえて魚料理をするという趣向が展開される。十番斬の事件は他の近松の曽我物にも繰り返し用いられ、それぞれの作品に様々な趣向が凝らされている。では、『加増曽我』の場合はどのようにして魚料理の趣向に翻案されたのであろうか。そこで連想関係を付合語で見ると、

斬《キル》↔……魚鳥……

というように見付けられる。即ち、この『加増曽我』の十番斬に限って言えば、十番斬の「斬」という語から「魚鳥」を連想し、魚料理の趣向を思い付いたのではないだろうか。本文にはこの趣向が始まる直前に、

ヲヽとぜんの折からよくこそ〳〵。だい所に魚鳥ぞ有らん十郎の手にかけて。然るべく切とゝのへ料理して出されよ。おくのざしきで一こんすゝめん。

というように、祐成が祐経に言い付けられる詞章があり、「魚鳥」と「切」という語から見れば、この連想関係が素材翻案の契機として認められるのではないだろうか。

素材の翻案は浄瑠璃作者にとって新しい趣向を立てるために非常に重要な意味を持つものである。これまで素材翻案の方法に於いて、当時の一般的な語句的連想を劇構想にまで高めていった近松の発想を辿ってみたが、勿論ここで近松の作劇法がこの連想だけで行なわれたと言うものでは決してない。むしろこの様な連想による作劇法は中心的方法ではないかもしれない。しかし近松が先行伝説を改変するに当たり、柔軟に行なわれ得る語句的連想がもたらす「変化」を活用したとすれば、まさしく当を得た方法と言えるであろう。近松は、しかしながら一見単純に思われる語句レベルでの連想の活用を、何も素材翻案の場合にのみ使用した訳ではないと思われる。次に素材選択の場合について考えてみたい。

＊　　＊　　＊

二　素材選択

作者が浄瑠璃を創作する際に、背景となる先行伝説から自己の作品を成立させるための素材を選択する作業の過程があるはずである。その場合、素材を選択する契機は種々あるものと推測される。例えば当時にあって非常に流行していたからと言うのも一つの理由となろう。何れにしても、作者は無作為に素材を選択したのではなく、何らかの契機を以て選択したはずであり、そこには作者の意識的行為が反映していると考えるべきであろう。まして、背景となる先行伝説と関係を持たない素材が選択される場合を考え合せばなおさらである。これまで方法としての素材選択の問題はほとんど設定されたことがなかったが、以上のように見れば、この問題は考察の対象として十分に意義のあることと思われる。次に具体的に用例を示して考察することにする。『本領曽我』一段目の冒頭は、

次第　夢のまおしき春なれや。〳〵。咲ころ花を尋ん。

という詞章で始まるが、これは謡曲『熊野』の一節でもある。有名な謡曲の詞章を浄瑠璃作品に取り入れることはしばしばなされる所であるが、この『本領曽我』の場合は『熊野』の一部の詞章を取り入れるだけでなく、構成自体を翻案した形で仕組んでいる。即ち『熊野』の場合には、熊野の老母が病気である旨を書いた文を持った朝顔が熊野の所に参上し、熊野がその文を宗盛に見せて暇を請うという筋になっている。これに対して『本領曽我』では、源氏の世になることを願う熊野が、何とかして宗盛から暇を貰おうと考え、朝顔に熊野の母が病気であるという偽りの手紙を宗盛に届けさせるという筋になっている。この手紙はその後、河津が頼朝への忠義のために朝顔を害するという、悲壮な劇局面へ展開する最も重要な契機となっている。この場合、曽我の世界と無関係な『熊野』の素材が何故『本領曽我』に選択されたのかが問題となるであろう。そこでまず『熊野』と、近松が『本領曽我』を創作する際の発想の出発点になったと思われる『曽我物語』との関係を見てみたい。『熊野』には、

（シテ）いかに申し上げ候。老母の痛はり以ての外に候とて。この度は朝顔に文を上せて候。便なう候へどもそと見参に入れ候べし

（ワキ）何と古里よりの文と候や。見るまでもなしそれにて高らかに讀み候へ[6]

とあり、この詞章から『熊野』では、古里の老母から文を熊野へ出すという構成が指摘できる。これに対して『曽我物語』巻第九「曽我への文書きし事」では、曽我兄弟から文を古里の老母達へ送るという、逆転した構成を見出すことができるのである。しかし、近松が最初から「曽我への文書きし事」の章段を念頭に浮かべ、その構成の関連を以て『熊野』を選択したと考えるには、些か飛躍した連想力を近松に期待しなければならないであろう。そこで、より直接的に曽我の世界と『熊野』とが結び付く連想関係がないかを付合語で見ると、

文←→……曽我兄弟……ゆや……

というように見付けられるのである。近松が『本領曽我』を創作しようとした時点で、最初に「曽我兄弟」という語を念頭に浮かべるということは全く自然なことである。そこから「文」、「ゆや」という語を連想することも不自然な発想とは言えないであろう。また曽我兄弟の母は、三段目において熊野と共に亡き祐重への心中立てを表わす場面や、四段目で由比の浜で処刑されようとする曽我兄弟の命乞いをする見せ場で活躍するが、付合語には、

老母《ラウボ》←→……池田の宿……

母←→……ゆや……

というように見付けられるのである。ところで先行曽我作品中において、曽我兄弟の母はほとんどが「母」、若しくは「老母」という呼ばれ方しかされていない。よって先行曽我作品中では「母」、「老母」という表記は固有名詞的な機能を果していると考えられる。とすれば、先の「曽我兄弟」という語と同様に、創作を開始する時点で曽我の世界の中心人物の一人である「母」、「老母」という語を想起することは十分にあり得ることであり、ここでも「母」、「老母」という語を契機として、曽我の世界と『熊野』とが同時に連想される可能性を持っていたと考えられるのである。このように、近松は背景となる先行伝説とは関係のない素材を取り入れる場合にも、当時の一般的連想を活用しつつ創作したと考えられるが、次に『本領曽我』二段目の例を取り上げて考察を進めてみたい。

二段目は、高雄山文覚法師が平家追討の院宣を持ち、池田の遊女町を通りかかる場面から始められる。続いて遺手が登場し、熊野が病気である旨を文覚に伝え、祈禱を頼む。熊野の病気は狐が憑いたための物狂いであった。文覚法師は祈禱を始めるが功を奏さず却って狐に嬲られる。文覚は苦心の末に院宣を取り出し、その勅筆の験を

もって狐を退治する。そこで狐は立ち去る証拠にと義朝の髑髏を取り出すが、文覚はその髑髏が義朝のものと信じられず、その証明を迫る。よって狐は義朝の軍の様子から自害するまでの様子を語り、そのまま消え去ってしまうというように仕組まれている。

ところで二段目の冒頭部分に文覚法師が登場する設定になっているが、文覚法師は曽我の世界と直接的な関係は持っていない。この部分の特徴的な「文覚、髑髏、院宣」という語句から考えれば、この場面の趣向の典拠となるものは、『平家物語』の「福原院宣」の章段が挙げられるであろう。この章段では、文覚法師が頼朝に謀反を起こすように勧める。そこで自分が義朝に奉公している身であることを証明するため、義朝の髑髏を取り出して常々弔っている事を話す。この後文覚は福原へ行き院宣をいただいてくる事を約束し、ついと立ち去ってしまうという筋になっている。文覚が頼朝に義朝の髑髏を渡す際に、『平家物語』の流布本等、他の多くの諸本には、髑髏が義朝のものであることを、頼朝は「一定ともおもへねども」というように、疑心暗鬼になっているように表現されている。『本領曽我』で、文覚が狐の取り出した髑髏を義朝のものと信じられないで証明を要求するという構想の類似は、「文覚、髑髏、院宣」というキーワードの関連と共に、「福原院宣」の章段との関わりを示していると言えよう。では、『本領曽我』はどのような契機をもって『曽我物語』ではない『平家物語』の素材を取り入れるに至ったのであろうか。

文覚法師が『本領曽我』に取り入れられる可能性は、一段目で「熊野」と「曽我兄弟」が結びつく一つの契機となった「文」という語である。『俳諧類舩集』では「文」の付合語の列挙が終わった後に、

高雄の文覺配流の時清水の観音へ文つかはされし也

というようにあり、「文」から「文覺」を連想することは当時において一般的なことであったと思われる。また、一段目に於いて祐重が祐経に、宗盛公に目見えできるように頼む場面で、

関東武士は。代々源氏の披官故。此俣野殿初メ奥方へはかなはず。いはんや貴殿の父伊藤殿は。流人頼朝をかくまへをかるゝ由猶以かなふまじ。

というように記されている。「流人頼朝」の語句から常識的にも「文覺」を連想できるであろう。以上から「文覺法師」は、この創作過程の中で『本領曽我』に取り入れられる可能性を十分に有していたと考えられる。

そこで再び二段目の構成について見ると、中心となる事件の一つは文覚の狐退治であるといえる。「狐」を付合語で見れば、

狐←→……傾城　　されかうべ……

とある。これに基づいて近松の発想を辿れば、凡そ次のようになるのではないだろうか。最初に一段目で仕組まれた熊野について発想が始められる。熊野は池田の宿の傾城であった。この頃の浄瑠璃の構想として遊女町を場面として設定することが一般的であったが、その構想と相俟って二段目が遊女町の場面と決定された。そこで「傾城」(熊野)から「狐」を想起し、熊野に狐が憑くという趣向を考え出した。次に、『本領曽我』に取り入れられる可能性を多分に持った「文覺法師」は、「狐」→「されかうべ」という連想を基として、「文覺・されかうべ」→『平家物語』中「福原院宣」の章段に思い至り、翻案の妙を発揮しながら創作していったと思われるのである。

もう一例だけ『世継曽我』から取り上げてみる。『世継曽我』三段目は「虎少将道行」から始まる。虎少将は曽我兄弟の形見の品を持ち、兄弟の母に会うため訪ねて来る。ところが、富士の狩場から帰らない兄弟を心配した母は病に伏していた。そこで兄弟の姉二の宮は、母に兄弟の死を知らせないよう一計を案じ、虎少将に烏帽子を着せ兄弟が帰ったと偽って老母に会わせる。虎少将はここで「虎少将十番斬」の景事に乗り、祐経を討ち果たしたことを老母に報告するのである。この趣向の典拠と思われるのは、佐藤次信、忠信兄弟が討死したため、そ

の母を慰めようと兄弟の妻たちが次信、忠信の装束を着け凱旋する様子を見せたという故事であろう。しかし、この故事は曽我の世界と何ら関係を持たないものである。ただ登場人物、即ち兄弟とその妻たち、及び老母という設定は非常に類似していると言える。そこで両者が直接的に結び付く契機を見るため、この場面での中心的人物の一人である「老母」から付合語を見れば、

老母←→……佐藤の舘……

というように見付けられるのである。先にも記した様に、先行曽我作品中に於いて「老母」という語は固有名詞的機能を果しているのである。よって『本領曽我』が「曽我」、「老母」、「母」という語から発想を始め、謡曲『熊野』の素材を取り入れたのと同様に、『世継曽我』の場合も「老母」という語から、「佐藤兄弟」の故事を思い付き、登場人物の設定の類似を利用しつつ取り入れるに至ったのではないだろうか。

以上、素材選択の問題について考察した。これまでに示した三つの用例は作劇上非常に重要な意味を持つものと思われる。と言うのも、この連想方法は劇の構想をより複雑化し、多様な趣向を展開させ得るからであり、観客に対して「意外さ」、「奇抜さ」といった面白さを感じさせるのに有効であると考えられるからである。特に曽我物の様に繰り返し創作する場合、マンネリズムを生み出す危険性を孕むものであるが、こういった連想方法がその危険性を回避するのに少なからず役立ったと思われるのである。

三　劇　展　開

次に劇展開に於いて近松がどのように作劇していったのかを考察してみたい。最初に『本領曽我』の一段目の例を取り上げてみる。祐重が頼朝への忠義のために朝顔を害した後に場面が転換され、祐重と熊野が友切丸を盗

み取る相談をする場面が仕組まれる。ここで祐経が登場し二人を見とがめる。熊野と祐重は「ひな人形」の影を障子に映し出し、宗盛はじめ平家の侍が集まり祐経を殺す談合をしているように動かす。祐経は驚いて逃げ出し、二人は難を逃れるという筋になっている。

この『本領曽我』の一段目は、季節を春に設定している(「桃の節句の御吉例」、「弥生三日」、「ひゐな祭」の語句は既に指摘した)。この場合、いかにして「ひゐな祭」という出来事から、それら人形を動かして難を逃れるという趣向に思い至ったかが問題となるであろう。ここでもう一度祐経が驚いて逃げ帰った原因を明らかにすれば、

宗盛さまの仰には。朝がほを見るにつけ頼朝に心ゆるされず。源氏侍の根をたゝん。先一番に工藤一郎祐経を。討て捨んとの給ひて。アレ御一もんが奥の間にてそなたを殺す談合の。まつさい中にて候

と熊野から教えられた為と分かる。即ち、平家の侍達が源氏の根を絶つために祐経を手始めとして殺すという相談であった。ここで付合語からこの関係を見ると、

人形←→……軍《イクサ》の謀《ハカリコト》……

というように記されている。『本領曽我』のこの場面において、本文中から「ひゐな祭」という語と共に「ひな人形」の語も指摘できる。よってこの場面の発想を辿ってみると、「弥生三日」、「桃の節句」の語句から「ひゐな祭」、「ひな人形」の語句を連想し、その関係から更に「軍の謀」という語に思い至り、「源氏侍の根をたゝん」「談合」を構想していったのではないだろうか。

もう一つ『本領曽我』三段目の例を取り上げたい。一段目において祐経からだまし取った友切丸を、三段目で熊野は曽我兄弟への土産として河津の後家に渡そうとする。その場へ花見に託けて俣野が登場し、友切丸を奪おうと狙って熊野に舞を所望する。ここで熊野は太刀を身に付け、「新町太夫づくし」の景事に乗って舞うのであ

る。ところが、この舞が終わった後に俣野はもう一度熊野に舞を所望する。熊野はここで友切丸を抜き、舞に託けて俣野を斬り捨てようとすると、俣野は叶わないと諦めて逃げ帰っていくという仕組みである。よって熊野は二度続けて舞うということになる。そこでまず初めの舞について考えてみる。河津の後家の心中立てに感動した熊野が、彼女に友切丸を渡そうとした時、俣野はその場に現われ刀を見つけ、

　ゆや御ぜんはめづらしい。ひたゝれに太刀持て何のまねじや

と問うと、

　さん候けいせい白びやうしの役なれば。おくさまがたの御ぜんにてまひ御所望の其ためと。

と熊野が答える。この場合、付合語を見れば、

　太夫←→……舞……傾城……

という関連が指摘できる。即ち熊野が「傾城」であるという設定から「太夫」、「舞」という語を同時的に連想したと考えられる。熊野が「新町太夫づくし」の景事に乗って舞うという趣向は、全く一般的連想から成ったと言えるであろう。

　次に続けられる二度目の舞は、抜き身の友切丸を振り回して舞われる。一体、三段目は友切丸を巡っての曽我方と祐経方の攻防を中心として展開されているとも言えるが、全段を通して友切丸が最も観客に意識されるのはこの場面であろう。友切丸が抜かれるというのもこの場面が初めてである。そこで友切丸に注目してみたい。

　友切丸は三段目では「太刀」と「刀」と二通りに表現されている。『和漢三才圖絵』の「刀」の項目には「今之刀與太刀ト無レ異ナルコト」と説明されている。よって友切丸を「太刀」、「刀」と両様に表現されるのは、恐らく二音節語と三音節語という違いから語りの流れに合うよう、適宜使い分けられたものであると考えられる。そこで付合語から「刀」について検索すると、

刀←→……踊《ヲトリ》……

とあるのが指摘できる。熊野は抜き身の友切丸を携えて「舞」を舞うのであり、「踊」という言葉は本文中に使われていない。しかし二度目の舞の詞章を吟味すれば、非常に激しい所作であることが分かる。文中には、

　ゆやはゑたりとかつにのり。つゞみにのりふえにのりどろ〳〵どろ〳〵しつたん〳〵。心びやうしに足拍子ひやうしはきいたり身はきいたり。

というようにあり、「舞」というより「踊」と言うに相応しいものであったと思われる。時期が下るが、『春色辰巳園』三編（天保六年刊）に、

　折から隣家で踊りの地哥、稽古と見えて足拍子

という用例も見られるように、「足拍子」という語も「踊」を想起させるものであろう。よって「新町太夫づくし」の景事に乗っての所作は「舞」であったのに対し、それに連続する所の俣野に刀を抜いて起こした行為は「踊」であったと言えるのではないだろうか。つまり、一つの連続した趣向を展開したものではなく、二つの発想から成った二つの趣向を展開したものと考えられる。とすれば、観客に飽きさせることなく、異なる人形の動きをこの場面に構成した近松の配慮は、実に見事であったと言えるのではないだろうか。

また、『本領曽我』五段目の例もある。畠山重忠の邸へ俣野が来訪し、騙して友切丸を取ろうとする。そこに鬼王団三郎が登場し、曽我兄弟の命を助けてもらった礼として友切丸を重忠に献上しようとする。しかし重忠はその刀で斬る首が一つ二つ有るであろうと言い、鬼王兄弟に持ち帰らせる。鬼王兄弟が文覚法師の所へ立ち寄ろうとする帰り道で、俣野を含む盗賊達が現われ友切丸を奪おうとするが、鬼王兄弟の姉朝顔の幽霊が現われ俣野を摑まえる。後に重忠が上使として登場し、鬼王兄弟に俣野を斬ることを許し、首を取って五段目が終わる。

五段目で趣向の中心となる部分は、朝顔の幽霊が現われて俣野から友切丸を守る所であろう。次にこの場面を

本文より引用する。

景久一人きりぬけて太刀をとらんとひつかへし。庵室のとをとつてをしひらけば。ふしぎやわかきをんなすがたの。人ともかげともわかざるが。すつくと立てあらはれ出。〈中略〉みづからは鬼王団三郎があね。池田の宿の朝がほがゆうれいなるが。此景久めが友切丸に心をかけ。たび〳〵のらうぜき。〈中略〉しやうをへだつるひとへがきわが名にさける朝がほの。つゆのおもかげあらはれたり

五段目においても三段目と同様に観客が最も注意を引かれるのは友切丸である。斬り合いが始まって舞台から一旦全員が退場し、すぐ後に俣野一人が戻ってくる。観客はこの時点で友切丸が俣野の手に渡ることを予測する。それが朝顔の幽霊が現われるという突然の展開によって友切丸が守られるのである。幽霊が現われるという趣向は浄瑠璃の中にしばしば仕組まれるものであるが、この作の場合はどのような契機をもって取り入れられたのであろうか。付合語には、

俤←→……太刀……幽灵《ユウレイ》

というようにある。即ち、友切丸（太刀）から「俤」、「幽灵」という語へ連想が展開していったのではなかろうか。

次に『加増曽我』の例を取り上げてみる。一段目で朝比奈と犬坊丸との争いが終わった後、場面は髪結い床へと転換され五郎と団三郎が登場する。出家を嫌う五郎は、団三郎に自分の身替りとして法師になってもらうように頼む。そこで五郎自身も身替りが見破られないように髪を切り、元服して草履取に変装するという筋立てになっている。近松の曽我物では、元服の事件は勘当の趣向と対になってよく仕組まれるものの一つであるが、『加増曽我』の場合は、この後に元服して草履取となった五郎が、丁稚連中を相手にして滑稽な場面を演じることになっている。更に続いて、朝比奈との力較べの見せ場へと展開していく。この連続した場面において、五郎が草履取となる設定が重要になっているのだが、『曽我物語』巻第四の「箱王が元服の事」や、舞曲『元服曽我』

等の設定とは全く無関係であり、近松の独創と考えられる。すると何故近松は五郎が髪を切って草履取になるという設定を思い付いたのであろうか。そこでこの展開に於ける発想を付合語で見ると、

髪←→……草履取……

というように見付けられるのである。「元服」という語と「曽我」の語とは、全く常識的に連想されるであろう。そこで前髪を切るということから「草履取」を連想し、五郎を草履取にするという設定を思い付いたのではないだろうか。本文には、髪を切る場面の直前の部分に、

さいはいかな此所にかみゆひのとこの有。こゝにてげんぶくあそばしてざうり取に成給へ。

というように団三郎が五郎に言う詞章がある。更に、五郎が髪結いの女に髪を切らせる時、女は髪型づくしとも言うべき長台詞を語ることになっており、「髪」の語が特に強調されているのである。そこから「草履取」の語へ連想することは容易に行なわれたことと思われる。

最後に『曽我扇八景』(正徳元年正月二十一日以前か)の例を取り上げてみる。この作品は上・中・下の三巻構成であるが、各巻ごとに扇が趣向に用いられており、それらが外題と密接な関係を持っていると言える。上之巻では、飯原左衛門と祐経が河津の墓を掘り崩す相談がまとまった後、五郎が墓参りをする場面に転換される。そこへ十郎、姉二の宮、母が来合わせる。母を慕う五郎は父の墓参りを三人に見付けられるが、母には却って辛く当たられる。そこで五郎は勘当が許されるように兄や姉に頼むが、母は断固として聞き入れなかった。そのため五郎は遂に出家を承諾してしまうのである。ここで親子が和解して喜び合うが、その部分の詞章を本文から見ると、

でかいた〳〵それでこそ我子なれ。河津殿の御子なれ介成にも二の宮にも。をとのぜんじ十人にも此子ひとりはかへぬぞと。ひざに引よせなでさすり嬉し涙の悦び泣。二の宮も介成も。あふぎをもつてあをぎ立嬉し泣こそ道理なれ。

というようにある。注意して見ると、ここで突然に扇を持ち出して喜ぶというのは少し不自然であり、何か扇に意味があるのではないかと思われる。そこで付合語を調べると、

扇←→……母をしたふ……

というように見付けられる。近松は曽我物の作品中に五郎の勘当の素材を繰り返し用いている。そのいずれも「母をしたふ」という内容のものであったが、この場面は更に内容が複雑にされている。と言うのは、親子が和解した後に、その場で別当の御坊が五郎の前髪を剃り始め、それを見た母は五郎が父河津に似ていると言ってしまう。その言葉を聞き付けた五郎は、突然出家を拒否し逃げ出してしまうという展開を見せる。その部分は、

(母・筆者注)あの介成は母に似る。五郎は父のおもざしに似たると計おもひしが。今前がみをそつたるかほまゆのかゝりひたひ付。まじりあがつてはな筋立びんさきのはつたる迄。其まゝの河津殿〈中略〉五郎も扨は我らがつら父上に似たるとや。一目見んと鏡台引よせゑりつくろひ。みだれしびんをなでつくれば。父がかたみをます鏡しばし見入レてゐたりけり。

というように語られている。この展開に対して付合語を見れば、

扇←→……悌のぞく……
形見←→……扇……

というようにある。以上からこの場面全体について近松の発想を見れば、最初に五郎の勘当の素材を中心として「母をしたふ」という事件を仕組み、それより「扇」を想起することによって父の「悌のぞく」五郎が出家を拒絶するという展開を作り上げたものと考えられるのではないだろうか。本文中に「かたみ」という言葉が語られることから考えても、「扇」との関係を一層明確にしていると思う。このように、一旦出家を志しながら一転して出家を拒絶して逃げ出すという事件の展開は、語句レベルでの連想を以て行なわれたと考えられるが、この発

想は事件を展開する言わば推進力の働きをしていると考えられ、作劇上重要な方法と思われるのである。

右に取り上げてきた用例から考えれば、この場合もやはり語句的連想の持つ「変化」の効果を取り入れ、作品の流れを軽快に転換し、展開していく方法と言える。一見奔放にも思われる近松の発想の中には、語句レベルでの連想方法が少なからず影響していたのではないだろうか。

おわりに

これまで、近松が語句レベルでの連想を活用して創作したのではないかと思われる箇所を指摘し、考察してきた。ところで、浄瑠璃作品に於いて、先行伝説から改変・翻案された趣向を問題とする場合、その作品の全体構想の必然性から考察することが妥当ではあろう。しかしこれまで見てきたように、単純な思い付きや連想を、逆に劇構想にまで高めていく場合もあったと言えるのではないだろうか。阪口弘之氏は「近松の素材翻案におけるヒント」（『文学史研究』一四、昭和四八年七月）の中で、「近松は典拠中、またはその附近のごく些細な語句や事項をヒントにして、趣向の翻案や新しい人物形象を試みた。しかもその事例がかなりの数にのぼることは、そこに手法上の法則性が存在することを想定させる」（傍線筆者）と結論づけていられるが、そうだとすれば一般的連想語句でも十分に創作における契機となり得たのではないだろうか。尚、阪口氏は論考中で『本領曽我』一段目の「鶏合」、四段目の鶏鳴の事件、『加増曽我』三段目の「魚」十番斬の趣向に関しても言及している。本稿とは異なる根拠からの論であるが十分に説得的である。しかし、その事は本稿で述べた論点と相容れないものとは考えていない。つまり「ヒント」が一つのみと捉えるべきではないと考える。幾つかの「ヒント」が同時に重なり合うことにより、より鮮明な「ヒント」として認識されることは十分にあり得ることだからである。

最後に一つだけ付け加えておきたい。それは、本稿の考察が近松の評価を貶めるものでは決してないという事である。と言うよりもむしろ、近松は当時の一般的な語句的連想を出発点としながらも、非常に変化に富んだ複雑な構想を持つ作品に仕立て上げているのである。近松の評価はそういった点にも多大に認められるであろう。

（1）ここでは、曽我と無関係の世界からの素材を選択するという意味に限定する。
（2）以後浄瑠璃作品の上演年月日は『義太夫年表　近世篇』に依る。
（3）『曽我物語』の章段に関しては流布本によった。
（4）鶏合せが実際に行われるのは翌日の三月四日と設定されているが、三月三日に宗盛が「明日西八条にて。鶏合を興行しゅやが鳥と俣野が鳥。勝負によってめあはすべし」と命じている。
（5）以後『俳諧類舩集』に関する引用は『近世文芸叢刊』第一巻に依る。尚、矢印及び省略を意味する黒点は私に付した。矢印はそれを挟んだ上下の語句がどちらからでも連想可能であることを示すものとする。
（6）引用は『謡曲大観』第五巻所収『熊野』に依る。

第二節 『冥途の飛脚』考——封印切の背景——

はじめに

これまで『冥途の飛脚』(正徳元年七月以前・竹本座初演)に対しては、「善意による悲劇の招来という葛藤を描こうとし、封印切りという他と比較にならないほどの大罪を素材にすることで、それを合理化するために重友博士以来指摘されている破綻を招いていると考えられる[1]」と述べられているように、作品内部に破綻(矛盾)の存することが認められてきた。重友毅氏は封印切に至る過程に対し、「八右衛門や梅川の不審な言動が支えとなっており、いいかえれば、そのような不手際を代償として、この場面の成功がもたらされたのであることを忘れてはならないのであり、それはまた、作者がいかに忠兵衛本位で、この巻の筆を執ったかを知らしめるものであ」るとしている[2]。

この様な考え方に対する基本的前提としてあるのは、八右衛門が悪人ではないという捉え方であった。それは近松の『冥途の飛脚』製作の意図として、「敵役を設けぬ『重井筒』を制作し得たことは、おそらく彼にとって会心のことであったに相違なく、またそのことは、ここ（『冥途の飛脚』・筆者注）に再び敵役を混えぬ作品の制作を意図せしめたと思われる[3]」という理解や、また、「これは「冥途の飛脚」の前後の作品「心中刃は氷の朔日」の親方利右衛門や「今宮の心中[4]」の隠居貞法の例から考えると、主人公への好意が逆に主人公を悲劇へ追い込む例という点で共通している」という近松世話浄瑠璃の展開論の中で当然の事として認められてきたことに拠ると思われる。

では『冥途の飛脚』に於いて、果して八右衛門を矛盾なく解釈することは本当に不可能なのであろうか。また、八右衛門は善意を基本として捉えることが妥当なのであろうか。本稿では、忠兵衛と八右衛門に焦点を絞って封印切を行なった背景をもう一度検討してみたいと思う。

一　大和新口村出身と養子

中之巻、封印切に至る場面では、八右衛門の言動が忠兵衛の封印切を導くことになる。しかし封印切は八右衛門と忠兵衛の両者の緊張関係から成り立つことは言うまでもない。忠兵衛は梅川の「情なや忠兵衛さまなぜそのやうにのぼらんす。そもやくるわへくる人のたとへ持まる長者でもかねにつまるは有ならひ。こゝのはぢははぢならず何をあてに人のかね。ふうをきつてまきちらしせんぎにあふてろうひつの。なはかゝるのといふはぢと此はぢとかへらるか[5]」という諫めをも聞き入れず何故封印を切ってしまうのか。勿論、八右衛門の執拗なまでの悪口が原因となるのではあるが、それをも忍耐強く遣り過ごすことが出来なかった忠兵衛の資質の側からの問題は残る。

その問に対して白方勝氏は忠兵衛の「一分」の問題を取り上げた[6]。白方氏は「封印切は忠兵衛の一分の意識過剰のもたらせた悲劇として構想されているのである。」とし、忠兵衛について「何につけてもよい男である彼は、よい男が侵されることを、つまり恥をかくことを極端に忌避する」と指摘している。首肯すべきものと思われる。そこで、これよりもう一つ踏み込んで、その様な性格がどのようにして構想されてきたのか、その背景を考えてみたい。まず、上之巻冒頭部から検討しよう。

身をつくし難波にさくや此花の。里は三すぢに町の名も佐渡と越後の相の手を。かよふ千鳥の淡路町亀屋の世つぎ忠兵衛。ことし廾の上はまだ四年いぜんに大和より。敷銀もつて養子ぶん後家妙閑のかいほう故。あきなひ功者駄荷づもり江戸へも上下三度笠。茶のゆはいかい碁双六のべにかく手のかどとれて。酒も三つ四つ五つ所もん羽二重も出ずいらず。無地の丸つばぞうがんの国ざいくにはまれ男。色のわけしり里しりて暮るを待ずとぶ足の。飛脚宿のいそがしさ荷をつくるやらほどくやら。

冒頭部は忠兵衛の紹介が語られる。「ことし廾の上はまだ四年」と年齢に続け、「大和」出身と「養子」の身分とを述べる。更に商いばかりではなく諸芸に優れ、理想的な人物像を展開する。容姿についても「大和」出身にも拘らず「国ざいくにはまれ男」と描き出す。この部分は『冥途の飛脚』(『日本古典文学全集』の『近松門左衛門集二』〈小学館・昭和五〇年八月〉所収)の頭注では、「忠兵衛の出生が田舎で、まれないい男であることをきかせる」と説明されている。一見すると、この紹介部分での忠兵衛の評価は、後に展開する「封印切」という公金横領の大罪を犯すものとは結び付かない設定である。しかし、その中に紛れ込むように表現された「大和」出身と「養子」の身分であるという紹介は注意すべきであろう。近松の他の世話浄瑠璃中で、冒頭部に「田舎者」で、且つ「養子」であるという紹介がなされる作品はない。ここでの表現は、本来、田舎者にはいい男が「似つかわしくない」という前提が存するのである。よってここでは、「大和」は「国ざいく」という表現とも響き合い、忠兵衛が田舎出身であることを鮮明に印象付けているとも考えられる。

もう一つ同様の箇所が上之巻から指摘できる。冒頭部に続き、店の忙しい慌しさが語られ、そこに為替銀を催促する屋敷の侍、続いて中の島丹波屋八右衛門からの使いの者が登場する。手代達が相手をして使いの者が引き揚げた後、忠兵衛義母妙閑が金の催促を不審に思いつつ登場し、次のように語る。

おやじの代から此家にかね壱匁のさいそくゑず。終に中間へなんぎをかけず十八軒の飛脚屋の。かゞみといはれた此亀屋。みなは心もつかぬか。忠兵衛か此比のそぶりがどふものみこまぬ。昨今の者はしるまいがじたい是の実子でなし。もとは大和新口村。勝木孫右衛門と云大百姓のひとり子。母ごぜはお死にやつて継母がゝりのわざくれに。悪性狂ひも出来るぞとてゝごせのしあんで是の世とりにもらひしが。せたいまはり商買ごと何におろかはなけれ共。此比はそは〳〵と何も手に付ぬと見た。（傍線筆者）

ここで語られる内容は冒頭部の忠兵衛の紹介と同様である。実子ではなく「養子」であること、「大和新口村出身」であること、また、「せたいまはり商買ごと何におろかはな」い人物であること。そしてそれに「此比はそは〳〵と何も手に付ぬ」様子が付け加えられる。しかしながらここでは、特に知らせる必要もない「昨今の者」にまで「じたい是の実子でなし。もとは大和新口村。勝木孫右衛門と云大百姓のひとり子」と知らせているのである。義母ではあると言え、忠兵衛の親である妙閑から、この「大和出身」という出自と「養子」の身分を繰り返し述べることはそれなりに注意を払うべきであろう。

また、中之巻の八右衛門の忠兵衛に対する悪口の中にも、次のように語られている。

尤千両二千両。人のかねをことづかりしばしのやどをかすけれ共。手がねとては家やしき家財かけて十五貫目。廾貫目にたらぬ身代。大和の親が長者でも。亀屋へ養子にこすからは高のしれた百姓（傍線筆者）

ここには八右衛門の忠兵衛に対する一種の蔑みの感情が見て取れる。取り立てて「大和」の「百姓」を言わなければならない所でもなかろう。また、「養子」の身分であることも敢えて言う必要もない筈である。後に説明するが、この時点に於いて、八右衛門は忠兵衛に対して幾らでも罵倒できる種を持っていたのである。それにも拘らず、近松が都合三度の「田舎出身」と「養子」という状況を語らせた事は、何らかの意図を感じさせるものである。

では、忠兵衛はこの田舎出身である点をどの様に捉えているのであろうか。上之巻で八右衛門から為替銀を請求された時、忠兵衛の応答部分に次のようにある。

しつての通梅川が田舎客。かねずくめにてはり合かける。此方は母手代の目をしのんで。わづか二百目三百目のへつり銀。をひたをされていきた心もせぬ所に。請出す談合極まつて手を打ぬ計と云。〈中略〉そなたへ渡る江戸がねがふらりとのぼるを何かなしに。ふところにをしこんで新町迄一さんに。どふとんだやら覚えばこそ段々宿を頼んで。ゐなか客の談合やぶらせこつちへね引の相談しめ。かの五十両手付にわたしまんまと川を取とめしも。

ここで梅川の客を「田舎客」と呼ぶ忠兵衛の意識はどのようなものであるだろうか。それは自分が田舎出身であるにも拘らず、他の田舎者を見下す程の自信が見て取れるのではなかろうか。その自信は、商才ばかりではなく、諸芸に通じ、既に都会の人々よりも都会的に振舞う事のできる所の裏付けから来るものと思われる。しかしながらその忠兵衛の認識は、同時に自分が田舎出身であることを強固に意識した裏返しのものと言えるのではなかろうか。

白方氏が「何につけてもよい男である彼は、よい男が侵されることを、つまり恥をかくことを極端に忌避する」「忠兵衛の一分の意識過剰」と言うのは、忠兵衛の周囲から執拗なまでに繰り返し語られる「田舎出身」と「養子」の身分という負い目が背景となっていると考えられるのである。(7)

ところで、もう一箇所この「田舎出身」と「養子」の身分が語られる場面がある。それは中之巻で、八右衛門に自尊心を打ち拉がれ、前後の見境なく忠兵衛が封印切をしてしまった後の部分である。

忠兵衛気もうちやう天。前後くゝらぬまにあひむしろしきがねのこと思ひ出し。はてやかましい。此忠兵衛をそれほどたはけと思やるか。此かねは気遣ない八右衛門もしつてゐる。養子にくる時大和から。敷金にもつてきてよそへあづけをいた金。

封印を切った金の出所の言い訳である。自尊心を砕かれた後に「養子にくる時大和から。敷金にもつてきてよそへあづけをいた金」と「大和」の名と「養子」の身分を劇中で初めて忠兵衛自らが言い出すのである。「ヤレ命いきやふと思ふて此大じがなる物か。」という決意を以って封印切の大罪を犯した忠兵衛には、もはや自尊心も無意味なものとなっていたのである。忠兵衛にとって最も触れたくない自身の「引け目」を自ら言い出した事は、ここに至ってようやく忠兵衛は自らの「過剰意識」という柵から解放されることになるのではなかろうか。田舎出身であることを再認識した忠兵衛は、それがまた下之巻で忠兵衛の出身地である「大和新口村」へ忠兵衛梅川を向かわせる構想と連動していると思われるのである。

二　中之巻の八右衛門

八右衛門の人物像については、先に挙げた重友氏、向井氏の他にも、廣末保氏が「八右衛門という人物は、この『心中刃は氷の朔日』で試みられた親方の設定から引き出されているとも言える。またもし、『今宮心中』が、『冥途の飛脚』よりあとの作品だとすれば、この八右衛門が由兵衛に繋つてゆくとも考えられる。假りに、この時代順が若干變更されたとしても、この段階で、近松が、八右衛門的或は由兵衛的人間をとらえようと試みているることは推測できる(8)」と指摘している。『冥途の飛脚』の前後の作品に見られる人物像から八右衛門を捉えるという方法はそれなりに説得力を持つ物と言える。ところが、中之巻で八右衛門が登場する場面については、もう一つ別の関係を見出すことも可能である。それは『曽根崎心中』の九平次の登場場面との関係である。『曽根崎心中』天満屋の[9]場の九平次と『冥途の飛脚』中之巻の八右衛門の登場場面とを比較してみたい。

か〻る所へ九平次はわる口中間二三人。ざとうまじくらどつときたり。ヤアよねさまたちさびしさうにござる。なにときやくになつてやらふかい。なんとていしゆ久しいのと。のさばり上ればそれたばこぼんおさかづきと。ありべか〻りに立さはぐ。イヤさけはおきやのんできた。扨はなすことが有。これのはつが一きやくひらのやの徳兵衛めが〈中略〉一ぶんはすたつた。きやうこうこ〻らへきたる共ゆだんしやるな。みなにかうかたるのも徳兵衛めがうせまつかいさまにいふとても。かならずまことにしやるなや。よせることもいらぬもの。とうでのへかとびたものとまことしやかにいひちらす。(『曽根崎心中』天満屋の場)

中の島の八右衛門九軒の方より浄るり聞付。ヤア皆聞しつたよねのこゑ〳〵くはしや内にかとつ〻と入。ゐさしば〻きさか手に取二かいの下から板敷を。ぐはた〳〵とつきならし。女郎衆あんまりじやこ〻にも人が聞てゐる。いか成男でそれ程に恋しいぞ。男がなふてさびしくはおきにはいらずと。是にも一人かしてやろかとわめきける。〈中略〉ヤア千代とせ様なるとせ様。れき〳〵の御参会。梅川殿はよひの口島屋をもらふていなれたげな。忠兵衛もまだ見へそもない。くはしやこ〻へよらつしやれ。女郎衆もかぶろ共も忠兵衛がことに付。み〻うつて置ことが有こ〻へ〳〵とひそ〳〵すれば。ハア、何ごとやら気遣なといへ共二かいの梅川に。わるいうはさもきかせんかと皆きをくばる折ふしに。〈中略〉大門口にさらされ友だちの一ぶんすてさする。人でなしとはあれがこと。かはゆくはよせてくださるなとかたるを〈後略〉(『冥途の飛脚』中之巻)(以上、傍線筆者)

傍線部の対応を見れば、八右衛門が九平次と非常に似通った内容の発言・描写がなされていることが分かる。

というよりも、近松は八右衛門の登場に『曽根崎心中』の九平次の登場部分を再利用していると言えよう。勿論、九平次は徳兵衛を罠に掛けて金を騙し取った人物であり、法的にみても罪人(悪人)であることは間違いない。一方、八右衛門は忠兵衛に対してその根底に善意を以って対応していると考えられてきている。しかしながら、八右衛門の登場からすれば、なぜ悪人九平次の登場場面を踏まえて作られたのかが疑問として残る。単に八右衛門の登場場面でたまたま九平次の場面を利用しただけで、他意はないのであろうか。そこで、今度は退場の場面も検討してみたい。

『曽根崎心中』の九平次が退場する場面では、「さうばがわるいおじやいの。こゝなよねしゆはゐなことで。をれらがやうにかねつかふ大じんはきらひさうな。あさやへよつて一はいしてぐはら〳〵一ぶをまきちらし。そしていんだらねやすからふア、ふところがをもたうて。あるきにくいとわるくちだらけいひちらしわめいてこそはかへりけれ」と表現されている。『日本古典文学全集』(前掲)の頭注では、「こゝなよねしゆはゐなことで」以下の文章に対し、「九平次のお初に対するあてこすり。」とある。他方、『冥途の飛脚』の八右衛門の退場場面は、「たゞさへもらふ此小判かやす物をいはれぬじぎ。五十両慥に請取た手がたかへすとなげ出し。梅川殿よい男持てお仕合。よね様達是にとかねくはい中し出ければ。」(傍線筆者)と記されている。八右衛門の場合も九平次同様に「あてこすり」をして退場するという共通点が指摘できるのである。勿論、九平次は登場後に徳兵衛の悪口を言い散らし、同様に八右衛門も忠兵衛の悪口を言い立てることも共通しているのである。と言うことは、登場から退場に至るまでの九平次と八右衛門の行為は全く同種のものと判断されるのである。このことは何を意味するのであろうか。一方では九平次が悪意の人物として描かれているのに対し、同様に造形される八右衛門を果たして善意の人物として認定して良いのかという疑問が残る。

一体、八右衛門の人物造形に関しては、これまでも色々と考察されてきた。その中でも藤田悠紀子氏は「廓という場の中で「競争意識」を指摘した。[10]

何とかしてあの男（忠兵衛・筆者注）が、商人として立ってゆけるように考えてやっている。こう考えていながら八右衛門は友人の弱點をさらけ出し、そのことにより自分の「男」らしい行為を吹聴し、證據物を出して皆の關心の中心になって得意になる。外見も教養も性格も忠兵衛とはちがい、金も派手に使わない八右衛門は、廓ではいつもたいこで、もてもせず一座の中心にもなれない。八右衛門は忠兵衛に悪意はないのだが、競争意識は持っている。

「廓」という特殊な場だからこそ、「八右衛門は忠兵衛に悪意はない」のだが、「競争意識」故に忠兵衛の「弱點をさらけ出し」てしまうという考え方である。この指摘は首肯できるし説得力もある。恐らくその様な面も十分にあったことは確かだろう。但し、そのような説明でもやはり登場・退場の場面までも九平次と重ね合わせた作為の説明には十分とは思われない。

さて、この問題を考える為に、もう一つ解決しておかねばならない点があるように思われる。それは既に何度も指摘されている疑問点であるが、中之巻の八右衛門の登場時に於いて梅川が身を隠す原因についてである。まず、本文を見てみたい。

きよ様下なは誰さんじや。イヤ大じござんせぬ中の島の八さまと。聞より梅川はつとして是々あのさんにはあひともない。皆様おりて下さんせわたしが二かいにゐることを。必々いふまいぞ。そこらはすいじやと打うなづきみな〳〵ざしきに出ければ。

この場面で梅川が八右衛門から身を隠す理由としては、藤田氏は「感じ易い梅川にとっては、頭痛の種になる人種であったにちがいない。その上十數日前から忠兵衛は八右衛門を避けている。敏感な梅川は戀人の心を感得し、おのずから八右衛門を避けるようになったものと思われる」という様に解釈している。[11]また、重友氏の「この梅川の反発は、何か急な変化であり、余人には探り得ぬ秘密の理由があるとしなければならぬが、本文を限なく眺めても、前にも後にも、それを思わせるはもとより、それを匂わせるものすらない。そこから本文をはなれて、勝手な臆測を加える評者も出て来るのではあるが、それは全く無意味なことといわなければならない(12)」という考えもされてきた。

勿論、劇の構想上、梅川が後に「立ち聞き」をしなければならなかったからと理由付けることも可能であろう。しかし、それでは構想が優先された為に梅川の行為が不自然なものとして理解せざるを得なくなる。この部分は近松の失敗であったと評価するのはたやすいが、そう結論する前に、やはり矛盾なく理解するための一応の検討は必要と思われる。

まず、八右衛門と梅川との関係を考えてみるべきだが、廓での客と遊女という以外、両者の関係は具体的に描かれていない。ただ、忠兵衛が封印を切った後で梅川が梯子を駆け下りた時、「なふすつきりわしが聞ました。みな島八さまのがお道理じや」と忠兵衛に語り掛ける。「島八さま」との愛称で呼ぶ関係であることは確認できる。中之巻の八右衛門の登場時、「中の島の八さま」ときよが答えた表現よりは若干くだけた表現となっている。両者の違いに親疎は認められないとしても、顔見知りであることには違いない。それ以上の関係は表現されていない。では、忠兵衛と八右衛門との関係はどうであろうか。忠兵衛と梅川との関係から考えれば、忠兵衛と八右衛門との関係は梅川の知るところのものであろう。ここに梅川が八右衛門に「あのさんにはあひともない」と言わしめた理由を推測させる可能性も考えられる。そこで一先ず忠兵衛と八右衛門との関係を、彼らの言葉から検討してみたい。

上之巻で忠兵衛が八右衛門と出会い、為替銀の催促を求められる場面で、八右衛門は「そちが商売は三度でないか。身が方へのぼつた江戸がはせの五十両は何としてとゞけぬ。五日三日は了簡も有ぞかし。心やすいは各別高だちんかくからは大じの家職。十日にあまれど埒明ず」と言っている。ここでは忠兵衛と八右衛門は「心やすい」関係であることが分かる。また、忠兵衛の弁解には、「かの五十両手付にわたしまんまと川を取とめしも。八右衛門と云男を友達に持し故と。心の内では朝ばんに北にむかひておがむぞや。去ながらいかに念比なればとて。さきにことはりたてをいてつかへばかるも同前〈後略〉」と言う。「八右衛門と云男を友達に持し故」、「いかに念比なればとて」とあり、「友達」で「念比」である関係が知られるのである。

更に、中之巻では、八右衛門が忠兵衛の悪口を言う場面で、「ろくなことは出かさずかたこびんそりこぼされ。大門口にさらされ友だちの一ぶんすてさする。人でなしとはあれがこと」とあり、八右衛門自身が忠兵衛を「友だち」と呼んでいる。続いて、忠兵衛は八右衛門の悪口に堪え切れず登場し、八右衛門に抗弁する場面では「をいてくれ気遣すな五十両。や百両。友達にそんかける忠兵衛ではごあらぬ」とあり、「友達」という言葉を用いている。これらのことから忠兵衛と八右衛門は通常「心やすい」「友達」という関係が成り立っていたものと考えられる。

さて、そうなると梅川も八右衛門のことを忠兵衛の「心やすい」「友達」として理解していたことは充分考えられる。忠兵衛は上之巻で八右衛門に対し、出会った折に「れそが言伝したぞや。近日一座いたしたい」と言っている。忠兵衛が廓からの八右衛門への言伝をしていることから見れば、廓の中での忠兵衛と八右衛門の関係が知られよう。但し、この言伝の真偽は定かではない。八右衛門に言い逃れすべき引き合いに出されたまでかも知れない。ただ、ここでは廓の内での両者の関係が知れればよい。そう考えれば、やはり梅川は八右衛門を忠兵衛の「心やすい」「友達」として認識していたことはほぼ間違いない。では、梅川が自分の大切に想う忠兵衛の「心やすい」「友達」が現れた時、なぜ「あのさんにはあひともない」と言わなければならなかったのであろうか。

廣末氏はこの場面で「八右衛門のようなタイプを、女の眼は見抜くと言うのであろうか。近松はここらにも伏線をしいているかも知れない。ともかく、梅川は別に、八右衛門を友情にあつい男だなぞと思っているわけではない[13]。」と推定する。先に挙げた藤田氏も「敏感な梅川」と指摘し、廣末氏と共通点が見られるが、廣末氏はもう一つ「伏線」の可能性を示している。そこで、この示唆に拠りながら、これより該当部分を分析してみたい。

まず梅川が「き《詞》よ様下なは誰さんじや」と問う。その問いにきよが「イヤ大じござんせぬ中の島の八さま」と答える。その返事に「聞《地ハル》より梅川はつとして是々あのさんにはあひともない」と身を隠すことになる。ここではなぜ梅川が「はつと」するのか。そして「皆様おりて下さんせわたしが二かいにゐることを。必々いふまいぞ」と頼んだ時、それに対して「そこらはすいじや」と「打うなづ」いたのかという点が疑問である。

ここで注目したいのは「はつとして」の「はつ」の部分の強調的に語る墨譜である。なぜ「中の島の八さま」と聞いてすぐに梅川は「はつと」としなければならなかったのか。そして「皆様おりて下さんせわたしが二かいにゐることを。必々いふまいぞ。」と「必」の部分の強調的語りによって示された依頼に対し、皆は何を推量して「そこらはすいじや」と「打うなづ」いたのか。勿論、ここでは梅川が八右衛門の所へ渡す為替銀を忠兵衛が流用したことは知らないはずである。知っているならば梅川が八右衛門を避ける理由には十分であろうが、立ち聞きの最中に事の真相を知った時、「二かいには。かほをたゝみにすり付てこゑを。かくして泣ゐたり」とあり、この時に初めて知り得たと考えるのが当然である。では、その他の理由として何が考えられるのだろうか。

遊女と客との関係に於いて「あひともない」という心理はどのようなものであろうか。近松の他の世話浄瑠璃中で遊女が客を避けようとする場面は『心中天の網島』(享保五年十二月初演)上之巻に見られる。上演年次が『冥途の飛脚』に遅れる点、また状況が異なる点に問題はあるが、遊女が客を避けようとする関係が見てとれるのである。

紀伊国屋の遊女小春が侍客に呼ばれ河庄方へ向かう途中、すれ違った遊女と挨拶する所、小春は「ふしぎにこよひは侍しゆとて河庄かたへおくらるゝが。かういく道でももし太兵衛にあはふかと気遣さ〳〵。かたき持同然の身持。なんとそこらに見へぬかゑ」と問う。相手の遊女に「そんならちやつとはづさんせ」と促されるものの太兵衛に見つけられてしまう展開となる。太兵衛は連れ衆に「つれしゆ。内々咄た心中よしいきかたよし床よしの小はる殿。やがて此男が女房に持か。紙屋治兵衛が請出すか。はり合の女郎」と紹介する。『心中天の網島』での太兵衛は、小春を紙屋治兵衛との「はり合の女郎」としているが、まったく小春に横恋慕する人物として描かれているのである。これをそのまま『冥途の飛脚』の部分に当てはめることは適当ではないが、遊女が客を避ける状況を推測する一つの契機と考えられないだろうか。

重友氏が「そこから本文をはなれて、勝手な臆測を加える評者も出て来るのではあるが、それは全く無意味なこととといわなければならない」と注意を喚起したが、「本文をはなれ」る迄もなく、実は「梅川はつとして是々あのさんにはあひともない。皆様おりて下さんせわたしが二かいにゐることを。必々いふまいぞ」という表現の中に、既に恐らく八右衛門が梅川に「言い寄った」事件を想定させるに十分な示唆を含んでいたのではなかろうか。そして「あのさんにはあひともない」と言った梅川は、その八右衛門の「言い寄り」に対して拒否の態度を取ったことを意味していると思うのである。更に言えば同輩の遊女が「イヤ大じござんせぬ中の島の八さま」と言っているが、この「言い寄り」の事件は他の遊女にはまだ知れ渡っていないことが推測される。つまり梅川と八右衛門との二人に限定された秘密としてあることが理解できる。また、以前までは梅川と八右衛門とはそういう関係ではなかったと推測される。それは、同輩の遊女が「大じござんせぬ」と言っており[14]、そう遠くない以前までは梅川にとっても八右衛門は「大じ」ない人物として存在していた事をうかがわせる。ということは、八右衛門の梅川に対する「言い寄り」は、極最近にあったと推測されるのである。それ故に同輩遊女がその事情を察したからこそ「そこらはすい(粋)じや」と応じたのではなかろうか。こうした捉え方が廣末氏の言う「伏線」としたならば、八右衛門の中之巻の退場部分と連動していることに気付く。それは、先にも触れたが、八右衛門の「梅川殿よい男持てお仕合。」という皮肉である。この一言は、言わずもがなの内容である。対立関係にあった忠兵衛にこそ皮肉を浴びせるべき筈のものである。しかし、敢えて「みな島八さまのがお道理じや」と八右衛門の側に加担する発言をした梅川に皮肉を浴びせているのである。勿論この退場場面で八右衛門の忠兵衛に対する発話はない。梅川に向けられた皮肉なのである。

しかしながらこの「言い寄り」は、八右衛門の梅川に対する深い思いからされたものではなかろう。忠兵衛への悪口の中で「此八右衛門もわかいものゝならひ。一年に五百目一貫目あげ屋の座敷もふまねばならぬ」と語る八右衛門は、廓での遊び方を熟知した人物として設定されているからである。決して忠兵衛のように遊女に深入りすることはなく、飽くまで「遊び」の範囲を逸脱することはない人物である。しかし「遊び」とは言え、「北ばまうつぼ中の島天満の市のかは迄。おやじ共いはるゝ八右衛門」と名乗り、「丹波屋の八右衛門男じや」と自認する人物設定からすれば、梅川に「言い寄り」を拒絶されたとしたら一分も廃れ、その憤りも甚だしいものがあったのではなかろうか。

藤田氏の指摘したように、「廓」という場での「競争意識」は十分にあったと思われる。但しこの作品の場合、そういう一般論で割り切ることは十分ではないと思われる。これはやはりもう一歩進んで、梅川と八右衛門個人の交渉を前提として理解しなければならないのではなかろうか。

廣末氏は、八右衛門の悪口を分析しながら「どこかに額面通り素直に聞いてしまえないところがある。」と指摘しつつ、また、一方では「八右衛門はどこまでもよい男である。」とし、「一體、なぜ八右衛門が、場合によっては大變いやらしくもなるこうした友情を忠兵衛にほどこさねばならないか、それもよくわからない。ともかく、表面は確かに立派づくめであるが、どこかいやらしい奴だと思わざるをえない、そういう人物を漠然と感じさせる。漠然というのは、近松はそういう性格を書ききつていないし、意識的には善意の人間として肯定し乍ら、それでは成りたたないから、いやな面を妥協的にとり込んでいるからである。そうすることで、辛うじて、封印切という決定的な忠兵衛の行為を觸發させる力をつくり出そうとしているのである。[15]」と分析している。しかしながら、「意識的には善意の人間として肯定」するという前提を全く逆転させ、八右衛門に悪意を認めるならば、この部分は全く無理なく解釈できるのである。八右衛門は梅川への何らかの事件に対する悪意の感情を、忠兵衛に対して爆発させたものと考えれば、全て自然な展開となる。八右衛門は悪意を含みつつ、正義を盾にしながら話をすることにより、常に善人の位置を保持しつづけることが出来る。廣末氏の言う八右衛門の「いやらし」さの原因は、一般的な「廓」という特殊な場での「競争意識」という次元を越えて、八右衛門個人の具体的な「悪意」を背景として生まれてくるのではなかろうか。

以上のように考えた場合、問題となるのは上之巻の八右衛門の態度である。そこでこれより上之巻の八右衛門の言動を検討してみたい。

三　上之巻の八右衛門

上之巻と中之巻との八右衛門像は、「大別すると次の二つの意見になる。第一は敵役ではないにくまれ役として新しい人間像がこゝに創造されたという見方(大久保忠国氏等)第二は上巻と中巻での性格・言動の矛盾を認める見方である。大久保氏は上・中巻の矛盾は必ずしも分裂ではなく、特異ではあるにしても統一しうる人物として考えておられるわけである。八右衛門が敵役でないことは諸研究家の一致するところである。しかし、敵役的役割を果たしていることもまた間違いはない。また俠気のあるおやじとして描かれていることも事実である。[16]」

という捉え方がされてきている。大久保氏を含め、何れにしても「善意」を基本とした考え方である。では、これまで述べてきた様に八右衛門に「悪意」を認めるならば、上之巻と中之巻での八右衛門は果たして統一的に捉えることが可能であるのだろうか。

上之巻に於いて八右衛門を「善意」の人物として印象付けている最たる理由は、忠兵衛が梅川の身請け金の一部に八右衛門の所に届く筈の為替銀五十両を流用したことを告白し、それを八右衛門が「了簡して待てや」ったことにある。そこで、どのような経緯でそのような展開になったかを確認してみたい。初めに二人の出会いから検討しよう。

上之巻で忠兵衛が家に戻り辛くしている所、運悪く為替銀を受け取りに来た八右衛門と遭遇する。忠兵衛は口車に乗せて何とかやり過ごそうとするが、八右衛門は「北ばまうつぼ中の島天満の市のかは迄。おやじ共いはるゝ八右衛門。なぶつてよくはなぶられふがかねはけふ請取」と極めつける。八右衛門は自らを「おやじ」と名乗り、始めから忠兵衛に対して威圧的な態度に出る。無論、為替銀を受け取る権利を有する八右衛門にしては当然であろう。しかし、この二人の出会いの場面から、正義は常に八右衛門にあり、忠兵衛はその正義の盾に屈服し続けざるを得ない位置に規定される。更に先取りすれば、この関係は、五十両の鬢水入れの事件に発展し、益々その関係が強化されることになる。

さて、ここではしかし、忠兵衛の「言い訳」は実に八右衛門の心を捉えている点に注目しなければならないだろう。八右衛門が忠兵衛の母親に為替銀の直談判に乗り込もうとすると、忠兵衛は言い訳を願う。すると、八右衛門は「又口さきですまそふや。梅川をだましたと男のいきはちがふた」と答える。八右衛門の「男」という言葉から引き出されるように、忠兵衛は八右衛門を「男」の位置に規定しようとする。忠兵衛は田舎客による梅川の身請けを阻止できた事を「八右衛門と云男を友達に持し故と。心の内では朝ばんに北にむかひておがむぞや。」

と訴える。それに呼応するかの様に「丹波屋の八右衛門男じや了簡して待てやる。首尾よふせよ」と為替銀の遅延を了承してしまうのである。忠兵衛は八右衛門を「男」の位置に据えるだけでなく、自らを「此忠兵衛を人と思へば腹も立。犬の命をたすけたと思ふて了簡頼み入」とも願う。八右衛門を「男」という立場に据え、自らを「犬」の位置に蔑むのである。この事により「男」、あるいは「おやじ」と自負する八右衛門に、決して断れない状況を作り出しているのである。以上から見れば、八右衛門の承諾は「善意」から出たものと決定する事は留保すべき事となろう。「又口さきですまそふや。梅川をだましたと男のいきはちがふた」と宣言した八右衛門は、結果的に忠兵衛の思惑通りに為替銀受渡しの遅延を承諾させられているのである。

忠兵衛と八右衛門の二人が別れようとする所、再び忠兵衛が窮地に立たされる。内から忠兵衛の義母妙閑が八右衛門に気付き、招き入れるためである。しかしそこでも忠兵衛は、八右衛門をまた「男」の位置に祭り上げる。忠兵衛は、「男を立るそなたと見てせんかたなふて渡す金。さつはりと請取て母の心をやすめてたも。包はとくに及ぶまじいらふてみても五十両。どふしてたもる」と差し出す。すると八右衛門は、「手に取て。ハテ誰ぞと思ふ丹波屋の八右衛門。請取に子細はない」とここでも了承してしまうのである。

このように見てくるならば、八右衛門の登場前に忠兵衛が飯炊きのまんに家の様子を聞き出そうとして、「ぬれかけて。だましてとはん」とする場面が展開されているが、そういう知恵に長けた一面を持っている事と連動しているとも解釈可能となる。八右衛門は「口三味せんにのせかけてものる様な男でない」と忠兵衛に迫り、忠兵衛は事実を告白したものの、その告白には八右衛門が了承せざるを得ない細工が施されていたのである。尤も、忠兵衛がそれを意図的にしたものか、自然とそのような語り口になったのかは問題としない。ここでは八右衛門が拒否できない状況であったことを確認すればよかろう。

さて、ここまでの八右衛門の行為は「善意」かそうではないのかが判然としない。ところが、八右衛門と妙閑との応答の中に、一つの問題が隠されていると思うのである。その部分は、妙閑が忠兵衛に八右衛門の所に届いている金を渡すように促した時の反応である。

　八右衛門もそこゐは聞是おふくろ。はづかしながら八右衛門が五十両や七十両。急に入こともなし是よりすぐに長堀迄参れば。明日でもと立んとすれば〈後略〉

　ここで問題にしたいのは、「長堀」という場所である。八右衛門が咄嗟に答えた「長堀」という地名は、仕事上の都合と考えるには少々不自然である。忠兵衛が帰宅した頃は「待日も西のもどり足見せさし比に成にけり」という程であった。その後、忠兵衛とまん、更に八右衛門とのやり取りの後の時刻である。まして八右衛門は使いが手代に「かさ高」な返事をされ、「かねはけふ請取。」と決意して出かけてきたのであった。何らかの仕事のついでに忠兵衛の所へ立ち寄ったのではなかろう。とするならば、八右衛門が妙閑に答える地名は「長堀」ではなく、「北ばまうつぼ中の島天満の市のかは迄。おやじ共いはるゝ」と八右衛門自らが言っていたその地名こそが事実らしく聞こえた筈である。にも拘らず八右衛門は「長堀」と答えた。これは八右衛門がその時点で「新町遊廓」へ行く意志を持っていた為に、咄嗟の返答にその方向上にある「長堀」という地名を挙げてしまったのではなかろうか。中の島の八右衛門の家から「長堀」へ向かう場合でも、その途中に「新町遊廓」があることは既に指摘されている（前掲『日本古典文学全集』頭注）が、むしろ通常八右衛門が「新町遊廓」へ向かう「符牒」として「長堀」があったのではないかと思う。少なくとも八右衛門は「これから用事があるから」とだけ答えれば良かった筈である。「長堀」へ向かうという方向性を示したからには、観客は八右衛門がこれから「新町遊廓」へ向かう予想を十分に立てられることになる。万一予想できなかったとしても、中之巻で実際に八右衛門が廓を訪れる事実を見れば、「長堀」という行き先は、「新町遊郭」へ行く事であったと観客は再認識させられたのではなかろうか。

つまり、八右衛門は忠兵衛の申し開きを聞いた段階で、既に廓へ行ってこの一件を口外する意志があったと判断すべきであろう。中之巻で八右衛門が座敷に上がった途端、「アヤ千代とせ様なるとせ様。れき〱の御参会。梅川殿はよひの口島屋をもらふていなれたげな。忠兵衛もまだ見へそもない。くはしやこゝへよらつしやれ。女郎衆もかぶろ共も忠兵衛がことに付。みゝうつて置ことが有こゝへ〱とひそ〱すれば」という表現からは、八右衛門が忠兵衛の一件を真っ先に口外しようとした明確な意志が読み取れる。更に梅川と忠兵衛の留守を確信した上でのことである。八右衛門は決して忠兵衛の行く末を真剣に熟慮した上で廓へ向かったという訳ではない。もし八右衛門が真剣に忠兵衛を救おうという意志があるのならば、梅川にこそ忠兵衛の一件を知らせれば済む事ではなかったのか。この八右衛門の忠兵衛の一件の口外は、本来忠兵衛一人の留守を確認すれば済む事であったと思われる。いや、むしろ梅川一人にだけ知らせれば最も確実に忠兵衛を廓へ「よせつけ」ないことが出来たはずである。八右衛門は梅川の留守を確認しつつ登場したことは、梅川に対して聞かれたくない差し障りがあったと考えられる。上之巻で忠兵衛が八右衛門に申し開きをした後で、八右衛門が「いひにくいことよふいふた。丹波屋の八右衛門男じや了簡して待てやる」との言葉が、真実の気持ちから出たものであるならば、八右衛門は梅川一人にこの一件を知らせ、難局を乗り切る方法を示すべきであった。それが為されないことは、八右衛門のこの言葉はやはり親切ごかしのものであったと判断せざるを得ないのである。

「長堀迄」の意味を以上のように解せば、上之巻の八右衛門が善人とばかり規定されるものではなくなる。つまり、上之巻と中之巻の八右衛門の性格は矛盾なく連続するものとなるのである。

さて、これまで八右衛門が善人であるとする一つの大きな根拠は、「いすかのはしのくひちがふ心をしらぬぞぜひもなき。」の解釈であった。この解釈は、既に白方氏が、

短気（「たんきはそんきの忠兵衛」・筆者注）と鶍の觜はこの効果をねらって、いわば観客を錯覚させるためのもの

であって、必ずしも忠兵衛の心情や封印切の真因を語ったことばではない。『堀川波鼓』においても、近松はお種の姦通をくり返し酒のためだと弁護したが、これも観客に対して同じ効果をねらったものであって、反面近松はお種が姦通を引き起しかねない可能性を彼女の性格と環境の中に具体的に描いた。作者のなまな詞を鵜呑みにすると、かえって作者の真意が見失われてしまうことさえある。

と指摘している。[17]「作者のなまな詞を鵜呑みにすると、かえって作者の真意が見失われてしまう」という点について同感である。また、そのままこの部分を理解したとしても、正義を盾にする八右衛門は、行為としては忠兵衛を救う方向性を持っているのに対し、忠兵衛の行為が封印切を実行する方向性を持つものとしての「食い違い」を予告する機能を表しているのであって、いずれにしても八右衛門が心底善人であるとばかり理解する必要もないと思われる。

もう一つ、上之巻で忠兵衛が八右衛門に五十両の遣い込みを告白した時、八右衛門が「ほろりつと涙ぐ」んだという部分にも、八右衛門を善人と思わせる根拠となりうる。しかしこの点についても、藤田氏は「上の巻で忠兵衛に泣きつかれ、ほろっとし「首尾よふせよ」といっているが、相手の心を深く理解し同情しての詞ではない。優越感のようなものもちらついている。」と鋭く指摘している。[18] この部分もまた八右衛門を純粋に善意の人としてばかり解釈する必要もないであろう。

八右衛門がもし純粋に善意で忠兵衛と梅川との仲を切らせようと考えているのであれば、封印切の場面で、八右衛門が忠兵衛に謝るなりして阻止することもできたのではないか。それが出来ないということは、八右衛門は心底から忠兵衛を助けようなどとは元々考えていなかったことの証しと思われるのである。

おわりに

以上、『冥途の飛脚』の封印切に至る背景について検討してきた。これまで、封印を切らせる力が八右衛門の善意と忠兵衛の一分の問題として考えられてきたように思われる。しかし、その考えに立てば疑問点が常に残されたままとなり、近松の無理がどうしても目立つものとなっていた。しかし、八右衛門と忠兵衛との対立は、実は八右衛門の善意ではなく、八右衛門の忠兵衛(直接的には梅川)に対する一つの屈折した「悪意」と、都会人より都会的な振るまいを身に付けた田舎者忠兵衛の劣等感がその背景にあったと考えられるのである。その背景の対立こそが封印を切らせる力になったと思われる。

ところで、八右衛門を善人か悪人か、あるいは「敵役」であるとか規定することの意味はあるのであろうか。『曽根崎心中』の九平次の行為は、明確に徳兵衛を罠にはめた犯罪であった。八右衛門はそういった犯罪行為を起こした訳ではない。八右衛門は当初、忠兵衛のいないことを確認した上で悪口をしたものであり、その行為が忠兵衛を犯罪に駆り立てるとは思ってもいなかっただろう。客観的に見て八右衛門を悪人とまで呼ぶ必然性はないのである。もし、八右衛門をして悪人と呼ぶことができるならば、例えば『心中天の網島』の太兵衛は、「悪意」を持って治兵衛を殴打し、根拠も無く周辺に治兵衛が「ぬすみ」をしたと言い立てている行為からすれば、太兵衛もまた悪人として認めなければならなくなるであろう。横恋慕した人物がその腹癒せに起こした程度の行為である。そのように考えれば、本来悪人ではないであろう八右衛門が、悪意を隠し持ちつつ善意を盾に振舞う人格として設定されていることは、むしろ、善悪の役柄のうちに収まり切れない生身の人間を描き得たということであり、十分に評価しうるものと考える。

(1) 向井芳樹著「「冥途の飛脚」について」(『近松の方法』・昭和五一年九月・桜楓社)参照。
(2) 重友毅著「『冥途の飛脚』の問題点――封印切と新口村――」(『近松の研究』・昭和四七年四月・文理書院)参照。
(3) 注(2)に同じ。
(4) 注(1)に同じ。
(5) 近松作品の引用は、以後『近松全集』(岩波書店)に依る。
(6) 白方勝著「冥途の飛脚」(『近松浄瑠璃の研究』・第三編世話浄瑠璃の展開・平成五年九月・風間書房)参照。
(7) 白方勝氏も注(6)前掲書の中で、「そこには田舎出のコンプレックスが働いてもいようか。」との示唆はされているが、具体的な考証はなされていない。
(8) 廣末保著「『冥途の飛脚』封印切と新口村」(『増補近松序説』・三 世話悲劇の展開 その一・昭和三二年四月・未来社)参照。
(9) 『曽根崎心中』は一段物であるが、「天満屋の場」は構成上、三巻構成の中之巻に当る。
(10) 藤田悠紀子著「近松の女性(その二)「冥途の飛脚」の梅川」(『近松門左衛門――研究入門――』・昭和三一年八月・東京大学出版会)参照。
(11) 注(10)に同じ。
(12) 注(2)に同じ。
(13) 注(8)に同じ。
(14) 勿論ここで言う「大じござんせぬ」とは、一義的には、梅川が田舎客を嫌い島屋から抜けて来た訳であり、その迎えではないという意にとれる。しかし八右衛門が、万一梅川にとって別の意味で差し障りのある人物として知られていたならば、やはり「大じござんせぬ」とは言わなかったであろう。
(15) 注(8)に同じ。
(16) 注(1)に同じ。
(17) 注(6)に同じ。
(18) 注(10)に同じ。

第三節　『心中天の網島』考――「意見」と背景――

はじめに

近松門左衛門の世話浄瑠璃のテーマの一つとして、「家」の問題がこれまでにも指摘されてきた。例えば、原道生氏は「近松世話浄瑠璃の評価の問題」（『日本文学』昭和三八年六月号）の中で、

作者は次第に、主人公の連なる人間関係が、主人公を生かすと同時に疎外して行くという事態に気づき、その認識の深化に応じて、更に新しい人間関係を描き出して行くという発展をとって行ったのだと思う。その過程で明らかにされてきたのが、町人の「主従」であり、町人の「家」の問題だった。〈中略〉後者は、殆ど全作に出て来るが、『心中天網島』などを頂点としている。

と記している。この論文が書かれた後は、「家」の問題が近松の世話浄瑠璃全般に関係していた為か、『心中天の網島』を単独に扱う論考には、義理と情との問題に力点を置いて論じられるものが多かった。(1)特に、中之巻に於けるおさんの手紙告白の一件が、「女どしのぎり」の問題として論究されてきたのである。その後、諏訪春雄氏

は『心中天の網島』について、「家と個人の対立」という見方を指摘している。(2) 近松が『心中天の網島』に義理、若しくは義理と情とを重要な主題としたという捉え方は、異論の無い所である。しかし、『心中天の網島』における「家」の問題と言う時、具体的にそれがどの様な構想として成立しているのかは検討しておくべき課題であると考える。その為に、まず全体の構成を検討する事から始めたい。

一　作品構想について

全体の枠組みを把握する為にプロットによる構成の概略を示してみたい。

〈上之巻　大坂曽根崎新地茶屋河庄の場〉

①曽根崎新地の賑わい　②小春と太兵衛のやりとり　③小春と侍客のやりとり　④治兵衛登場
⑤侍客の小春への意見　⑥括られる治兵衛　⑦太兵衛の横暴　⑧正体表わす兄孫右衛門
⑨兄の意見　⑩起請の取り戻し　⑪離別

①は曽根崎新地の様子が描かれ上之巻の場所設定がなされる。②は、作品の構想上から見れば、小春と治兵衛の置かれた状況を観客へ説明する場面と言える。

③と⑤の間に④の治兵衛登場の場面が割り込んで仕組まれる。これは⑤での侍客と小春とのやり取りを後の展開の為に立聞きしなければならないからである。よって、③と⑤は連続して展開するものである。③で、小春が侍客に「十夜の内にしんだ者は。仏に成といひますが定かひな。」、「じがいすると首くゝるとは。さだめし此の

どを切ルかたが。たんといたいでごさんしよの。」等の発言を⑤で受け、侍客が小春に心中する決意を見て取り、意見するものである。文中には、「くはしやが咄の紙治とやらと。心中する心と見た。ちがふまい。しに神ついたみゝへは。ゐけんも道理も入まじとは思へ共。さりとはぐちのいたり。」とあり、心中を回避するように説得する。小春はその意見に従い、心中せずに済む様に侍客に頼むことになる。尤も、小春の真意が別物であることは後に明かされる。

⑥は⑤での小春の心変わりに怒った治兵衛が抜身の刀を格子の狭間から突っ込み、侍客に腕を括られるというものである。⑦での、太兵衛に盗みをして縛られたと極めつけられ、暴行を受けるという筋の契機となる。⑧は⑦を受けて、侍客が太兵衛を懲らしめ、続いて治兵衛に兄孫右衛門であると正体を明かす仕組みとなる。続いて⑨では、孫右衛門が治兵衛に意見する場面となる。文中には、「弟とはいひながら三十におつかゝり。〈中略〉身だいつぶるゝわきまへなく。兄のいけんをうくることか。」とある。その結果⑩での治兵衛と小春の起請の取り戻しが行なわれる。ここでおさんの手紙から孫右衛門が小春の真意を悟ることになる。⑪では二人の離別が展開され、上之巻が終わる。

上之巻で中心的に描かれる人物は、侍客として登場する粉屋孫右衛門と小春、治兵衛であろう。この三人の行動を中心に考えれば、構想として同じ仕組みが二度繰り返されていることに気付く。即ち、侍客が小春に意見し、小春がそれに同意する出来事⑤と、更に孫右衛門が弟治兵衛に意見し、同じく同意して改心する仕組み⑨である。前者の場合、小春はおさんの手紙に既に同意しており、始めから治兵衛と別れるつもりであった。よって侍客の意見に従って改心し、心中を取り止めたものではない。しかし、それが観客に知らされるのは⑩の段階であり、それまでは侍客の意見によって改心したという仕組みである。あくまで表向きの仕組みは「意見」から「改心」へと展開しているのである。後者の場合、小春の真意を知らない治兵衛は小春を見損ない、孫右衛門の意見を受け改心する仕組みになっている。上之巻は、「意見」から「改心」という仕組みの繰返しが基本構想となって展開していると言えよう。次に中之巻を見てみたい。

〈中之巻　天満宮前町紙屋治兵衛内〉

⑫おさんの切盛り　⑬三五郎の道化　⑭孫右衛門と叔母登場　⑮孫右衛門と叔母の意見
⑯誤解を解く治兵衛　⑰起請を書かせる叔母　⑱孫右衛門叔母退場　⑲おさんの手紙の告白
⑳身請け金を調えるおさん　㉑舅五左衛門登場　㉒去り状の責めと詫び言　㉓連れ去られるおさん

⑫、⑬は中之巻の場所設定と三五郎の道化が展開する導入部分である。

⑭から⑱は一連の展開である。孫右衛門と叔母が登場し、いきなり叔母がおさんへ意見を始める。意見が終わると同時に、今度は孫右衛門が治兵衛に意見する。叔母と孫右衛門は、講仲間の噂話しから、治兵衛が小春を請け出すものと早合点して来たものであった⑮。治兵衛は身請けする人物が太兵衛であると思い当たり、弁明をする。おさんも治兵衛の言い分が正しいと請け負い、その場は納まる⑯。叔母は念の為に嘘偽りがないことを起請に書かせ⑰、叔母の夫五左衛門に起請を見せに孫右衛門と共に退場する⑱。

叔母と孫右衛門が帰った後、治兵衛が漏らした「たとへこなさんと縁きれ。そはれぬ身に成たり共。太兵衛には請出されぬもしかねぜきで親かたからやるならば。物の見ことに死んで見しよ」という小春の言葉から、おさんは小春が死ぬ事を確信し、手紙の一件を告白する。治兵衛と小春の手を切らせたのは、おさんの小春への手紙が原因であったというものである⑲。そこで二人は狼狽し、小春の身請け金の工面をつける⑳。

治兵衛は家を出ようとすると、折悪く舅五左衛門がやって来る㉑。五左衛門の目的は、治兵衛が書いた起請の真実を確かめる事であった筈である。ということは、孫右衛門と叔母が来た時の目的と同一線上にあると言ってよい。孫右衛門と叔母はそのために意見を試みた。ところが、五左衛門の場合、出会した治兵衛の姿を見て、完全に誤解してしまったのである。五左衛門は治兵衛の姿を見て「むこどの是はめつらしい上下きかざり。わきざしはおりあつはれよいしゆのかねつかひ。紙屋とは見へぬ。しんちへの御出か御せいが出まする。」と言う。状況から見れば五左衛門の勘違いも尤もなことであった。この状況が、「意見」という段階を飛び越え、「離縁」という結末に一気に導いたのである。

治兵衛は五左衛門に詫びるが、聞き入れられない。おさんも五左衛門に抵抗するが、五左衛門は去り状を書くように責める。極まった治兵衛は自害を試みるが、おさんに止められる㉒。五左衛門は何も聞き入れず、おさんを無理やり連れ帰る㉓。

中之巻の構成は、三つの仕組みから成り立っていると捉えることも可能であろう。第一は叔母・孫右衛門の意見の場であり、第二はおさんの手紙の告白であり、第三は五左衛門のおさんを連れ去る事件である。中之巻の山場は勿論手紙告白の一件であることは間違いなかろう。「女どしのぎり」を触れる研究は多い。しかしその「女どしのぎり」を展開するための仕組みは、孫右衛門・叔母の意見であり、その延長上に立った五左衛門の暴挙とも言うべき行為であった。

〈下之巻　蜆河新地茶屋大和屋・道行名こりの橋づくし・大長寺薮外の水門〉

㉔治兵衛茶屋大和屋を出る　㉕兄孫右衛門の尋ね　㉖治兵衛と連れ立つ小春　㉗〈名こりの橋づくし〉

㉘義理立ての後に心中

治兵衛は小春と心中する心で、大和屋をまず一人で抜け出す㉔。次に小春を連れ出そうとしている所へ、孫右衛門が治兵衛を捜しにやってくる。先に気付いた治兵衛は身を忍ばせる。ここで孫右衛門は治兵衛に会う事はなかった。心中しなければならない構想から見れば、ここで二人が会うことは出来ない。すれ違うべく仕組まなければならなかった㉕。孫右衛門が退場し、治兵衛と小春は連れ立って心中へと急ぐ㉖。道行〈名こりの橋づくし〉㉗があり、心中場へ辿り着き、二人で命を断つ㉘。

心中浄瑠璃の場合、通常下之巻は道行が仕組まれた後、心中する場面が仕組まれる。『心中天の網島』も同様の形式より成る。ここで注目したいのは、道行前での孫右衛門登場の意味である。孫右衛門は、治兵衛が「我身をわすれ。むふんべつも出やうかと。ゐけんのたねに勘太郎を。つれて尋」ねて来たのであった。即ち、治兵衛に「ゐけん」する目的であった。すれ違いにより、その意見の試みは徒労に終わるが、全体の構想から見れば、上・中・下巻の全てに「意見」の場面が繰返し仕組まれていることが指摘できるのである。これまで、『心中天の網島』全体が「意見」の繰り返しという構想であるとの指摘はない。

さて、作品全体の構想を把握してみたい。まず、手紙の告白（中之巻）及び心中（下之巻）の件りを除けば、「意見」の場面を繰返し仕組むことにより、劇の展開を図るものであると言える。中之巻の三場面の中間にある手紙告白の事件は、正に作品全体の中央に位置していると言える。そして手紙の事件の前と後では、意見の効果が全く逆転していると考えられる。手紙事件の前では、孫右衛門・叔母の意見が心中を回避する方向で働いている。ところが、手紙事件の後では、五左衛門の「意見」が変形した形で展開される（「意見」の変形した形という意味については後に述べる）。それは心中回避への方向性を持たず、逆に心中への推進力となった。また下之巻では、確かに孫右衛門の意見は物陰に隠れた治兵衛の耳に届いたが、すれ違いの為に意見の効果が十分に発揮された訳ではなく、心中を思い止まらせるまでには至らなかったのである。以上を図式化すると次の様になろう。

以上から見れば、治兵衛の周囲の人物が、治兵衛・小春・おさんに対して「意見」を繰り返すという構想が骨格として仕組まれていることが分かる。構想としては極めて単純ではあるが、その単純さを全く感じさせない。というよりも、芝居の最後は心中で終わることを知り抜く観客にとって、「意見」を繰り返すことで逆に切迫感を強く感じさせるように機能していると考えられる。そして作品の前半部と後半部の対照的な構図は変化に富み、決して観客を飽きさせることがない。このような近松の筆致は高く評価できると思う。

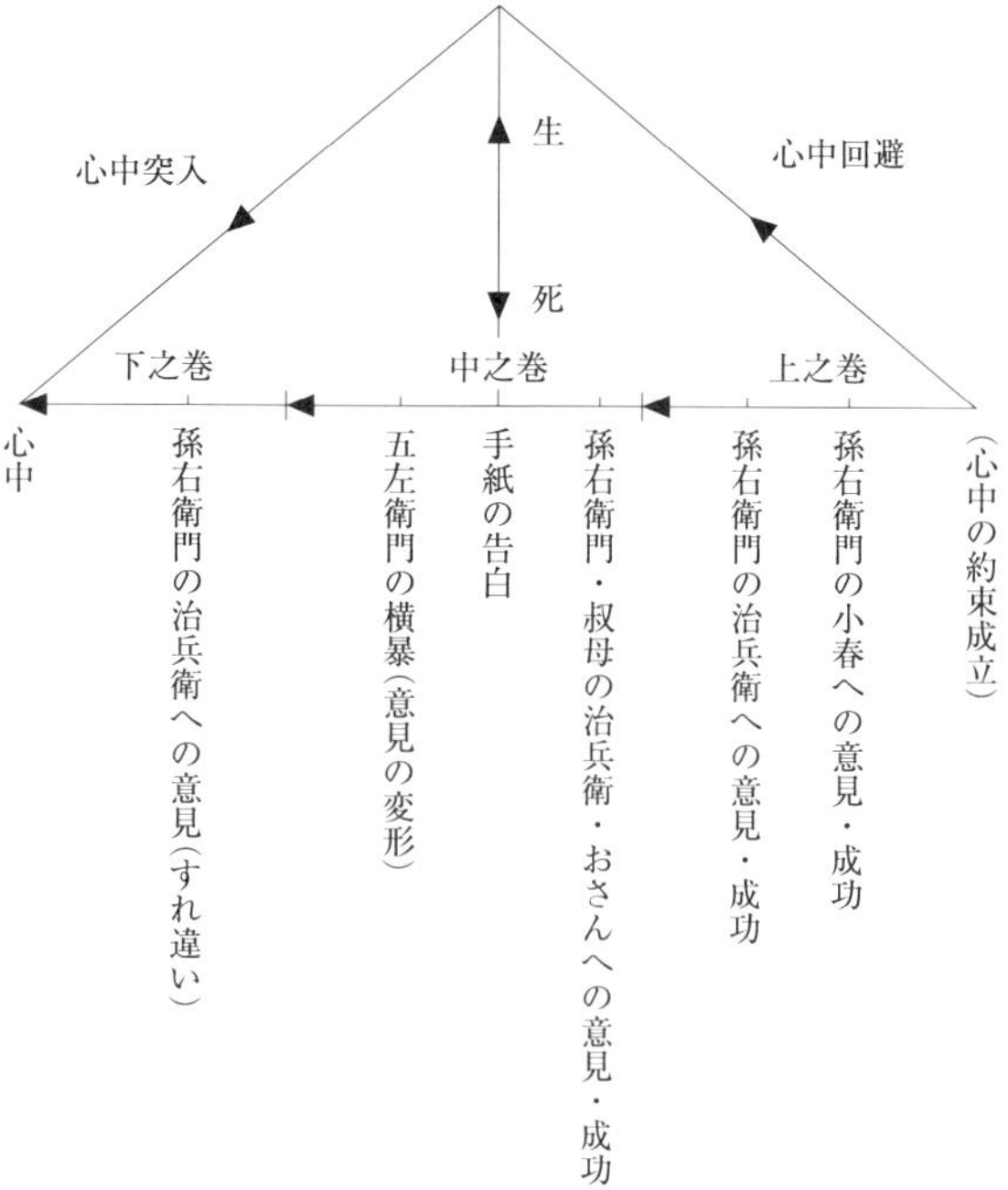

さて、このような構想の基に仕組まれたそれぞれの「意見」の内実についても、勿論考察する必要があろう。

二　一家一門と血縁

意見をする者と、される者との確認をしてみたい。

上之巻
⑤　粉屋孫右衛門　➡　小春
⑨　粉屋孫右衛門　➡　治兵衛
中之巻
⑮　叔母・粉屋孫右衛門　➡　おさん・治兵衛
下之巻
㉒　舅五左衛門（暴挙）　→　おさん・治兵衛

㉕　粉屋孫右衛門　→　治兵衛（すれ違い）

これらの意見は、直接的には孫右衛門なり、叔母の意見ではあるが、果して個人的な意見なのであろうか。上之巻⑨での孫右衛門の意見には次の様にある。

しうとはおばむこ。しうとめはおばじや人親同然。女房おさんは我ためにもいとこ。むすび合〳〵重々の縁じや親子中。一家一もんさんくはいにも。おのれがそねざきかよひの。くやみより外よのことは何もなひ。

「一家一もんさんくはいにも。おのれがそねざきかよひの。くやみより外よのことは何もなひ。」とは、「一家一もん」の全ての人々が治兵衛と小春の縁切りを切望している事と理解できる。そう考えれば、孫右衛門の意見は孫右衛門一個人のものではなく、「一家一もん」の総意を代弁していると捉える事も可能であろう。

もう一つ、中之巻⑮での叔母の言葉に注目したい。

ヲ尤々此気になればかたまるあきなひこともはんじやうしよ。一門中がせはかくも皆治兵衛為よかれ

ここでも「一門中がせはかくも皆治兵衛為よかれ」と言う。叔母の個人的な意見ではなく、「一門中」の総意をその背景に持っていると捉えられる。孫右衛門と叔母との両者の言葉から考えれば、どちらも個人的な意見ではなく、「一家一もん」の総意としての意見であると言えよう。この「一家一もん」という語は、意見の場面では決まり文句の様に使われている。例えば、上之巻⑤での孫右衛門の小春への意見には次の様にある。

くはしやが咄の紙治とやらと。心中する心と見た。ちがふまい。しに神ついたみゝへは。ゐけんも道理も入まじとは思へ共。さりとはぐちのいたり。さきの男の無分別はうらみず。一家一もんそなたを恨にくしみ。万人に死顔さらす身の恥。親はないかもしらね共。もしあればふかうのばち。仏はおろか地こくへもあたゝかに。ふたりづれでは落られぬ。

身分を侍と偽った孫右衛門は、「さきの男の無分別はうらみず。一家一もんそなたを恨にくしみ。」と意見した時、勿論一般論としての見解ではあるが、具体的には孫右衛門の「一家一もん」を意味している筈である。また、下之巻の孫右衛門の言葉には、

一門一家親兄弟が。かたづをのんでざうふをもむとはよもしるまい。しうとの恨に我身をわすれ。むふんべつも出やうかと。ゐけんのたねに勘太郎を。つれて尋るかひもなく。今迄あはぬは何ごとゝ。おろ〳〵涙のひとりこと

とある。「一門一家親兄弟が。かたづをのんでざうふをもむとはよもしるまい。」という表現も、孫右衛門が「一門一家」の心情を代弁したものである。

以上から考えれば、意見をする者である孫右衛門なり叔母なりの意見は、個人的な見解というよりも、一家一門の総意としてのものと考えられる。この事と関連して、詞章の中には「一家一門」の語の他に、血縁関係を強調する語句が非常に多い。上之巻⑨での孫右衛門の意見の中で、

弟とはいひながら三十におつかゝり。勘太郎お末といふ六ツと四ツの子の親。〈中略〉しうとはおばむこ。しうとめはおばじや人親同然。女房おさんは我ためにもいとこ。むすび合〳〵重々の縁じや親子中。

とある。また、中之巻⑮で叔母の言葉には次の様にある。

そなたのてゝごはおばが兄。いとしやくはうよ道せいわうじやうの枕を上。むこ也おい也治兵衛がこと頼む

また上之巻では、太兵衛が小春に治兵衛の悪口を言う時にも、「紙屋の治兵衛ふたりの子の親。女房はいとこどししうとはおばむこ」とあり、「一家一門」を外れた人物からも治兵衛の血縁関係が語られる。観客に、治兵衛を取り巻く環境が、血縁に縛り付けられていることを繰り返し強調するのである。では、一家一門の総意とは、具体的には一体何を意味しているのであろうか。その点をもう少し詳しく「意見」の中から考えて見たい。

三 「意見」の背景

上之巻⑨で、孫右衛門が治兵衛に対して次の様に言う(3)。

Ａ　弟とはいひながら三十におつかゝり。勘太郎お末といふ六ツと四ツの子の親。

Ｂ　六間口の家ふみしめ。身だいつぶるゝわきまへなく。兄のいけんをうくることか。

Ｃ　しうとはおばむこ。しうとめはおばじや人親同然。女房おさんは我ためにもいとこ。むすび合〳〵重々の縁じや親子中。

Ｄ　一家一もんさんくはいにも。おのれがそねざきかよひの。くやみより外よのことは何もなひ。

Ｅ　いとしひはおばしや人〈中略〉おのれが恥をつゝまるゝ恩しらず。此ばちたつた一ツでも行さきにまとか立。

Ｆ　かくては家も立まじ。小はるが心てい見とゞけ。其上の一思案おばの心もやすめたく。此ていしゆにぐめんし。おのれが病のこんげん見とゞくる。〈中略〉小腹が立やらおかしいやら。胸がいたい

この箇所に関して、諏訪春雄氏は六つの部分に分けて分析している。次にそれを引用し、その分析に則って考察してみたい。

Ａ　まず、勘太郎六歳、お末四歳という二人の子供がいるということ。

Ｂ　一軒の店の主人であるということ。

Ｃ　複雑な親類関係にとりまかれていたということ。

Ｄ　その複雑に入組んだ親族たちが治兵衛の行動を非難しはじめているということ。

Ｅ　肉親の愛情をふりかざして治兵衛の感情に訴えかけているということ。

F　六つめに関しては、諏訪氏は「これでは家も保てない。小春の心底を見届け、〈中略〉胸が痛んでどうにもならぬ」と現代語訳した後、「ここで孫右衛門は、自分のことを言っている。いままで六つの部分に分けて、順を追って孫右衛門の意見の内容をみてきた。その最後に孫右衛門は自分のことを持ち出した。」と言っている。

それでは、孫右衛門の意見を順に見ていきたい。諏訪氏は、A、Bで、「治兵衛に、親として、一家の主人として、多大の責任を負わせるものであった」とする。なるほどその通りであるが、A、Bとの内容には若干の差異があるように思われる。Aは治兵衛の家族に於ける立場を自覚させようとの発言である。女房・子供のある身での無分別を戒める内容である。即ち、小春との縁切りには有効な表現内容となっている。諏訪氏も「治兵衛のもっとも痛いところをついてきたのである」と言っている。しかしBは、放蕩を続ける結果、破産へと進むことの自覚の無さを指摘しているのである。その自覚の無さが、「兄のいけんをうくることか」との孫右衛門の叱咤へと続くのではなかろうか。

孫右衛門の意志が、一家一門の総意としてのものであれば、小春と治兵衛との縁切りを目論むものである。そう考えれば、一見、Bの「六間口の家ふみしめ。身だいつぶるゝわきまへなく。」という発言は、挿入的な意見として捉えられるようにも思われる。つまり、AからCへとそのまま詞章を続けたとしても、小春との縁切りには十分な内容である。では、縁切りの説得として核心的ではない二次的な内容を、何故敢えて付け加えたのであろうか。この問題の前に、C以降の詞章についても考察してみたい。

Cは、一家一門に於ける治兵衛の位置を確認する内容である。これはAでの、家族に於ける位置の確認の延長上の発言と捉えられる。そうであれば、Aと同一内容の繰り返しと言えよう。血縁関係を背景にして治兵衛を説得しようとする態度である。D・Eは一家一門が具体的に治兵衛を心配する内容で説得しようとするものである。特に、治兵衛に対してEの叔母の具体的行為の説明は最も効果的な説得となる筈である。ところが、そういう効果的な説得の後に、Fの冒頭で「かくては家も立まじ。」という言葉が続くのである。「かくては」という語が、それまでの説得を総括して述べる働きをするならば(本来この一文は、Eの中に入れられるべきであろう。)、孫右衛門を始めとする一家一門の集約的な意見は、小春との縁切りを前提とはするものの、〈家を立てよ〉という一点に尽きることになる。この文脈は、A・Bで、小春との縁切りをして「身だいつぶ」すな、とする展開を再度繰り返したものと読み取れる。この関係からもう一度説明するならば、「身だいつぶ」さず、「家」を「立」てよという事が、一家一門の意見であったと考えられよう。

中之巻⑮では、叔母が自分の娘であるおさんに対し次のように言う。

男の性のわるいは皆女房のゆだんから。しんだいやぶりめをとわかれする時はおとこ計の恥じやない。少めをあいて気にはりをもちやいの

この文脈も「男の性のわるい」ことが、結果として「しんだいやぶ」る事態を招き、その為に「めをとわかれする」ことになるというものであろう。とすれば、「めをとわかれする」原因が治兵衛とおさんの不仲などという問題ではなく、あくまで「しんだいやぶ」ることなのである。

この後孫右衛門の意見が続き、更に小春の身請け客が治兵衛ではないとの誤解が解ける。そこでその証拠の為に起請が書かれ、叔母は安堵して次の様に言う。

ヲ尤々此気になればかたまるあきなひこともはんじやうしよ。一門中がせはかくも皆治兵衛為よかれ。兄弟の孫共のかはいさ。

ここで言う、「此気になればかたまる」とは、身持ちも固まるという意味である。(4) 小春との縁切りを確認するだけならば、この「かたまる」という表現で完了されるべきものであろう。ところが、すぐに「あきなひこともはんじやうしよ」と続けられる。孫右衛門の言葉と併せ考えれば、一家一門の総意の背景には「しんだいつぶさず、「家」を「立」てる為、「あきなひこと」を「はんじやう」させることであった。この事が、夫婦仲の良好な関係を維持する為の基本的な姿勢であると考えていたのである。

さて、先に「五左衛門の「意見」が変形した形で展開される」と指摘したが、五左衛門は実質的には意見しなかった。ところが、五左衛門が治兵衛宅を訪れた時、おさんが父五左衛門に、

さいぜん母様孫右衛門様お出なされて。だん〴〵の御ゐけんあつい涙をながし。せいしをかいてのほつきしん。母様に渡されしがまだ御らんなされぬか。

と問い掛ける。その問いに五左衛門は次の様に反応するのである。

ヲ、せいしとは此ことか〈中略〉此ざまでもぼん天たいしやくか。此手間でさり状かけとずん〳〵に引さいてなげ捨たり。

そして治兵衛が五左衛門に対し、おさんと別れさせないで欲しいと次の様に懇願する。

おさんはきつと上にすへうゐめ見せずつらいめさせず。そはねばならぬ大恩有。其わけは月日も立私のつとめかたしんしやう持なをし。おめにかくればしるゝことそれ迄はめをふさいで。おさんにそはせて給はれとはら〳〵。こほす血の涙

この治兵衛の「其わけは月日も立私のつとめかたしんしやう持なをし。おめにかくればしるゝこと」との言葉は、一家一門の総意としての兄孫右衛門や叔母の意見と全く呼応するものである。本来、五左衛門側の人物が語るべき内容を、治兵衛から発しているのである。つまり、治兵衛は五左衛門に直接意見された訳ではないが、恰

も五左衛門に意見されたかのような返答の内容となっているのである。これが「五左衛門の「意見」が変形した形で展開される」と記した理由である。

ところで、一家一門の総意について、観客はどのように受け止めていたのであろうか。それはまさしく正しいものとして肯定した筈であろう。治兵衛の一家一門があまりにも非道な考えならば、無批判に治兵衛を応援する側に回った筈である。しかし、そうではなかろう。一門の「家」を「立」てる為、「あきなひこと」を「はんじやう」させるという、謂わば誰しも従うべき生き方としての総意が妥当なものであるだけに、どうしようもない治兵衛の状況を哀れむ様に見守っていたと考えられる。そう考えるならば、一家一門の総意とは、観客の考えをも含んだ総意であった筈である。同じく近松作の『山崎与次兵衛寿の門松』(享保三年正月)では、浄閑が、

侍の子は侍の親がそだてゝ。武士の道をおしゆるゆへに武士と成。町人の子は町人の親がそだてゝしやうはいの道を教ゆるゆへに商人ど成。侍は利徳を捨て名をもとめ。町人は名を捨て利徳をとり金銀をためる。是が道と申もの。

と言う。「あきなひこと」を「はんじやう」させるという考えは、「利徳をとり金銀をためる」という事と同意で、当時の町人の生き方の根本であり、「道」であった。

ここに、「意見」の繰り返しという構想の意味が浮かび上がって来よう。つまり、当時の観客が誰しも正しいと考える思想(「意見」)が、最終的には無力化してしまうという機能を担っていたのである。これは、現実の心中を既に理解している観客に対し、救うべき手立てを為尽くした、如何ともしがたい心中であったことを納得させる手法でもあった。

また逆に、正しいと信じる思想に対して大きく揺さぶりを掛け、その思想に無力感と懐疑の念を抱かされた観客もあったのではなかろうか。「女どしのぎり」のテーマを前面に出しつつも、その背景にはもう一つ大きな

テーマを抱え込む作品であったと思われる。

おわりに

上之巻の場合、孫右衛門の小春に対する意見は、元々おさんの手紙によって小春が別れを決意していた為、対立関係が生じていない。また、上之巻での孫右衛門の治兵衛に対する意見では、小春の見せかけの縁切りを信用した治兵衛が孫右衛門の意見を聞き入れ、一家一門の総意へ従うことになる。依ってここでも極限的な対立関係は生じていないのである。表面上、小春の葛藤が強調されている訳ではない。治兵衛にしても、立聞きの場面での心理は葛藤というよりもむしろ怒りである。観客は上之巻の最終局面まで小春を不実な女性として認識している。活躍するのは侍の扮装までした孫右衛門の様にも見える。では、上之巻が単なる事件の進行の為の構想であるかと言えば、勿論そうではなかろう。最終局面で、おさんの手紙を孫右衛門が見付けた時、孫右衛門はすべてを理解し、次の様に言う。

是小はる。さいぜんは侍めうり。今は粉屋の孫右衛門あきないめうり。女房かぎつて此ふみ見せず我一人ひけんして。きしやう共に火に入ル。せいもんにちがひはない。

それに対して小春は、「ア、忝い。それでわたしが立ます」と答える。小春のおさんへの義理立てが、この時観客に知らされることになる。不実な女性との思いが強かった分、小春の心底の苦しさが際だって印象付けられる。おさんへの義理立てに対する葛藤は直接描かれる事はないが、不実さという行為が却って小春の葛藤を最も効果的に表現していると言える。上之巻は、おさんへの義理立てにより治兵衛と離別した「小春の悲劇」を描いたものと捉える事も可能であろう。

中之巻、最初の孫右衛門・叔母の意見の場面では、小春の身請けの相手が治兵衛ではなく太兵衛であると分かり誤解が解け、ここでも治兵衛・おさんは一家一門の総意に従う行動を取る。ところが、孫右衛門、叔母が帰った後、ふとした治兵衛の発言から事態は一変する。小春が太兵衛に請け出されれば死ぬ覚悟であると治兵衛から聞いたおさんは、小春に宛てた手紙の一件を告白するのである。おさんは、「ア丶悲しや此人をころしては。女どしのぎりたゝぬまづこなさんはやういて。どうぞころしてくださるな」と言う。また、小春を身請けした後の身の振り方を聞かれた時、「アツアそうじや。ハテなんとせう子共のうばか。まゝたきか。ゐんきよ成共しませう」と答える。小春がおさんに義理立てして治兵衛と手を切ったように、おさんも「女どしのぎり」を立てる為に悲壮な決意をする。ところが、後に舅五左衛門が登場し小春を救う計略が打ち壊されてしまう。更におさんは、無理やり五左衛門により治兵衛と離縁させられる。上之巻では、孫右衛門が治兵衛を小春から引き離し連れ去るのであるが、中之巻では、五左衛門がおさんを治兵衛から引き離す。孫右衛門は治兵衛・おさん・小春の状況を理解した上で離別させるのであり、治兵衛・小春の心中を回避する方向に働きかける役割である。五左衛門はそれとは逆に、状況を全く把握出来ずにおさんを連れ帰るのであり、これは治兵衛・小春の心中を決定付ける役割を果たした。また、上之巻では小春の葛藤を間接的な描き方で表現したのに対し、中之巻では、手紙の告白を頂点とする直接的な描き方がなされている。このように捉えれば、全く対照的な描き方ではあるが、基本の構想は同様であるといってよい。中之巻は、おさんが小春への「女どしのぎり」を立てる為に手紙の一件を告白し、それに端を発して、偶発的とは言え、自分の父親に治兵衛と離別させられるのである。即ち、「おさんの悲劇」が構想されていると捉えられるのである。

「意見」の場面を繰り返すという構想は、「女どしのぎり」という劇の推進力を組み込む事により、小春とおさんの各々の悲劇を展開させていったのである。

（1）「「心中天の網島」における女同士の義理について」（『新居浜工業高専紀要』昭和四〇年三月・白方勝、後『近松浄瑠璃の研究』〈風間書房・平成五年九月〉に再録）、「近松における「義理と情」――「心中天の網島」を中心として――」（『実践文学』昭和四四年・鳥居フミ子）等。
（2）『心中――その詩と真実――』（毎日新聞社・昭和五二年三月）。
（3）改行及び記号については、諏訪春雄氏が『心中――その詩と真実――』の中で分析されたものを基に私に行なった。
（4）『心中天の網島』（『日本古典文学大系』、『近松浄瑠璃集上』所収）頭注に依る。

あとがき

第一章に於いては、見出しを「海音の時代物」とした。しかしこれは海音のみの考察として位置付けたものではなく、「海音を通して近松を見る」という視点も常に持ち合わせてきたものである。両者の差異については各節に指摘したのでここでは繰り返さないが、微妙な差異――例えば和歌表現に於ける利用句数の分量的差異――にもそれぞれ傾向が現われることを見て取った。海音と近松の位相を定位するには、極めて慎重な作業がこれからも必要となろう。当然のことながら、今の段階で両者の位相を見極めるには不十分である。また、太夫との関係については本書では全く触れることがなかった。この問題も非常に重要であり、位相を見極める必要不可欠の課題であることも承知しているが、これも含めて今後の課題にしたいと思う。

また、第一章第五節では海音の『曽我姿富士』を取り上げた。海音が近松の曽我物をどのように利用したのかという点を明らかにしたものである。しかしそこでは全く触れなかったが、根本的なもう一つの問題が残っているようにも思われる。それは、近松が曽我物を十作品程創作したのに対し、海音が僅か一作品しか創作しなかったという問題である。近松があれだけの作品数を残したのは、曽我物が観客に支持され易いという確信をもっていたものと考えられる。観客の反応も手応えとして感じていたのであろう。それがあれだけの作品数を作らせた原動力と考えられる。当然ながら海音も、曽我物を題材とすることが有効な手立てと考えていた筈である。それが『曽我姿富士』創作の動機としてあったのだろう。それでは、海音は何故この一作のみで曽我物を創作しなくなってしまったのであろうか。

実はこの問題は、第三章第一節「時代物浄瑠璃の発想を巡って——曽我物を中心として——」とゆるやかに対応するものである。この事は海音と近松の一つの質的差異を見出す大きな示唆を与えているのかもしれない。結論的に言えば、近松は一つの典拠を奇抜な発想を元に種々の趣向に仕組む能力に長けていたことを示していると思われるのである。この点はこれまでにも色々と指摘されてきたことであるが、趣向の奇抜さが近松の大きな特徴の一つであった。これに対して海音は、同一素材を作り替えるという方法には積極的ではなかったと言える。例えば海音の場合、『山桝太夫恋慕湊』と『山桝太夫葭原雀』との関係は、同一部分が非常に多く存在しており、新たな独立した作品として成立しているとは言い難い点がある。もう一つ言えば、実はこのことは、第二章で扱った「海音の世話物」の考察とも響き合っているのである。それは、海音の「三部作」という方法が、素材を取り替えつつも一つの構想によって創作して行くという方向性を持つものであったことである。つまり、安定した構想を創作の基本とする姿勢に、海音の一つの大きな特色が見出されるのである。そのような姿勢に於いて海音と近松とが非常に異質であることが見通せるのであるが、如何なる原因を伴うものであるのか、幅広い視点からの考察も今後必要となろう。課題はまだ山積している。

＊　＊　＊

最後になりましたが、本書を成すに当たって多くの方々にお世話になりました。特に、大学時代の恩師である長友千代治先生には、浄瑠璃研究へ進む契機となりましたこと、ありがとうございました。また、大学院時代の恩師長島弘明先生には、現在に至るまで公私にわたり格別にお世話になりました。この場を借りて厚く御礼申し上げます。なお、本書を刊行して頂きましたこと、北海道大学大学院文学研究科に心より感謝申し上げます。また、刊行にあたり編集の実務にご尽力頂いた北海道大学図書刊行会の今中智佳子氏に対しても謝意を表します。

初出一覧（全ての論文に於いて、増補・訂正・削除等、一部または大幅な改稿を行った。）

序にかえて

平成一二年度日本近世文学会秋季大会（平成一二年一〇月二九日、高知女子大学〈会場　高知県教育会館高知城ホール〉）にて「紀海音の趣向と場」と題して口頭発表したものの一部を増補して纏めた。

第一章　海音の時代物

第一節　海音の趣向の整理

平成一二年度日本近世文学会秋季大会（平成一二年一〇月二九日、高知女子大学〈会場　高知県教育会館高知城ホール〉）にて「紀海音の趣向と場」と題して口頭発表したものの一部を増補して纏めた。

第二節　海音の「場」と趣向

「紀海音の「場」と趣向」平成一四年二月『北海道大学文学研究科紀要』（一〇六号）

第三節　海音と『伊勢物語』の和歌

「紀海音と『伊勢物語』の和歌」平成一〇年一一月『国語国文研究』（一一〇号）

附　『伊勢物語』和歌利用一覧

「紀海音浄瑠璃の古典和歌利用について（1）――『伊勢物語』と『百人一首』――」平成八年五月『国語国文研究』（一〇三号）

第四節　海音と謡曲

「紀海音と謡曲」平成一一年一一月『国語と国文学』（第七六巻第一一号）

附　謡曲利用一覧

「紀海音の謡曲利用一覧（上）、（中）、（下）」平成一〇年一二月、平成一一年八月、平成一一年一一月『北海道大学

文学部紀要』（九六号、九八号、九九号）
第五節　『曽我姿冨士』考――近松の曽我物との関わりを中心に――
「『曽我姿冨士』考――近松の曽我物との係わりを中心に――」平成元年三月『名古屋女子大学紀要（人文・社会編）』（第三五号）

第二章　海音の世話物

第一節　『なんば橋心中』論
「『なんば橋心中』論」平成元年一二月『名古屋大学国語国文学』（第六五号）
第二節　『八百やお七』論
「『八百やお七』論」平成三年三月『後藤重郎先生古稀記念国語国文学論集』（和泉書院）所収
第三節　世話浄瑠璃「三部作」考――〈滅罪〉の構想をめぐって――
「『おそめ久松袂の白しぼり』論」平成二年三月『名古屋女子大学紀要（人文・社会編）』（第三六号）及び、「海音世話浄瑠璃「三部作」考――〈滅罪〉の構想を中心に――」平成四年六月『国語と国文学』（第六九巻第六号）を取り合わせて纏めた。

第三章　近松の浄瑠璃

第一節　時代物浄瑠璃の発想を巡って――曽我物を中心として――
「近松の時代浄瑠璃の作劇に於ける発想を辿って――曽我物を中心として――」昭和六〇年一二月『名古屋大学国語国文学』（第五七号）及び、「『本領曽我』成立についての試論」昭和六一年三月『名古屋大学人文科学研究』（第一五号）を取り合わせて纏めた。
第二節　『冥途の飛脚』考――封印切の背景――
「『冥途の飛脚』考」平成一四年一一月『国語国文研究』（一二二号）
第三節　『心中天の網島』考――「意見」と背景――
「『心中天の網島』の「意見」と背景――構想を起点として――」平成八年八月『北海道大学文学部紀要』（八八号）

索　引

あ　行

か　行

さ　行

た　行

な　行

は　行

ま　行

や　行

ら　行

わ　行

冨 田 康 之（とみた　やすゆき）

1958年　名古屋生まれ
1987年　名古屋大学大学院博士課程後期課程単位取得満期退学
　　　　名古屋女子大学助教授を経て，
現　在　北海道大学大学院教授。博士(文学)北海道大学

北海道大学大学院文学研究科 研究叢書 4
海音と近松――その表現と趣向
2004年3月5日　第1刷発行

著　　者　冨田康之
発 行 者　佐伯　浩

発 行 所　北海道大学図書刊行会
札幌市北区北9条西8丁目　北海道大学構内(〒060-0809)
Tel. 011(747)2308・Fax. 011(736)8605・http://www.hup.gr.jp/

アイワード/石田製本

ISBN4-8329-6421-6